红楼谍梦

红楼梦中人访谈录

快嘴小生 著

内蒙古出版集团
内蒙古文化出版社

图书在版编目(CIP)数据

红楼谈梦:红楼梦中人访谈录 / 快嘴小生著. —
呼伦贝尔:内蒙古文化出版社,2010.10
 ISBN 978-7- 80675-850-2

 Ⅰ.①红… Ⅱ.①快… Ⅲ.①《红楼梦》研究Ⅳ.
① I207.411

中国版本图书馆 CIP 数据核字(2010)第 196128 号

红楼谈梦:红楼梦中人访谈录
HONGLOU TAN MENG : HONGLOUMENG ZHONG REN FANGTANLU

快嘴小生　著

责任编辑	格日乐
封面设计	柏拉图

出版发行	内蒙古文化出版社
地　　址	呼伦贝尔市海拉尔区河东新春街4 - 3号
直销热线	0470 - 8241422　　邮编　021008

排版制作	鸿儒文轩
印刷装订	三河市华东印刷有限公司
开　　本	710 × 1000毫米　1/16
字　　数	200千
印　　张	17
版　　次	2010年11月第1版
印　　次	2024年1月第2次印刷
书　　号	ISBN 978-7-80675-850-2
定　　价	56.00元

前　言

　　《红楼梦》是清代文学大家曹雪芹用十载血泪筑成的文学丰碑，可以说是对中国文学界影响最大的一部书籍。二百多年来，国人爱它近乎痴迷，一次又一次地掀起"红学"文化高潮。但《红楼梦》却不仅仅属于文学，它涉及到了社会生活的方方面面，其中的人物也形象丰满、才情独具、个性突出，书中的各类内容也一直为后世人热评。

　　近几年来，这部激荡着滚滚红尘、演绎着恨海情天的奇书又一次成为炙手可热的文坛课题。它使众多的专家学者如痴如醉的说红解梦，众多"拥林派"、"崇薛派"、"评秦派"也争议得不可开交，还有一部分"凤姐迷"、"惜湘云"、"赞探春"者更是对自己的偶像极为推崇，生怕别人破坏了其在自己心中的美好形象。

　　但是，我们大家到底谁说的准、解得透，以我们的眼光与心理去猜测与探索"红楼"的性灵与背景，是否就能揣摩透作者的本意与匠心？因而，一部"红学"使芸芸众生仁者见仁、智者见智，成了人们洗刷性情、陶冶心志的精神宝鉴。

　　且不论是非对错，不如让我们平心静气地走进"红楼"，走进大观园，用心去感应、去品味它的魅力与内涵。

　　本书以一名记者在荣、宁国府和大观园中采访的口吻，借着与红楼梦中主要人物，如宝玉、十二钗、众丫环等的访谈对话，让他们自己说出关于其自身的一些争议和未解之谜，如有关宝玉之真爱和博爱的原因，宝玉之意淫，宝玉木石前盟与金玉良缘的认识，黛玉之吟诗才华得自哪里，宝钗对宝玉之爱的真假，宝钗之冷的缘由，湘云与宝玉的隐晦感情，妙玉与宝玉的未知之缘，妙玉的身份来历，秦可卿的种种谜象等等。

在交谈中，还使他们道出对红楼梦的认识，对社会生活，世事人情的感悟等。其中也有有关为人处世、经营管理、官场斗争、道学伦理、爱情真谛、生活艺术、饮食文化等新颖独特的理念思想亦可为读者所用。

本书的文字和语气也非常适合红楼人物自己的口吻，文风也轻松幽默，写作手法独特，可谓匠心独运，给人们以全新的阅读享受。在清代以来所有品评《红楼梦》的书籍中，本书可谓是别开生面，独树一帜。于聊侃品评之间，尽现红楼中之做人、处世、经营、管理、官场、道学、爱情、文化等各式内容，既有文化深度，亦有艺术广度；既有古典风韵，也有现代气息。

目　录

1

3

引子：一入红楼梦中梦

我是一名小记者，因经常口无遮拦，便为自己取了个雅号——快嘴小生。快嘴我痴爱读《红楼梦》，经常陶醉其中。这日，我卧于榻上，第N遍看完此书，掩卷长思，闭目回味，不由得做了一个梦中之梦……

我只觉自己如若御风而行，片刻功夫便抵那大荒山青埂峰下，未曾驻足，又觉忽至荣国府、大观园，只见眼前朱门楼榭，里面晃动着一个个美丽潇洒的倩影，他们在经历了几番坎坷，诸多波折之后，重又聚集于大观园中，静等我去一一问慰，想起他们的人生际遇，一个个才情独具的形象在我眼前渐渐的鲜活起来，吸引我走进他们的世界……

于是，快嘴我带着诸多的好奇和疑问，以一位小记者的身份轻轻地敲开了"红楼"的大门，犹如一只小蜜蜂小心翼翼地去探访、去接近每一朵美丽而又高贵的鲜花……采得百花成蜜后，向大家展示出大观园中那纷繁复杂、至真至美的故事，那极尽繁华，终又落寞的一梦，那缠绵悱恻，千古不移的爱情！

现在快嘴同志我准备首先探访一下红楼的男一号，被红楼中人爱为宝贝疙瘩的"怡红公子"贾宝玉，并就一些人们一直争论不休的问题向他发问，看看他到底是怎么认为的，使得他向大家做出解释，以澄清真相。

"怡红公子"贾宝玉访谈录

都道是金玉良缘，俺只念木石前盟。空对着，山中高士晶莹雪；终不忘，世外仙姝寂寞林。叹人间，美中不足今方信。纵然是齐眉举案，到底意难平。

《红楼梦》就像一部戏，而宝玉小哥是其中的第一主人公，是曹雪芹满怀理想和激情，倾其心血和才力创作的人物，有着非常典型的艺术形象。脂砚斋称贾宝玉是"古今未见第一人"，在曹雪芹笔下，他被刻画得既丰满深刻，又生动鲜明，他的形象和魅力也将永远"活"在人们心中。

然而，这位小哥虽然颇得荣宁二府及大观园众多美眉的欢心，却是不被当时的世俗所容的。他被当时及后世的正人君子看成了乖僻邪谬、不近常情的狂、疯、痴、呆、傻之类的人，成了"百口嘲谤，万目睚眦"的对象。而在我们现代人眼里，对他的评价也是不尽相同。有人认为他是封建贵族阶级的叛逆者；有人说他是新兴市民阶层的代表；还有人说他的叛逆性格是对古代民主主义的继承和发展；更有人说，贾宝玉叛逆性格的形成，是由于受大观园"女儿国"的影响。那么，咱们这位贾小哥到底是一个什么样的人呢？他在"红楼"这一长梦里处于什么地位？给后人和社会留下了什么样的意义呢？现在快嘴我就悄悄地走进怡红院，采访一下怡红公子，也许就能看出其中的端倪……

论《红楼梦》及作者创作初衷

来到大观园，快嘴我悄悄地走进了怡红院，绕过桃花林，穿过竹篱笆，走进月洞门，唉，真是庭院深深深几许啊！这宝玉小哥藏得也太靠里了，我紧走一阵，终于窥见一所房院，粉垣护环，绿柳四垂，正是宝玉小哥的住所。我见四下无人，便轻轻地走进去，却见两边是游廊相接，院中点缀着几块翠山石，一边种了几叶芭蕉；一边是几树西府海棠；其势若伞，丝垂金缕，葩吐丹砂。嗯，真是"怡红快绿"啊！我正兀自欣赏，忽然见林下有一个人手握一本书在静思。我一看那身衣着光鲜的装束，风流倜傥的仪表，便知是宝玉，遂开口问道："哦？宝玉……宝二爷是么？"

怡红公子："咦？啊？你是谁……怎么认识我？"

快嘴："我是做记者的，叫快嘴。我在书里、电视剧中以及相关的资料中经常见到您，可以说是您的老 Fans 了，因此一眼就认出您这偶像来了。"

怡红公子："哦？原来是这样，那就请您到屋里坐吧。敢情你今天来是要采访我了？行，没问题，这些天老爹总让我呆在这院子里，让人挺心烦的。你来的正好，我正想找人聊聊。"

快嘴："是吗？那太好了。您不知道吧，《红楼梦》在社会上的影响可大着呢！而您是其中当仁不让的男主角，那么您对这部书有什么评价呢？"

怡红公子："唉，怎么说呢，我觉得这本书其实就是记载了最贴近古代中国贵族式生活的一些荒唐事；说它没用吧！它可记载了一个大家族自始至终的荣辱盛衰，和其间人物的悲欢离合，能让人从中认识到很多世事的变幻与做人的道理。我想这可能是老曹先生想以自己的切身体验将其家族史叙说一遍，也好给自己与世人留下一些借鉴或教训什么的！"

快嘴："那么您认为老曹先生要给人们什么样的借鉴或教训呢？"

怡红公子："我觉得他的思想属于道家，书中道家意味挺重的，但缺少中国儒家主张的经世治用，倒是道家清静无为、佛家因果轮回等思想得以宣扬。他或许想在书中告诉人们要安分守己，相信命运，有些事不可强求等等。"

快嘴："哦，看不出您还是个有心人，先不说这书了，咱们还是先谈谈您自己的事吧，就从一开始谈起吧？"

怡红公子："要从一开始说，就得从那个荒诞神奇而又寓意颇深的故事说起。都说我是当年女娲娘娘炼石补天时剩下的一块顽石，被遗弃在

3

大荒山无稽崖青埂峰下，因吸收多年的日月精华就有了灵性，后来又偏偏遇上两个怪里怪气的道人，携我到了那昌明隆盛之邦、温柔富贵之乡……于是荣国府内便生下一位公子，他一落胞胎嘴里便衔下一块五彩晶莹的美玉，这便是我降生到了人间。呵，这是老曹杜撰的，目的是要沾点神话色彩吧！"

快嘴："嗯？按他所说，这天地间的造化真是奇妙得很啊。想您的前世本一块顽石，无知无觉，却偏偏又通了灵性，转世投胎化而为人，有了感觉有了情义，在享受了人间的诸般美妙的同时，也不得不吃尽了人间的种种痛苦。"

怡红公子："是啊，老曹的目的大概就是要我通过受苦看破红尘，教育世人凡事要看开吧。"

快嘴："嗯，做个山间隐士也好啊！我记得贾雨村曾把您比作封建社会里传统的优秀人物——'情痴情种，逸士高人'对吗？"

怡红公子："哎，称什么情痴情种、逸士高人，这可不好说。说我是情种，我还倒认了，逸士高人则不敢当，逸士高人都是有真本事的人，讲究'达则兼济天下，隐则独善其身'，想我胸无经纶，若不靠祖宗庇荫，连自己都养不活，称什么逸士高人啊，万万不敢当！"

快嘴："呵呵，宝二哥过谦了，想你虽无经纶之策，但于诗文上颇有造诣，若能在这方面加以雕琢，没准能成个大诗人呢！"

论黛玉与宝钗之诗品与人品

怡红公子："哈，不敢，我写那诗文，也就小学生水平，可不敢拿出来卖弄，要说写诗，还是林妹妹和宝姐姐写得好！"

快嘴："嗯，林妹妹和宝姐姐的诗之好是公认的，但在你看来，二者谁的水平更高一些呢？"

怡红公子："她们两个都是极有灵性的女孩，其诗作水平实在伯仲之间。相比之下，林妹妹灵性更足，有空灵出世之相，这方面略优于宝姐姐，而宝姐姐大家风范，写诗如做人，能面面俱到，两人风格不一，就如同拿李白和杜甫比，不好比啊！"

快嘴："嗯，你说得很有道理，那咱们不比她们的诗文，比她们的人品，那么您觉得她们谁好呢？"

怡红公子："呵呵，要说道德方面，林妹妹好些，她贵在没有私心，虽然爱使小性，让人很不喜欢，但她并没有害人之心，没有为自己谋过私；但宝姐姐就不同了，她精明强干，工于心计，凡事很能为自己打算，这让她在荣国府中很能吃香，但这也是她的私心在做怪，这是读者不喜欢她的原因。"

快嘴："哦，这正是你喜欢林妹妹，而不喜欢宝姐姐的原因吧！"

怡红公子："不完全是！再从两人的能力上来说，林妹妹虽然脱俗，但未免太不食人间烟火了，我和她在一起，要是生在贫穷之家，非饿死不可；而宝姐姐有思想有追求，是一种积极向上的力量，让我说也是贾府最佳的女主人候选者，但贾府势已暮秋，纵然贤如宝钗，终也无可挽回。"

快嘴："这倒是，看来您对宝钗还不是完全否定的。"

怡红公子："哈，哪能呢？我其实是非常敬重和佩服她的，心里也觉得万分对不起她，我一个大男人，放着偌大个家业不顾，让她一个人打理，自己却选择了逃避，害得她独守空房，'焦首朝朝还暮暮，煎心日日复年年'！深深地辜负了她的一片心啊！"

是否爱宝钗

快嘴:"喔,这么说,您对宝钗也是很有情意的了,那么,您爱她吗?"我把握住一个敏感的话题,赶紧向宝玉抛出。

怡红公子:"呵呵,我认为爱是有深有浅的,它经常表现为某段时期的一种感觉,譬如我爱林妹妹,那是一种很深很投入的感情,一度占了我情感的一大部分,但那主要是我们情投意合所致,而对于宝姐姐,她既漂亮又端庄,思想积极,品性又好,虽然我开始时对她颇想亲近,但以我低下的品行,对她是想爱不敢爱啊。"

快嘴:"哎,这可是爆料啊,原来您对宝姐姐也曾有动情的意思。"

怡红公子:"呵呵,有道是'风流少年哪个不多情,妙龄少女哪个不怀春'?我对她有情,是男人对女人在生理心理上自然而然产生的一种情趣,本也无可非议啊!"

快嘴:"呵呵,是啊,对于这一点,曹公本也是写明了的,宝钗生的肌丰肤泽,有次被你看到雪白一段酥臂,你不觉动了羡慕之心,非份之想,暗暗思道:'这个膀子要长在林妹妹身上,或者还得摸一摸,偏生长在她身上'。恨不能好好摸上一把,这正说明您看待宝钗有如池中荷花,'可远观而不可亵玩焉'啊!"

怡红公子:"哈,快嘴,你净揭我短儿。"

快嘴:"呵呵,宝哥哥不必难堪,其实美色当前,谁不动心啊?这是人之常情啊!换我快嘴也一样,没准儿我还真摸了上去呢!哈!不开玩笑了。那么我还想就此问您一个问题,据刘心武考证,你和宝钗在婚后并没有做过夫妻应做之事,以致她一直是处女之身,这是不是真的啊?"

怡红公子:"呵,你这私生活秘密探得也太深了,我可不能告诉你。其实你这个问题已涉及到红楼梦之真正结局的问题,在没有真正搞明白其结局之前，怎么说都有道理。所以我只能说，以我当时的性格和心境，这是有可能的。"

论"博爱"

快嘴："哦，呵呵，但也有的红楼后续版本说，您最终和史湘云走到了一起，那么这样的可能性有多大，这样的缘分您喜欢吗？"

怡红公子："呵呵，我对湘云妹妹，倒是起初也有一番情意的。除去林妹妹之外，若让我在宝钗和湘云之间选择，其实我更喜欢湘云。湘云妹妹开朗活泼，心底无私，和我的性格很相似，我们也很谈得来，要是能和她在一起，或许比和林妹妹在一起更能让我快乐些呢！"

快嘴："呵，湘云纵然有趣，那么妙玉呢？这个清高自傲的女子讨厌男人和俗人，独对你极有好感，她曾将自己喝茶的茶具给你用，你们也曾心结暗系，那么你对她有什么感觉？是否视她为红颜知己呢？"

怡红公子："哦，妙玉和我其实是同一类人，为悟道而生，她比我悟得还深些，我们之相交，也是在这方面颇有同趣。她视我为凡世中的知音，我则视她为女子中的道友，故有相知之雅；至于情爱感觉，我倒没觉得对她有啥子钟情的感觉，至于她是否喜欢我，我隐然觉得可能有一些吧，她虽然是道观尼姑，但也毕竟是人，正逢情窦初开的年龄，喜欢一个人也是自然的。"

快嘴："嗯，说得很在理，但您好像还和袭人发生过性关系，对晴雯动过情，对于这些事，您现在怎么看呢？"

怡红公子："呵呵，这事自被曹公公布后，一直被人拽着小辫追着问。唉，说实话，当时我对袭人其实是一种依恋，由依恋而产生的类似撒娇似的行为。我们发生关系，其实是我们彼此对性的一种好奇的尝试，其中爱情的因素是很少的。而对晴雯，其实我们的友情更多些，整日的耳鬓厮磨，不产生点儿感情都不行啊！但在晴雯那里，我想她最后也是动了真情的，毕竟她只常和我这样一个男人在一起，女孩儿的心事，有时是猜不透的，呵呵！"

快嘴："嗯，我觉得这些事都说明了你的一种'博爱'的心理！你说呢？"

怡红公子："嗯，呵，我对女人也的确够博爱的，要说这'博爱'，其实是曹公给我安排好的啊！他让我于睡梦中进入到'太虚幻境'中，遇到了一个'司人间之风情月债，掌尘世之女怨男痴'的警幻仙姑。她款待我喝'千红一窟'的茶；饮'万艳同杯'的酒；听'开辟鸿蒙，谁为情种'的'红楼梦曲子'；后来又对我说'……吾所爱汝者，乃天下古今第一淫人也'，又详加解说道：'淫虽一理，意则有别。如世之好淫者，不过悦容貌……恨不能天下之美女供我片时之趣兴，此皆皮肤滥淫之蠢物耳。如尔，则天分中生成一段痴情，吾辈推之为'意淫'。惟'意淫'二字可心会而不可言传，可神通而不可语达。汝今独得此二字，在闺阁中虽可为良友，却于世道中未免迂阔怪诡，百口嘲谤，万目睚眦……'"

快嘴："呵，这里所评的'天下古今第一淫人'和'意淫'，其实正是要使你去博爱啊！"

怡红公子："是啊，我生于贾府，自小身边就有好多丫环侍女，后又来了黛玉、宝钗、湘云、妙玉等美艳无比的女孩子，不让我去博爱都不行啊！哈！"

论"意淫"

快嘴："嗯,在您的博爱之中,意淫占了很大成份,我想听听你对于意淫的理解。"

怡红公子："我之意淫,其实只是对女孩子心仪的一种情愫,可不是当今所说的在思维中拿某人某事某物以供自己获得某种情感上的快乐,在两性方面,则是在想象中和某人发生性关系,进行自我陶醉。我可没这样做过,正如警幻仙姑所说,我只是从内心里喜欢那些可爱的女孩子,牵挂她们,凡事为她们着想。在我身上,这种行为已成为我的一种习惯和情感。"

快嘴："那么,您觉得在红楼众钗之中,都有谁是您的'意淫'对象呢?"

怡红公子："哦,林妹妹是当然的了,湘云也是一个,晴雯也算,还有……"

快嘴："那么妙玉呢?"

怡红公子："我觉得她不属于我的意淫对象,而我是否属于她的意淫对象,则不可知了!呵呵!"

快嘴："那么秦可卿是不是呢?您得以通晓男女之事,可是首先在梦中与她发生性关系的啊!"

怡红公子："我觉得她也不是,想我一懵懂少年,对性和爱情还一无所知,虽与她在梦中发生性关系,但现实之中,我对她还是没有非份之想的,自然也不敢心仪于她。"

快嘴："那么您第一次梦遗的对象为什么会是她呢?"

怡红公子："至于我为什么会选择她作为梦遗对象,我也说不清楚,或许弗洛伊德能解释清楚。呵呵,可能是潜意识在作怪吧,一般少年男孩喜欢成熟女性的美，秦可卿正值青年时期，有一种遮掩不住的成熟美，更兼容貌美艳，这样性感的女人，可不难勾起一个少年男孩潜意识中的情欲啊！"

快嘴："呵，想不到宝二哥对心理学也有研究，我觉得您说得很在理，秦可卿对男人的魅力之大，令其公公贾珍都忍不住要扒灰，何况宝二哥这样情窦初开的少年呢！"

只爱你那一种

怡红公子："呵呵，扯远了，我虽然喜欢很多女人，但我觉得我只对林妹妹是真心真意的，那种爱的感觉，只对她才有，失去她的痛苦，远比任何事都要让我心痛。"

快嘴："嗯，是啊，我想这可能就是您成为情痴情种的由来吧。他人徒加评论，也总未摸着你和黛玉二人是何等人物，其实你们就是一对儿情种！"

怡红公子："是的，我与颦儿确实是这样的人。但我们的情感纠葛又究竟是怎样的？我也说不清楚。就像有人说的'宝玉情不情，黛玉情情'等等吧。"

快嘴："对，我也看到过许多世人这样的评说，'宝玉之情，人情也，为天地古今男女共有之情，为天地古今男女所不能尽之情，为天地古今男女之至情，更有甚者曰：宝玉，圣之情者也。请问宝二哥，您认为世人这样的评论符合您的性情吗？"

怡红公子："不太符合，我对林妹妹的爱，是一见钟情，是天生的一种痴情，是甘愿为她做任何事的自我牺牲之情，这如同世间少男少女两情相悦，痴心相爱的情感是没什么区别的。"

快嘴："嗯，我觉得也是，林姑娘是你的初恋，也是你惟一的深爱之人，但你既然深爱林姑娘，为什么还要对其他姑娘去博爱呢？"

爱博而心劳

怡红公子："哎，怎么说呢？这可能跟一个人的性情有关吧，若说一个人的性情可能是天生的，但也与他所处的环境与生活密切相关。我一生下来就如众星捧月一般被众多漂亮的女孩儿侍奉着，真是'花柳繁华地、温柔富贵乡'，因而我从小就喜欢那些天真可爱、清纯秀美的女孩儿。我热爱她们，尊重她们，更多的是崇拜她们。"

快嘴："崇拜她们？嗯，是的。我记得在您还是个七、八岁的孩子时就说，'女儿是水做的骨肉，男人是泥做的骨肉'；还说'凡山川日月之精秀只钟于女儿，须眉男子不过是些渣滓浊沫而已'。您当时小小年纪，怎么会有这样奇特的想法与见解呢？"

怡红公子："呵呵，也奇了怪了，可能是我对她们有些自卑感吧。在我的心中，我身边那些可爱的女孩就是一种透明的象征，她们像清晨初放的蓓蕾一样鲜艳、美丽、芬芳，像初掘的新泉一样的清澈、晶莹、明洁，她们的青春生命里闪耀着真和美的光彩。也正是从她们身上我看到了人的明媚的一面，也发现了高贵的灵魂和纯真的爱情，这让我感动得甚至忘却了自己。"

快嘴："哦？原来是这样。我记得您还有一种经常被人议论的表现：那就是对许多女孩儿都多情，不但对于活人，就连画上的美人也怕她寂寞，特意去'望慰'一番。我想，这样'多情'的您又怎能不自生烦恼、为情所困呢？"

怡红公子："是呀，纵然是心有千颗，总也是难逢其圆的。有一次，当林妹妹和湘云都对我不满的时候，我就'越想越无趣'，'目下不过两个人，尚未应酬妥协，将来又如何为？'又一次，当晴雯要和袭人吵闹的时候，我就伤心地说'叫我怎么样才好呢？把这颗心都使碎了，也没有

11

人知道'。后来通过'龄官画蔷'一事才'自此深悟人生情缘各有分定'，不可能'死时得到所有女孩子的眼泪'。当时虽然悟到了这一点，但我喜欢女孩子的痴性并没有多少改变。"

快嘴："哦？我想这可能有点像鲁迅先生所说的'爱博而心劳'吧，其实这也正是警幻仙子所说的'意淫'，您这样的性格特征，不单单是因为生长在少女群中的多种眷爱，也并非单单的男女之爱，而是更广泛意义上的对周围不幸者的爱。不管是'爱博'还是'意淫'，都表现出了这种'爱'，是广义与广泛的'爱'，包括亲近、爱恋、体贴、尊重与同情等，对吗？"

怡红公子："不错，快嘴，想不到在这个世上还有你了解我。是的，我的情感与爱意不是只局限于黛、钗、湘，也包括晴雯、袭人、紫鹃、鸳鸯、平儿、香菱和其他一些小丫头等，惟其'博爱'而'心劳'啊。"

快嘴："您也真是的，宝二哥，不是我说您，假如在您的心目中仅有林妹妹一人，哪里至于如此劳碌？为人担忧，代人受过，替丫头充役，我记得这类小事做得多不胜举、俯首即拾，您也太博爱了吧？"

怡红公子："这没办法，我就是这样的人，性情如是。譬如'平儿理妆'一节，我就想到以贾琏之淫，凤姐之威，平儿竟能周全妥帖，今日还遭荼毒，想来此人命薄，比黛玉尤甚。"

快嘴："嗯！我记得'平儿理妆'一节中，您补偿了平日不能'尽心'的'恨事'，竟也感到'今生意中不想之乐'。但从这里就不难看出您不仅'劳形'，为其理妆，而且'劳心'，叹其身世。一副悲天悯人的心态。"

怡红公子："不错。还有那次香菱因斗草弄脏了石榴红绫裙子之后，我让袭人将同样一条裙子送给她换，也是很高兴得到这样一次'意外之意外'的体贴和尽心的机会，后来，又把香菱斗草时采来的夫妻蕙和并蒂莲用落花铺垫着埋在土里，以至香菱说我'使人肉麻'。现在说起来才知道有些不好意思，呵呵，让你见笑了。"

快嘴："哇！宝二哥，这么说您并不是因为钟情林妹妹而一叶障目，无视其他众多女儿的不幸和痛苦。您的这种心怀确实是博大的。我想以您对林妹妹的爱而言，如果仅属单纯的喜爱，也不至于'劳心'到那种地步吧？"

怡红公子："哎，怎么说呢？其实我对林妹妹的爱，正是以同情、关切、尊重、相知、相悦为基础的。虽说同情并不等于爱情，但同情可以是爱情的起点和支柱，况且林妹妹又是那么灵秀的女子。那天，她的一曲'葬花辞'尚未吟罢，而我却早已恸倒在那边山坡之上了，其实这都是心有灵犀、怜爱至深所致的。"

快嘴："所以您一见黛玉就说，'天上掉下来个林妹妹，似一朵白云刚出岫……'"

怡红公子："呵，是啊，在刚见黛玉之时，我便在心中爱上她了，可说是一见钟情啊。"

论女性之人生变化

快嘴："嗯，但您纯真无私的爱仅局限于情窦初开的少女，我记得您曾经说过这样的话：'女孩儿未出嫁是颗无价之宝珠。出了嫁，不知怎么就变出许多不好的毛病来；虽然是颗珠子，却没有光彩宝色，是颗死珠了；再老了，更变得不是珠子，竟是鱼眼睛了。分明一个人，怎么变出三样来？'是吧，这话您说过吧？"

怡红公子："说过，当时小丫头春燕还曾这样评论过：'这话虽是混说，倒也有些不差。'为什么说不差呢？因为我觉得女人越是年龄大，就沾染的恶习越多。比如，周瑞家的在抄检大观园时，和在斥责司棋的气势汹汹的样子，曾经深深地激怒了我，我指着她发恨地说'奇怪！奇怪！怎么这些人只一嫁了汉子，染了男子的气味，就这样混账起来，比男人更可杀了！'"

快嘴："嗯，是的，那您为什么这么恨结了婚的女人呢？"

怡红公子："其实，我并非无缘无故恨那些结了婚与年龄稍大的女子，而是她们沾染了诸多的恶习，失去了原本善良、可爱的本性，并将自己曾经受过的苦再强加在别人身上，想想她们那些行为，看了实在让人厌恨。"

快嘴："这正说明了您的正直、善良、纯真，这是读者喜欢您的一个重要原因啊。"

怡红公子："呵呵，我为什么喜欢黛玉，原因也就在于此，她也是善良、纯真的人，她的身世虽不幸，但她心性清纯、无尘，不为世俗所累，于是她与我有着共同的爱好，共同的看法，共同的思想，所以我们的心能贴在一起。"

为什么有叛逆精神

快嘴："哈，宝二哥，从这里面就可以看出您对林妹妹的心性体察的是多么的深切与细微啊！而且这些绝不是单纯的喜爱所能包容的，也有着你的博爱。我觉得你的博爱的确包含了对弱者的不幸的真切同情，您这种同情女性、崇拜女性的性格特点，和您身上的整个叛逆精神是一致的。封建社会是'男尊女卑'，而您竟然给翻了过来，成了'女清男浊'，有人说这是一种背叛，您认为呢？"

怡红公子："哈，没你说得那么严重了，我喜欢我的，对这个社会又没造成什么影响，干他人何事？其实谁又没有点叛逆精神呢？我那时正青春年少，正处于青少年心理叛逆期，不值得大惊小怪啊！况且我认为我的叛逆是对的，别人说什么就由他们说去吧！"

快嘴："哈，是啊，有道是：走自己的路，让别人追去吧！纵然'百口嘲谤，万目睚眦'又有何妨？"

怡红公子："其实对于人心的势利，我早看厌了。除了那些少女们的纯洁可爱能使我感到可亲和喜悦外,在现实生活中,实在找不到什么事物值得我奉献青春和生命的了。于是对林妹妹的感情,成了我精神上的惟一支柱。有一次,在鸳鸯和探春诉说着'大家庭'带给她们的矛盾与苦恼时,尤氏却对我说'只知道和姊妹们顽笑','一点后事也不虑'。我竟脱口而出'我能够和姊妹们过一日是一日,死了就完了,什么后事不后事!'"

喜欢女孩子之原因

快嘴:"对,当时这话虽是玩笑话,却显示出您是多么的伤悲与消沉。但是,我不明白,您为什么天生就那样爱与女孩子亲近,又那么的'崇拜'她们呢?"

怡红公子:"这个我自己也说不太清楚,就是老祖母也说不清是怎么回事,记得她曾这样说过对我的看法:'我也解不过来,也从未见过这样的孩子。别的淘气都是应该的,只他这种和丫头们好更叫人难懂……想必原是个丫头错投了胎不成?'我想这一点,也许就像贾雨村说的,天地之间有什么正气邪气,二气相遇必然互相搏击。人要是偶秉这正邪交错之气而生,生于诗书清贫之家则为逸士高人,生于薄祚寒门则为奇优名娼,生于公侯富贵之家则为情痴情种。"

快嘴:"这是个迷信的说法,有些怪诞。其实我认为,少男少女们年少无猜而又青梅竹马,是很容易产生爱悦之情的,况且她们的性格、爱好、生活和遭遇也很值得你去怜爱啊!"

怡红公子:"不错。当我看到自己喜爱的那些天真美丽的女孩儿,她们美好可爱的一面,以及她们的不幸之事,就更激发了我对她们悲天悯人的无限关怀。"

快嘴:"呵呵,其实不光是你,我想我们所有的男人也都十分喜欢那些清纯美丽的女孩！窈窕淑女，君子好逑嘛！而那些刁嘴蛮舌、母老虎似的女人，又怎能不让人讨厌呢？"

"唉呀，快嘴，知音啊！"怡红公子高兴地说道，于是我们高兴地握手言欢！

论教育及自我性格之形成

言谈气氛十分融洽，我们的关系得到进一步提升，我便又问道："对了，您对'牝鸡司晨，惟家之索'怎样认为？听说这在您所在的时代是最忌讳的事，是吗？"

怡红公子："不错，人们往往会对一些奇特的事情大惊小怪。只要母鸡打鸣，就要杀它；母鸡跳上了灶，就看作很不吉利的事。若是妇女当权，也多是不能容忍的，仿佛是纪纲毁堕的严重现象，当时在我们那个大家族里就犯了这个禁律。整个的治家、教子等等所有大权都掌握在老祖宗一个人的手里，而这个'老祖宗'被全家上下尊崇为思想领导的最高权威者。她的继承人——凤姐，心目中无视公婆和丈夫，一心向老祖宗献媚讨喜欢，于是，她终于攫取了总理全家事务的实际大权。从此，我们贾家所有的权威与尊严，就都掌握在这两个女人的手里了。"

快嘴："嗯，比如那次你挨了父亲的毒打，老祖宗听说后就怒发冲冠地走过来，与你的父亲贾政发生尖锐的冲突，这老人家愤怒地斥责了令尊。而令尊却吓得忙叩头说'母亲如此说，儿子无立足之地了'。而老祖宗却冷笑道'你分明使我无立足之地，你反说起你来'。"

怡红公子："唉，其实，他们这对母子间所争论的，不是关于如何教育与教养自己的子孙后代，而像是在争夺家里的教育管理权。"

快嘴："哦？是吗？我觉得若按当时的社会'礼教'来说，讲孝道和尊从父权是可以并存不悖的，即令尊应该对母亲的孝敬——以尽为人子之责任，而老祖宗也应该支持和遵从儿子的'父职'，不应当夺了他管教儿子的权威才对呀。"

怡红公子："嗨，快嘴，你不知道。在我们那个时候，很多教育方式本来就是违反人性的，一些富有家庭为使子孙们循规蹈矩，野蛮的打和骂成为他们使子孙'就范'的惟一方法。家父与我之间就多次出现了种种矛盾，他对我是辱骂和毒打，而我对他却像怕老虎一样的恐惧和逃避。"

快嘴："嗯，说起来，你们贾家的教育方式大有问题，一方面是父方用威教，一方面是母方用爱宠，'以身作则'和'循循善诱'的教育原则都谈不上了，结果便没将你教育成能为国家建功立业，为家族光耀门庭的人才来。"

怡红公子："嗯，正是这样的教育方式，使我一边很害怕父亲，一边又在奶奶和母亲的宠爱下不思进取，结果谁劝我上进我就跟谁急，成了一个'富贵不知乐业，贫穷难耐凄凉……天下无能第一，古今不肖无双'的人。"

快嘴："呵呵，看来教育对人的影响实在是大啊，养不教，父之过，说起来，你的父亲算是没有对你尽到教育的责任。"

怡红公子："可不是吗！比如那次大观园题词时，家父对我的题词和议论心里虽然欣赏，但他却无理地一口一声地辱骂我'畜生'和'蠢物'。试想，这样的'父范'和教子的态度，又怎么能够让我亲他敬他，接受他的影响和教育呢？唉，事情都不是单方面的，除了父兄们这样的榜样外，还有社会与学塾等不良因素的影响，师生和学童彼此间风气的腐朽败坏完全是那个时期的缩影。"

快嘴："对啊，家族和社会环境对人的成长最重要了，您能具体的说一下你的情况吗？"

怡红公子："当然可以。众所周知，我自幼就受到祖母的溺爱，在祖母屋里居住，是一位'和姐妹们一处娇养惯了'、'无人敢管'的人，也越发的贪玩而不习诗书礼教了。在我十二三岁时又受到贵妃姐姐——元春之命，随同众姊妹搬到大观园里去住。这对我来说可是现实社会里一个非常独特的自由环境，使我有机会和封建秩序进一步隔离了开来，于是我就在另一种与当时的正常教育相背的生活方式中去发展自己的思想与性格。"

快嘴："我记得在六十六回中，兴儿对尤三姐等人谈到你时说：'他长了这么大，独他没有上过正经学。我们家从祖宗直到二爷，谁不是学里的师老爷严严的管着念书？偏他不爱念书，是老太太的宝贝。老爷先还管，如今也不敢管了……'"

怡红公子："是呀！兴儿这番话，很好地概括了我所接受的正规教育的片面性及造成我之性格的主要原因。"

快嘴："对，正是由于这些片面的原因，才使您虽然生长在贵族家庭里，却并没有受到封建官宦家庭正常的教育熏陶。而在现实环境里，却有一个让你喜爱的女孩子们的世界。"

怡红公子："是的，在我的日常生活中，一边是居于统治地位的上一辈人，一边则是那些命运将听天由命的女孩子，而我当时既没自控力，也没有支配自己生活和意愿的权力，结果我就融入了后者之中。"

快嘴："呵呵，没有人喜欢被压迫，并且人的天性也是向着获取自由、快乐和被尊重的，这与马斯洛的人的需求层次理论是相符的。"

怡红公子："我倒没有什么大的理想，马斯洛认为的最高需求——自我实现的需求，于我几乎不存在，但获取自由是我强烈需要的，生活在那样一个大家族中，面对这样那样的规矩，我真想跳出来什么都不管不顾。"

快嘴："嗯，所以您不喜读书，整日与女孩子们厮混，在你最钟情的林妹妹故去之后，您万念俱灰，选择了"不管不顾"式的逃避，——'芒鞋破钵随缘化'。"

怡红公子："是的，一个人之所以会成为那样的人，与他所受的教育和生活的环境是有很大关系的。我之所以没有成为能建功立业，光耀门庭的人，与这些就有很大关系。父亲的压迫式教育，整天一张冷脸，倘若他一直对我严格要求，或许我终将有所造就，但他的严格是不能彻底的，因为还有我的奶奶，她的溺爱又让我找到了躲避父亲的避风港。后又因元春姐姐的指示，我得以和女孩子们一同在大观园中玩乐，失去了应有的学习锻炼的机会，也就不能成才了。"

对女孩子们的认识

快嘴："但你却又那样才华横溢，你的思想清新活泼，如您在大观园中题对，您的诗作也清新自然，那么您是如何做到这些的呢？"

怡红公子："呵呵，应该是天资和爱好的缘故，舞文弄墨是很能显示出一个人的才华的，学了这些，也可以拿给姑娘们卖弄啊！哈！"

快嘴："哈哈，这也是你学习的动力啊，看来女孩子们在你心中的地位是重于一切的。"

怡红公子："你没听说'冲冠一怒为红颜'这句话吗？其实男人生来在很大程度上也是要为女人而活的。异性相吸、爱情、怜爱、性爱都可以成为男人围着女人转的理由。"

快嘴："呵呵，分析得很彻底，你对所有的姑娘丫环们都是如此吗？"

怡红公子："哈，差不多吧！在我身边，除了黛玉、宝钗、湘云、妙玉之外，其他女孩子大多数都是丫环。若再把这些丫环列为两类来说，一类是所谓'家生子儿'，如鸳鸯和小红；一类是买来的，如袭人和晴雯，另外还有从苏州采买来的唱戏的贫家女孩子，如芳官、龄官等。"

快嘴："但就这些丫环们来说，她们的思想见识各有深浅，品格也各有不同。但在客观上都是处于被奴役的阶级，你对她们是打心底里同情和爱护的吗？"

怡红公子："是的！她们虽说身世不同，她们的命运却没有多大的差别。她们其中有许多女孩子服侍过我、看护过我、疼爱过我，并以一颗纯真的心围绕着、倾注着我，使我自幼就不由自主地在生活上跟她们亲密，在精神上更是眷恋着她们。"

快嘴："如果我没说错的话，在生活上跟您最密切的丫环要数袭人了，而在精神上就是晴雯了，对吗？"

怡红公子："你说得很对。我生活上的一切饮食起居都是袭人在照料着，但她的思想品格我却不怎么喜欢。和袭人思想品格相对立的就是晴雯，她是个清纯可爱又直爽的女孩子。还有那些唱戏的女孩子们，如芳官，都是些豪爽坦率、天真可爱的女孩儿。"

与同性朋友之关系

快嘴："嗯，那么你只喜欢这些同龄的女孩，而没有喜欢过同龄的同性朋友吗？"

怡红公子："呵呵，你这问题有些敏感，但也没什么。说起来，除这些女孩以外，我还喜欢亲近那些知心的同性朋友，像秦钟、柳湘莲和蒋玉菡。他们有的身居贫贱，有的是没落了的旧家少年，我和他们的友情都是十分真挚而深厚的。"

快嘴："不错，你与他们的这些情谊，在故事中都能耳闻目睹。我觉得，您能不受尊卑观念的限制，与他们以诚相交，是很难能可贵的。这也是人们一直喜爱你的一个原因啊！"

怡红公子："哦，人们一直都很喜爱我吗？"

快嘴："是啊，其实自《红楼梦》成书以来，您一直都是世人喜爱的对象啊！现如今，您更是火爆得不得了，央视和其他电视台正拍摄以您为主角的红楼梦，再次将您搬上荧幕呢！"

对黛玉之爱

怡红公子："啊，真的吗？我一直觉得，我这人没什么能耐，只知道整天呆在女孩子堆里，会被天下人嗤笑呢？"

快嘴："哈，不是的，一个人不见得非得有多大能耐才能被人们喜欢，而是他要有着真性情，有爱心，才能被天下人所赏识，而你宝二哥，正是一个这样的人啊！"

怡红公子："噢，也是啊，快嘴你是真了解我，呵呵，我都有些受宠若惊了。"

我见宝玉已基本解除了与我这陌生人的隔阂，便趁热打铁，赶紧问道："现在，我想知道关于您对爱情与婚姻的真实想法，您不会怪我触及到了您的痛处与隐私吧？"

怡红公子："哈，我就知道你会问这样的问题……"宝二哥沉默了一会儿说道："在当时，我所心爱的林妹妹一无所有，悲苦无依的她像浮萍一样寄居在我家。这种遭遇和环境使她自矜自重，警惕戒备；使她孤高自许，目无下尘，而她的性情，又使她不得不用直率的锋芒捍卫她那可怜的、仅有的清高与自尊，使自己免受轻贱和玷辱。唉，我可怜的林妹妹呀……"说得这里，宝玉不由泪下怆然。

快嘴："哎？怎么了宝二哥，怎么哭起来了？有人说男儿有泪不轻弹，只是未到伤心处，看来是说到你的伤心处了啊！真对不起！"

宝玉擦了擦泪，笑笑说："呵，也没什么的，事情都过去了，让你见笑了啊快嘴！"

快嘴："不敢，这正说明您是一个有真性情的人啊！宝二哥。其实，都过了这些个年头了，您还是这样在乎她，看来您这'情圣'的绰号还真是名不虚传哪！但这林妹妹自尊自爱的个性也的确让人尊敬！"

　　怡红公子："是啊！在我的心中，林妹妹的性情人格正是使我感动使我疼爱的主要原因。我对女孩子们广泛的同情爱护之心，也是从林妹妹这儿延展开去的。惟有林妹妹的性情与人格有极其广阔与丰富的象征意义，因此，我可以直言不讳地说，我和林妹妹的相亲相爱，是以根深蒂固的感情为基础的爱，而不是一种简单的两性之爱。"

　　快嘴："宝二哥，您说的这些话我完全相信。林妹妹的个性与所处环境的矛盾，以及你们的爱情关系与社会秩序的矛盾，终成为您使自己叛逆到底的主要力量，对吧？"

　　怡红公子："是的，在林妹妹的感染以及后来的种种经历的促使下，我渐渐喜欢读《庄子》、《西厢记》和《牡丹亭》等书籍。这也正说明我在希望得到一种自由恋爱的指引啊！"

　　快嘴："嗯。如果我没说错的话，在秦可卿之死与秦钟之死等一连串的刺激之下，您渐渐有所警悟，您的思想也就是在那时有了明显的变化。"

　　怡红公子："是的。因为这些事故都是尊卑思想和不良势力糟践女子、迫害人命、摧残自由爱情的体现。更何况我所爱的林妹妹就是一个身世飘零的孤女，她执着地付出了对我的爱，我又怎能对不起她。"

　　说到这里，宝玉的表情是既气愤又无奈，顿了顿说接着说道："再如我那身为贵妃的元春姐姐，归省时那种因失去人伦天性、内心难以忍受的悲苦情怀，也使我从中认识到了爱情的纯洁和美好，明白了真挚与虚伪的区分。从此，我就对女孩子有了进一步的尊重和同情，对两性关系开始采取了比较严肃的态度，对自己所处的环境有了更深一层的反感。这也是我最终选择要出家的一个重要原因。"

自己的错误之处

快嘴："嗯，呵，这问题太严肃了，我们暂且不论。说些轻松的吧，宝二哥，我们都知道您是一位温顺而懂情理的人，尤其是对女孩子。那么，您对她们有没有发过脾气呢？"

怡红公子："哈，发过啊，但我一般情况下都不会发脾气的。在我年龄不太大的时候，在薛姨妈家喝多了酒，就一连两次对女孩子大发脾气。当时，我从薛家回家，一个小丫头替我戴斗笠，动作不如我意，就骂了她'蠢东西'。接着回到自己屋里，我留了豆腐皮包子给晴雯，又沏了一碗枫露茶，竟然都被李嬷嬷吃了。我讨厌李嬷嬷，没想到发脾气竟祸害到捧茶过来的茜雪身上，于是我摔了茶杯，跳起来大骂'撵出去'，不料这一句随口的气话，却使可怜的茜雪被赶出了大门。"

快嘴："哦？从这点来看，您可是十足的贵家公子哦。其实您本来就是富贵家庭的受娇惯的孩子，在生活中还未受到什么锻炼和挫折时，您这些不知不觉学来的恶脾气，是不可能没有的。"

怡红公子："是的，这些年我常为这事于心难安，但在我的记忆中，还有一件事是我更为愧疚的。"

论"金钏之死"

快嘴:"什么事?是金钏之死吗?"

怡红公子:"正是此事。那时因为婚事,与林妹妹又因'金玉良缘'的问题发生了吵闹,我们二人都陷入从来没有的苦痛之中。那一天,好不容易才跟林妹妹和解了,却受到宝钗姐姐冷酷尖刻的讽刺,而从来不饶人的林妹妹又在一旁嘲弄我。于是我一气之下便走出来,到了母亲的上房,看见母亲在床上午睡,金钏一边为她捶腿一边打瞌睡。我就碰了一下金钏的耳环子,掏出一丸'润津丹'放在她口里,并说要向母亲讨她过去,没想到竟发生了以后那么惨痛的事件。"

快嘴:"关于这事,您虽然是起因,但您也不必过于自责,我认为您当时的心情是可以这样理解的,您刚从林、薛之间的纠葛里逃避出来,这时看见这个坦率热情的丫环的苦境,不免产生了同情和亲近之心。您说要讨她去是可怜她呢,还是有别的意思?"

怡红公子:"瞧你怎么想的快嘴?自然是同情于她,再者也是一种玩笑的心理,因为怡红院是个自由天地,那里没有主奴之界。她也是个我喜欢的可爱的女孩儿,若到那里,就不会有这种替人捶腿而自己打瞌睡的苦差事了。"

快嘴:"您别生气,呵,我也认为您当时并无邪念。那金钏本是活泼直率的女孩儿,她和你不拘形迹惯了,不知什么忌讳,说话就不免脱口而出,才招来了祸端,对吗?"

怡红公子:"是的,我当时怎么也想不到,向来'宽仁慈厚'的母亲竟然翻身起来,给金钏一个嘴巴,并指着骂起'下作的小娼妇儿'。我不知道怎么会这样,我第一次看到自己的母亲发如此大脾气,对我来说,这是一次没有防备的打击,吓得我赶紧逃之夭夭,就这样逃到园子里,却又遇见龄官'画蔷'，心里不禁对女孩子生起更为深切的同情。于是甚至忘了自己，淋了一身雨水，才想起要回到屋里去。"

快嘴："哦？是这样啊。许多人都以为您对自己闯下的祸不负责，逃避而去，难道是冤枉了你？"

怡红公子："唉，说什么冤不冤的。我当时是极度的恐慌，又很害怕，一时不知该怎么办，就不知所措的跑开了。"

快嘴："嗯，我知道了。您当时没想到会发生什么后果，又不愿意看到自己'可怕'的母亲，就很害怕地逃走了。却因叫不开门而火上添油，不由得'一肚子没好气'，又犯了恶劣的贵公子脾气，把开门的袭人当成'那些小丫头们'，对她踢了一脚并骂道'下流东西们！我素日担待你们得了意，一点儿也不怕，越发拿着我取笑儿了！是吧？'"

怡红公子："不错。当时的我确实没想到自己的行为会造成那么大的后果。金钏被骂被打之后，竟然被残酷地撵走了，结果她不堪无端被误解，终投井而死。等我知道了全部的事实，内心才感受到一次惨痛的教训，使我再一次感到了社会的不公。金钏死后，我有着一种抱憾终古的苦痛心情。就这样，由于金钏之死，由于和蒋玉菡交好，两件事为导火索引起了家父对我一顿痛打，还被扣上'在外流荡优伶，表赠私物；在家荒疏学业，逼淫母婢'两项罪不可赦的大状。"

自我的觉悟

快嘴："可以说您这次所受的严重打击，更是以前所没有经历过的。在受到父亲和母亲这两次打击之后，本该加强约束和提升学业，但由于贾母的参与和呵护，终前功尽弃，没有成为父亲所希望的光耀门庭的人，对科举仕途之路也愈加反感。"

怡红公子："是的，在'诉肺腑心迷活宝玉'一节中，就鲜明地体现了这一点。这时，我和林妹妹的恋爱关系已发展到一个重要的新阶段。这一新发展就是我在思想上认识到：宝钗与湘云两个人与林妹妹的思想有本质的不同，一听到湘云与宝钗规劝我的话，就'大觉逆耳'，立刻给她们脸色看，同时又自觉地认识到林妹妹是自己思想上的知己，于是怀着升华了的白热化的爱情，向路上遇见的林妹妹诉说了平日说不出的肺腑之言。"

快嘴："是吗？我记得那次林妹妹悄悄地来看过你的伤后，两眼哭得像桃子一样的走了。你心里惦记着林妹妹，要打发人去又怕袭人阻拦，便设法先使袭人到薛宝钗那里去借书，而后才命晴雯去看黛玉，并且拿了两条白绢子给她送去，这说明了什么呢？"

怡红公子："这说明我已感受到袭人是不会赞成我与林妹妹的爱情关系的，她跟薛宝钗是一路人；而晴雯才是最可信的，所以我就委托她向林妹妹传达爱情的私物。那时晴、袭二人在我内心是愈见分明，我把晴雯看做知己，对她有一种特殊的亲切厚挚之心。晴雯被撵至惨死前后，我对她的情份不但瞒住了袭人，就连和袭人思想一致的麝月、秋纹也不知道。"

快嘴："哦？这就说明您原是不加区分地对女孩子都怀着同情的，但经过切肤之痛的斗争以后，就进而对她们思想性格的实质有了准确的认识。因而，在对她们怀着同情的同时，还能分门别类地取舍，是吧？"

怡红公子："是的，我在逐步的成长中，对社会、人心的认识越来越明确，譬如我与'一贫如洗'、'父母早丧'的破落世家子弟柳湘莲缔结深厚的友谊，对当时社会所轻贱的唱小旦的蒋玉菡衷心倾慕，可以说都含有同样的意思。当然秦钟、柳湘莲和蒋玉菡三位的'人品'，也是我和他们交厚的主要原因，假如他们没有那种使我引为知己的'人品'，我对他们的交情是建立不起来的。"

人品、人生、成长

快嘴:"哦,那么,您认为这种所谓的'人品',究竟是什么呢?"

怡红公子:"这个在四十七回里能说明这一点,是关于照管秦钟的坟墓和柳湘莲远行的事。那天,我一见到柳湘莲就问他:这几日可曾去看秦钟的坟?当时一个说,想着雨水多,放心不下,特意绕路去看了坟,回家就弄了几百钱,雇人去收拾好了,一个自恨天天圈在家里,一点做不得主,但园子里结了莲蓬,就摘了十个,叫焙茗送到坟上供他。但柳湘莲又说'这个事也用不着你操心,外头有我,你只心里有了就是了'。你看他虽然一贫如洗,家里是没的积聚的,但却早已经打点下上坟的花销。我意欲打发焙茗送钱给他,他却说用不着,这也不过是各尽其道。最后谈到他远行的事,我更是依依难舍,掉着泪说'你要果真远行,必须先告诉我一声,千万别悄悄的走了'!"

快嘴:"啧啧,你们之间确实有着真挚的友情,像这种金子似的心,的确是一种慷慨义气、严肃而又高尚的品格和精神,也鲜明地对照出呆霸王薛蟠对柳湘莲的无耻的行为,两者形成尖锐的对比啊!"

怡红公子:"哎,也可以这么说吧。我的这种意识,对居于下层地位女子们的关爱及同情是一样的道理。对她们被糟践的命运,怀着无限同情,对她们纯真敏慧的资质和自由活泼的性格倾心地喜爱。在二十三回,我在园中看见风吹花落,不忍落花被人践踏,兜起来抖入池中,后来又和林妹妹掘土葬花。我这种对花怜惜的心情,也正是从对女孩子们的处境以及对她们品质的联想所产生的。"

快嘴:"可是,这样的思想行为总是不被人所了解,对吗?"

怡红公子:"可不是吗。譬如,我看待香菱的那种心理也是很明白的:一低头,心下暗想'可惜这么一个人,没父母,连自己本姓都忘了,被人拐出来，偏又卖给这个霸王'。因又想起：'往日平儿也是意外想不到的，今儿更是意外之意外的事了'。又因自己无力改变这种现状，于是就到处发泄这种不能自制的感伤心情。当时，我的内心是严肃而纯洁的，却总是不被他人所了解，比如香菱，就以为我对她怀着轻薄。在七十九回所写的，当时晴雯已死，迎春将嫁，我和林妹妹的关系陷入一筹不展的苦境！"

　　快嘴："这些我知道。当您在切身的尖锐矛盾和激烈的思想斗争中，是不是就想发泄心中的不满来自慰，并以此求得思想的解脱呢？"

消极思想的根源

　　怡红公子："嗯，是的。犹如我曾对袭人说'比如我此时若果有造化，趁着你们都在眼前，我就死了，再能够让你们哭我的眼泪流成大河，把我的尸首漂起来，送到那鸦雀不到的幽僻去处，随风化了，自此，再不托生为人，这就是我死的得时了'。"

　　快嘴："嗯！您的人生态度挺消极的。我记得您有次还说'人事难定，谁死谁活？倘或我在今日明日，今年明年死了，也算是随心一辈子了'，您为什么这么说？"

　　怡红公子："唉！这都是我当时看世间事所产生的怪异心理。其实，像这种境况说的这种话都是一种反常的表现，可惜却没人能懂得，也就没有人能给我以正确的规劝。"

　　快嘴："我想您在生活中从小就明确地感觉到那些尖锐的矛盾，又在那切身的矛盾之中挣扎过，却无法解决这种矛盾，也不能为自己的斗争找到支援和出路。因此，就始终处在一种蠢蠢欲动，却又无可奈何的境况中，对吧？"

　　怡红公子："唉，不错。在这种无奈的环境中，我的感伤情绪随着自立和自由意识的觉醒就同时生长起来，使我的叛逆思想越来越强烈，促使我坚决不向上辈人的思想妥协投降，但又不能积极有为地做出有力和有效的反抗行为。因而，一般多是以自责与逃避的态度对待所面临的矛盾。为了减轻斗争中的苦痛，我找到了道家无为出世的思想，因此，我就十分的欣赏《庄子》，也十分膜拜佛家思想。"

快嘴："哦？还真是这样。我记得那次您摹拟的南华文是这么写的：'焚花散麝，而闺阁始人含其劝矣；戕宝钗之仙姿，灰黛玉之灵窍，丧灭情意，而闺阁之美恶始相类矣'。还有在二十二回您曾因听见戏曲中鲁智深唱的'赤条条来去无牵挂'等句，就喜得拍膝摇头，并且做了几句佛偈。我想这些都是您自解烦恼、自慰苦痛的办法吧。在无奈的现实条件下，您只能找到这样的一些精神的出路对吧？"

怡红公子："是的，这些虚无的东西一直生根在我的思想里。我的'死'和'化灰化烟'的念头，就是这种思想的流露，在那个时代的我，就只能产生这样一种荒诞的、无稽的、毫无意义的思想。那天，我决心到晴雯灵前拜一拜，但尸体已抬出焚化了，我扑了个空，便回园顺路找林妹妹，谁知她又到宝钗姐姐处去了。我再寻了去，不料却是人去楼空，宝钗也搬走了，蘅芜院空无一人。我不觉大吃一惊，呆怔了老半天，但又转念一想'不如还是和袭人厮混，再与林妹妹相伴，只这两三个人，只怕还能同死同归'。"

快嘴："唉，可悲的是在那样严重尖锐的斗争关头，您还一再地持这类迂阔无稽之见为自己解慰苦痛。对晴雯的惨死，对袭人的奸伪，就都不了了之了。而情愿安心而苟且地厮混下去了，我想这懦弱的表现真是您人生的悲哀！"

怡红公子："是的，现在想起简直无颜面再见'江东父老'。当时，我就是在这种状态下生存的，不能自拔、也不知该何去何从。当林妹妹的忧郁症已病入膏肓、舍我而去之后，终于使我感到万念俱灰，再也没有心情长久与薛宝钗、花袭人等苟且厮混下去。最终还是离家出走，抛弃了她们。"

论"木石前盟"与"金玉良缘"

快嘴:"不错。值得褒扬的是:您最终还是觉悟了,有了自己的主观意识。可以说整个的'红楼'都是以你们'宝、黛、钗'这三者之间的恋爱和婚姻问题为核心,对您的人生道路进行细致的阐述。您是怎么看待'木石前盟'与'金玉良缘'这两个影响了您一生的爱情魔咒呢?"

怡红公子:"唉,对我来说,这是两个正面冲突的对立点。前者是自由平等思想下个人意志的体现,后者是上辈人意志的体现。'木石前盟'与'金玉良缘'的对立本身自始至终以我走什么路线为中心而展开。在'比通灵金莺微露意,探宝钗黛玉半含酸'这回里就是薛、林二人之间矛盾冲突的起点。我自己之所以与宝钗'生分',是由于她好说'混账话',一有机会就劝导我要以'立身扬名';而我又之所以与林妹妹不'生分',是由于她从来不说'混账话',否则也'早和她生分了'。"

快嘴:"哦?原来是这样,但却有人说您对宝姐姐的才貌却十分倾倒。在十八回您奉元妃之命以'怡红院'为题赋诗,起草内有句云'绿玉春犹卷',宝钗瞥见,便急忙悄悄地对你说:他不喜欢'绿玉'二字,岂不是有意和他争驰了,又啐嘴道:唐钱翊咏芭蕉诗头一句:'冷烛无烟绿蜡乾'你都忘了不成?您听后遂把'绿玉'的'玉'字改作'蜡',并笑道'真可谓一字师'了,从此后,我只叫你师父,再不叫姐姐了。这是您对宝姐姐的博学多才而倾慕的表现吧?"

怡红公子:"不错,我对她的博学多才是深深折服的。"

快嘴:"呵呵,不但是才学吧,宝姐姐可是公认的美人儿,难道你没动心过几回?"

怡红公子:"哈,怎么没有,那次看她雪白肩膀,自恨没福摸,忽然又想起'金玉'一事来，我便又看宝姐姐，只见她长得脸若银盆，眼似水杏，唇不点而红，眉不画而翠，比林妹妹另具一种妩媚风流，不觉就呆了。嘿嘿!"

快嘴："哈，我说的没错吧，您当时对宝姐又动了爱慕之情了吧!"

怡红公子："哈，是啊，但我对宝姐姐，爱慕之情有之，更多的则是敬重。倘若以'才貌'二字来衡量，应该说宝姐姐是个完人，可我对她的'停机德'却深为反感。再加上她爱说'混账话'，屡屡用阴柔的手腕对我进行着无休无止的斗争。结果造成了我对她的嫌厌，这日益加深了我们二人在思想上的鸿沟。"

快嘴："我想至此您与林妹妹二人之间的那层薄薄的窗户纸便荡然无存了，在心里就选择了'木石前盟'而反对'金玉良缘'，确立了叛逆的人生道路，并进一步与家族的亲权和孝道作斗争，对吗?"

怡红公子："对的。要论孝道，我可谓是大逆不道。我同家父的矛盾是一直贯穿始终的，并成为我走上叛逆道路的导火索。我追求恋爱自由，反对'金玉良缘'，坚持'木石前盟'的思想也是贯穿始终的。"

人生如梦，何去何从?

快嘴："我觉得导致您最终与家族决裂的原因有两个重要因素：一个因素是'黛死钗嫁'——木石前盟的彻底瓦解；'金玉良缘'局面的出现，使您对父母之命的婚姻彻底死了心。一个是贾府被抄，破败的贾府已经不复当年的辉煌与荣耀，您选择出家这条路也是必然的结果吧?"

怡红公子："唉，是非对错皆由后人评说，随大家怎么议论吧。但是，无论怎么说，我在爱情上的选择，决定了我必将要走的人生道路。虽然天意弄人，但我也没什么可怨可悔的，就是真的抱恨也为时已晚了，不是吗快嘴？我知道你们现代人会对我有多种看法，褒贬不一。"

我点头称是！唉！看来怡红公子是早生了二百年啊，如果生在当代，那么他在爱情婚姻上肯定能如愿以偿的！

辞别了怡红公子，离开了怡红院，想起宝二哥的人生，我不知道是该哀叹，还是该呐喊。仔细想想我们自己，在这茫茫的世间，在爱情、婚姻、事业上，我们也真能如愿以偿吗？不一定的，繁华如烟、人生如梦，在事情的抉择前应何去何从？我们自己有时也把握不好，在那命运不由自己做主的时代，宝二哥做了反抗，虽然最终结果难以挽回，但他没以小人之心做对不起人的事，而是选择了一走了之，这也是一种博爱和大度啊！

不感慨宝二哥了，下一步我准备去采访那十二位让我们朝思暮想的美丽而神秘的红楼金钗们，首先，让我们来到位居十二钗之首的潇湘居，瞧瞧我们的潇湘妃子是在提锄葬花，还是在挥泪题诗？

"潇湘妃子" 林黛玉访谈录

一个是阆苑仙葩，一个是美玉无瑕。若说没奇缘，今生偏又遇着他，若说有奇缘，如何心事终虚化？一个枉自嗟呀，一个空劳牵挂。一个是水中月，一个是镜中花。想眼中能有多少泪珠儿，怎经得秋流到冬，春流到夏！

咦，这潇湘居怎么这般清静？静得只能听见我自己的心儿跳，我屏住呼吸、步儿轻轻，只是感觉里有点儿做贼心虚。这潇湘妃子到哪里去了，她可不是一位常串门子、爱嚼舌头根的人啊！怎么，就连两个贴身的丫环雪雁与紫娟也都不见了，难道是她们对主子不尽心而被炒了鱿鱼？还是她们羡慕现代女权的开放与自由，而主动辞职到外面去捞大钞去了？唉，看来这回要白白跑一趟了！

咦？在那边浓密的湘妃竹下的香案前，那轻挥玉毫写写点点的俏人儿不正是黛玉妹子吗？正在踌躇的快嘴我一阵狂喜。嘘，先不要惊动她，瞧瞧她的大作再说，说不定还能发现什么秘密也说不定哦。于是我借着浓密竹林的掩护，悄悄地来到香案前，偷眼望去，只见潇湘妃子写道：

花谢花飞飞满天，红消香断有谁怜？

……

几载闺中惜春暮，愁绪满怀寄何处？

……

青灯照影相对眠，冷雨敲窗到几时？

……

在这首伤感的小诗下面，还有一段散文：我的前生，是一株汲取了日月精华的‘绛珠草’。生长在天神女娲用来补天而遗漏的顽石身边，经历了多少个春夏秋冬风吹雨打。可是……他却总是用身躯默默地为我挡风遮雨，因此我与这块石头才结下了"木石同盟"，希望来世可以在一起，期盼上天能让我与"他"结一段尘缘佳话，以报答他对我的呵护之恩！

"唉！都二百多年过去了，还是这么痴情啊？"我忍不住叫了起来。

"呀？我的妈，怎么跑进来一个大活人呀？吓我一大跳！"潇湘妃子惊了一跳地说。

"啊，不好意思，没吓着您吧。"我赶紧说。

潇湘妃子："哎，没什么，我现在也没那么胆小了。哎，对了，该怎么称呼您呢？您到我这潇湘馆来有什么事吗？"

快嘴："您就直呼我快嘴好了。哎，潇湘妃子，我是带着现代人对您深深的仰慕而专程来采访您的，您不会介意吧？"

潇湘妃子："怎么会呢？我现在清闲的发懵，巴不得有人来找我聊聊呢？再说呢，我们这个大观园里确实有好多好多的事，憋在我心里堵得慌，说出来我心里也敞亮些。"

快嘴："哈，那好啊，那我可要有疑就问了啊。"

潇湘妃子："那你开个头吧，今天我有问必答。"

快嘴："呵呵，我有些受宠若惊啊！想不到您这纤尘不染、除宝二哥外其他男人都拒于千里之外的潇湘妃子竟这么给我面子，太好了，那快嘴我就不再客气了。"

潇湘妃子："呵呵，这世界变化快嘛！您就问吧，我保证有问必答。"

性格孤癖的原因

快嘴："那好！我先问您对自己当初从老家扬州千里迢迢投亲到金陵荣国府，有什么感受啊？"

潇湘妃子："唉，别提了，那种感受……真是一言难尽啊。当时，虽然是来到了自己的至亲——姥姥家，但我还是有一种被收养的感觉。我幼年丧母，伤痛未愈，接着就别父进京。由一位从未离开过父母羽翼的'宝贝儿'，变为寄人篱下的孤儿。再加上我本就是多愁善感之人，一路上您不知我那个眼泪淌的呵……"

快嘴："唉，是啊，悲莫悲，生离别！你自小父母双亡，这种创伤对你的打击是巨大的！"

潇湘妃子："唉，可不是嘛！到了这豪宅深院我是何等拘谨，刚见宝玉，他问我可曾读书时，我只说'不曾读书，只上了一年学，些许认得几个字'。还婉言谢绝邢夫人留吃饭的邀请，以及王夫人嘱咐不要招惹宝玉时，我都一一小心翼翼的回答。"

快嘴："嗯，可以看出您刚来到荣国府时，真是'步步留心，时时在意'啊。您一个千金小姐，在家时何尝不是备受娇宠，如今却落得处处看人脸色行事的小可怜，真难为你喽。但宝钗来到贾府，虽称不上是寄人篱下，然她与贾家的关系，与你是无二的，何况俗话说娘亲舅大，终究你与贾家更亲近些，可宝钗没有像你如此多愁善感啊。"

潇湘妃子："宝钗没有受过亲人失散之苦，何况是跟随母亲与兄长来到姨家，凡事自有母亲撑着，自然做事比我舒展许多。宝钗之母与宝玉之母为亲姐妹，自然更得王夫人偏爱；贾政虽为我舅舅，但没有时间照应我，我怎比得了人家呢？"

快嘴："嗯，正因如此，使得你性格孤僻，以致大观园之中人人喜欢宝钗，而只有宝玉和丫环紫娟爱护你。"

潇湘妃子："要说为人处事，我可是外行，也不屑于与他人争名求利，一般见识。也不懂得与人便利自己方便，于是得罪了不少人。"

对自我的认识

快嘴："这恐怕也是大家在为宝玉选妻时，都倾向于选择宝钗而冷落你的原因吧！你虽然有外祖母的支持，但也终拗不过王夫人及王熙凤等人的暗中使劲儿。"

潇湘妃子："唉，有什么办法。虽然当时得到了外祖母的极力呵护，但长期寄人篱下的我惟一可仰仗者便是外祖母。然而她已老迈，则不免昏聩，且耳软心活，多疑善变。疼爱我之心虽切，又怎争得王夫人姊妹阿谀于前，以及宝钗独到匠心的奉承于后，更兼元春于宫中传出暗示，贾母焉得不入彀中？唉！我惟一之靠山，其实并不足以倚靠，那时我的心情真是如履薄冰啊！"

快嘴："您说的对。其实读者也对您的身世寄予了深厚同情，但是，有不少的人认为您太敏感了，动辄就耍小性子、与人翻脸，为一点芝麻大的小事就痛哭流涕，并且才高气傲，目下无尘……您对自己的这样的性情与脾味，又是怎么认为的呢？"

潇湘妃子："这个嘛！我不认为这是世人对我的偏见，敏感与小性子是我与生俱来的个性，一般是很难改变的，况且也没有人或事警醒过我去改变，因此也就没有改变了。"

快嘴："可是您的性情，对您当时的生活处境可是有害无益的呀。若您能像宝钗一样，也许你和宝玉最终能成为眷属呢！"

潇湘妃子："呵呵，很有可能，但那样的话，我就不是林黛玉了，红楼梦故事本是曹公安排好的，我也只能认命了。哈！"

快嘴："呵呵，我觉得你的性格的形成是有原因的。事实上，在荣国府里，你无财无势，比大观园中的任何一个少女都更需要精神的支扶，但你没有得到应有的教育或规劝，因而你便更加敏感于做人的尊严，慢慢的生成了叛逆的心理。"

潇湘妃子："嗯，你说的很有道理，我的为人虽然小性、尖刻，但却是纯真、坦诚的。记得我刚到荣国府时，老太太对我之疼爱'倒把三个嫡亲的孙女靠后了'。还有宝哥哥又与我亲密无猜，'日则同行同坐，夜则同息同止，言和意顺，略无参商'。那时的我还没有那么多的多愁善感的脾气，只是后来……"

快嘴："后来什么？因为宝钗来了是吗？"

潇湘妃子："可以这么说，但也不完全是，因为后来发生的事情实在是太多太多了，但宝钗的到来对我来讲不能说不是最沉重的一击。的确，宝钗到来如投石入湖，是丝丝涟漪的开始。"

快嘴："是吗？我记得宝钗到贾府没多长时间，便人人都说她好，连小丫头也亲近她，那时你的心中似乎有'悒郁不忿之意，而宝钗却浑然不觉',这是为何呀?"

潇湘妃子:"这……那时,我虽'悒郁不忿',但却是人之常情,且并不掩藏,往往形之于言色之中,可以说是直率本性;可是宝钗之"浑然不觉"实在令人可疑,只是到后来才明白宝姐姐是何等心思细密之人,焉有不觉之理?所谓浑然不觉,不过是装出来的,其实心中早已雪亮。但这时大家都已经开始喜欢她的平易近人,而爱耍小性子的我就越来越不讨人喜欢了。"

快嘴:"嗯,其实我觉得您之'悒郁不忿',似乎是心地狭窄,但实则出于一个'真'字;而宝姐姐之'浑然不觉',看上去仿佛是心地宽厚,却实际是一个'伪'字。她有意地处处让你,不与你正面争执,这正是她心计的高深之处,对吧?但是大家都说您是特别小性的人,又是怎么回事?"

为什么"小性"

潇湘妃子:"说起来我这小性子的事,我可是还有一段冤屈哩。有一段时期湘云在我的房中安歇,老太太所居住的院子是一个大套房,而宝玉与我就分别占用了一间卧室,湘云常来玩,就和我共用一间屋子。那天,晚间湘云更衣时,借题发作的地点就是在老祖宗的套房里。很显然,那时宝玉如果不待在自己屋子里,就会待在我的房里和我玩耍,否则湘云的话外之意说给谁听呢?"

快嘴:"哦,怎么回事?请你说详细些。"

潇湘妃子:"当时,我就呆在自己的屋子里,因为晚间更衣已经很晚了,更衣时姑娘们不再出门,打算就寝时做些准备工作。实际上,湘云所处的位置离我就只有几步之遥,只不过被屏风相隔而已。那时宝玉并不在我的房里,而是在他的卧房正准备睡觉。当时,宝玉听到了湘云的抱怨声，而湘云生气、宝玉辩解时自不会考虑音量高低，那么同住在一间屋子的我就是不想听见，只怕也是身不由己。后来，湘云使完性子后'一径至贾母里间，忿忿的躺着去了'。"

快嘴："哦？这么说湘云去贾母房中睡觉，说明她很清楚他们二人的言语会不可避免地被你听到，只得选择到老祖宗里间躺着。而宝玉碰钉子后对于'袭人深知原委，不敢就说，只得以他事来解释'，由此可见，你们这次'宝、湘、黛斗气'是由于彼此居住过近的原因。我想至少你们三人的丫环、嬷嬷们全都可以听到内容，甚至连老祖宗说不定也略有耳闻。因此，才使你遭到误解，背上了'小性'的黑锅，对吧？"

潇湘妃子："正是这样。其实，这都怪宝玉平时太在意我，而不懂得避嫌，才使湘云基于自身的利益，偏见地认为我不通情理。当时我确实没有偷听宝玉、湘云的谈话，尽管我确实听到了二者的言语。"

快嘴："唉，人与人之间那微妙的关系是很难处理好的，就连我们现代人也常常感叹做人处世好难好难，何况您又是处于那么一个庞大而又特殊的人群中啊。"

潇湘妃子："是啊。当时我终日以泪洗面，可他们都说我是'小性儿爱恼'。"

与宝玉之情感波折

快嘴："你真是受了不少的委屈。但你还有宝二哥呢，他不是十分的疼爱你、处处都维护着你吗？"

潇湘妃子："是的，他是很爱护我！但在爱情萌生的初期，即在初恋之时，我与宝玉却没少受感情的折磨。大家都知道宝玉的天性是'爱博而心劳'，而我却执着而深沉，结果愈陷愈深，以至于求全责备，由于这种性格的差异，我二人便常常起一些误会和风波。"

　　快嘴："是吗？但我认为你二人误会的主要原因，是你们真挚的爱情有悖于家族中上下人等的期望，以及那个时代陈腐的道德观念。"

　　潇湘妃子："不错，这是主要原因。当时我们二人就只能以'囫囵不解语'相互试探。'一个在潇湘馆迎风洒泪，一个在怡红院对月长吁'。可是，一旦宝玉'诉肺腑'、'剖心曲'，那些小小的误会冰释之后，我们的性格冲突就让位于第二个更深刻的冲突——就是我们的爱情与社会环境的尖锐冲突。这时的我，就深感'虽素日和睦，终有嫌疑'，也就愈发忧郁，而'小性子'的个性也就愈发的明显了。"

　　快嘴："可不是嘛，现在我心里还为您心有不甘呢！您虽喜欢宝二哥，表面上却又拒之千里，以致您二人都深受其苦。却又是何必啊？"

　　潇湘妃子："唉，人的感情真是微妙和难以琢磨啊，我对他情有独钟，他对我一往情深。我明明是喜欢他的，却又每每故意气他，气完他我又生自己的气，但当时又忍不住想那样做。呵，多么可笑。"

　　快嘴："嗯，也许你们是处在感情的磨合期吧。虽然有时小吵小闹，但你是离不开宝玉的。他去送三姐探春，一别数月，终使您相思成疾，香消玉殒。所以现在世人公认为您是一位十分痴情的女子，您怎样认为呀？"

论 痴 情

　　潇湘妃子："喂，快嘴先生你为什么要提这个问题呢？说实话，一提起'痴情'二字我就心酸得想掉眼泪。当初我的的确确是太痴情、太专一了，在我整个青春妙龄的花季里，就只有一个贾宝玉，我的整个心思都放在了他的身上，不能自拔，以至于使自己……"

　　快嘴："您是真够痴情的，您也太不珍惜自己了，您觉得这样做值得吗？"

潇湘妃子："这到底值不值得我也说不好。回首历史，古往今来又有多少像我这样痴情的女子以身殉情、以死表心啊，如祝英台、杜十娘等。相比之下，女人往往不像男人那样看得开、放得下，女人一旦动情就是情真意切，因此我才说'女儿'二字是'极尊贵清静'的。"

快嘴："其实男子也有极痴情的，岂独女子呢？"

潇湘妃子："男子的痴情与女子有所不同，因为男子往往有主动权，特别是在我们这个时代，男子喜欢一个女子，可主动地追求、提亲，为她做这做那，最后就算得不到，也还可以娶其他女子代之；而女子却往往不能和自己喜欢的男人在一起，则只能被动地接受男人，即便不喜欢也只有认命，如果反抗，那就是绝路。比如我，此梦难圆，也只有'冷月葬花魂'了啊！"

论　写　诗

快嘴："唉，是啊，可悲可叹！不说这些了，您是公认的才女，写诗上是才思敏捷、清丽有致，我可是很喜欢您写的诗的，下面我们谈谈诗吧。"

潇湘妃子："我之所以喜欢诗，是因为我能在诗的境界中忘记一切烦恼，我的个性是从来不主动去争取，还经常拒人于千里，通常，我只是生活在属于自己的精神世界里。"

快嘴："我想您那孤独的心灵一定在渴望爱情的滋润吧？但清高的性格却使您卓而不群，您超尘脱俗的写诗才华，也显示了一个才女的清高和傲骨。请问您这超越常人的诗气、灵性及才华，是与生俱来的，还是有什么独门的心得？给我们大家透露透露！"

潇湘妃子："呵呵，快嘴，你可真逗，哪有什么与生俱来的才华？说起来，我写诗的灵感与才气，还得归功于'伤感'二字。大家都知道我一天到晚的伤感、成年累月的伤感，伤感自己的身世、处境，伤感那些无人怜爱的花花草草，更多的时候是为情而伤，为爱而伤。就因为对爱情的伤感以及对诸多事物的伤感，迫使我终日的对景伤情、对物伤情、对人生渺茫伤情，可以说正是这些有意的无意的无可奈何的长年累月的伤怀情感，激发了我的才情与诗气，因此，我敢说，不管是失恋、热恋、失意、得意都可以将一个女人的情感与才学推向最高峰。"

快嘴："哦？怪不得南宋的女诗人李清照，在国破家亡、丈夫赵明诚去世后，伤感之极，写下了'帘卷西风，人比黄花瘦'、'凄凄惨惨戚戚'、'这次第，怎一个愁字了得'等流传千古的伤感、伤情的著名诗篇，原来这都是'伤感'的功劳哇！"

潇湘妃子："呵呵，也可以这么说吧。很多人喜欢我写的那首葬花诗，里面有'花飞花谢飞满天，红消香断有谁怜……侬今葬花人笑痴，他年葬侬知是谁……一朝春尽红颜老，花落人亡两不知'等句。其实，这就是我为自己的身世、人生、青春、爱情所伤感的真实写照。也可以说在我们生活的这个社会中，男人的爱心与关心、多情或无情的情感因素，足以激励女人将自己的思想推上最高的精神境界，以诗、以物来寄托她们那无法排遣的千悲万怨的情怀。唉……爱若即若离不可琢磨，犹如花开花谢使人难以为之呀！"

还泪情缘

快嘴："佩服佩服，'潇湘妃子'对诗、爱情、人生的思想见解果然非同一般！我说现今世道怎么不见了那种'红颜只为此情痴'的多情女子了，原来大都'红颜一怒不言情'了。这种因社会的发展与进步而出现的'巾帼不止为须眉'的滚滚潮流，对我们男士来说不知道是该赞叹还是该沉思？现在的男士大都还希望能遇到您这样痴情的女子，可事实证明这比九天揽月还难。呵呵，像您这样痴情的女子，只怕不好找了！”

潇湘妃子：“不能这么说，在情感方面，人与人的感受大多是相同的。当时我与宝玉两人相见的第一眼，就暗惊‘这个宝哥哥何等眼熟’，他也说‘这个妹妹我见过’，这看似平淡的两句话，殊不知其中却蕴涵天上人间的奇情奇缘。现在想来，既动人心弦，又让人潸然泪下。以至于宝玉摔玉时，我痛哭流泪，其实那正是我二人之间的相互表白。宝玉虽锦衣玉食，高高在上，实则被人视为痴狂不肖之人，但我的到来，却使宝玉始得其知音；而我自小多病，虽有父母疼爱，却无兄妹之乐，及见宝玉，我也始觉其就是知音。”

快嘴：“不错，按曹公的安排，你们相结的缘分不止在这一生一世，是有前世今生的，那么你们的缘分是天注定的吗？”

潇湘妃子：“这我也说不好。至于我和宝玉，我们早就有‘三生石上旧精魂’上的木石前盟。而我就是那株绛珠草——‘三生石’上的‘精魂’。因神瑛以甘露灌溉，此草得以延年。后来又受天地精华、雨露滋养，遂脱胎成仙，便结下了‘木石前盟’。后又因‘终日游于离恨天外，饥则食蜜青果为膳，渴则饮灌愁海水为汤。只因尚未酬报灌溉之德，故其五内便郁结着一段缠绵不尽之意’。”

快嘴：“哦？但您的这缠绵的痴情之意，似乎承载了古今之情愁情债。想不到缘分竟是这样结法，又是这样的了法；情是这样的成了债，却又是这般的偿还。唉，像你这种以情报恩、以泪还债的人生世上有几？真是感至肺腑啊！”

潇湘妃子：“呵呵，这得感谢曹公，正是他曲折感人的故事情节和生花的妙笔，才有了这么动人的感情故事。”

快嘴：“哈，是的，在书中，您和宝玉是通过‘还泪’联系起来的，可是有些人却疑惑地说：‘她林黛玉的处境好像没有那么惨呀，哪来的这么多眼泪呢？你看上有贾母疼爱，下有宝玉体贴，比之湘云、迎春等可算是幸福多了。因为不管咋地，她还有宝二哥这一个知己呢，而人生得一知己足矣，难道她还不知足么？’我想问问您，对人们的这一说法又作何解释呢？"

潇湘妃子："唉……你们大家都说了解我，谁能真正懂得我的心呢？其实每次我为什么流泪？多是因宝玉不懂我心，而并不是为了爱情而与他人争风吃醋，就如我自己所说'我难道叫你远他？我成了什么人了？我为的是我的心！'宝玉摔玉那次，本是他天生带来的美玉，他自己不爱惜，遇知己替他爱惜。可见，我之痛泪，为的是爱惜知己呀！"

快嘴："嗯！我记得脂颜斋有批云：'绛珠之泪偏不因离恨而落，为惜其石而落'。可见惜其石必惜其人，其人不自惜，而知己能不千方百计为之惜乎？所以绛珠之泪至死不干，万苦不怨，所谓'求仁得仁又何怨'，真是悲夫！"

潇湘妃子："是的，'还泪'虽苦，我却是无怨无悔的。我们这一对宝贝：一个在灵河岸边，一个在青埂峰下；一样的性灵，一样的痴情；两厢遥遥相对，却又息息相通。"

快嘴："是呀，所以世人都说你们是'千古知己'。"

潇湘妃子："嗯！世人总以为我与宝玉之恋是爱情绝唱，却不知我们是知己相惜。后来我泪尽而去，宝玉却并未为我殉情。但这并不表明宝玉无情，而是此时的他尚未领悟痴情的真谛。直到后来繁华散尽、千红一窟，宝玉方解我葬花之意、还泪之苦以及知己相惜的痛彻之情呀！"

悟解人生

快嘴："嗯！好一番人生的彻悟，真是感人啊。不过，您也不要过于悲伤。其实，整部红楼作者最爱惜的是谁？乃您绛珠仙子也！那满纸的'荒唐言'，不仅仅说尽了您这一把'辛酸泪'，它更多地蕴含'顽石'——作者自己一番人生历练的结果。"

潇湘妃子："是的！绛珠点点，血泪斑斑，'字字看来都是血'。其实，就是曹公自己的缩影。"

快嘴："是呀。曹公用您的绛珠泪点醒了石头，而石头则欲点醒世人啊。好多世人皆以宝玉谓曹公性情，现在我才知在您身上才真正隐藏着曹公的影子。崖上一块顽石，穷尽众生幻象，却是由您一生眼泪点化之功而变得晶莹剔透啊！"

潇湘妃子："其实，芸芸众生沉沦于迷途久之又久，又岂能以一部红楼之梦而唤醒呢？'都云作者痴，谁解其中味'？我的事迹之写照，也为曹公自己之真实写照。同时也影照了诸多世人啊！"

快嘴："嗯！您的前生因神瑛之露而修炼成仙，而宝玉亦因绛珠之泪而脱离凡胎。'听曲文宝玉悟禅机'可以看做是宝玉第一次'悟空'的预演，而您的'无立足之境，是方干净'，却实又比宝玉所悟的境界高出了一层。"

潇湘妃子："嗯，不错，误解我的人总以为我似乎是只对宝玉一人用情，但事实却并非如此。譬如我对紫鹃、雪雁等都是以姐妹待之，并不拿小姐的身份。尤其是紫鹃，我们早已超越了主仆的情分，在贾府中恐怕也找不出第二对来。我和宝玉，是一对千古知己，自然也不必说。即便是对我最不喜欢的宝姐姐，在'解疑癖'之后，亦以真情待之，两人遂成金兰之契，我对她可是以真心待之哦。知我者有二三，有二三知交对我来说亦足矣。你们别看宝钗为人是八面玲珑、到处受欢迎，但她的知己又有谁呢？"

快嘴："嗯？说的不错，红楼看了好几遍，还居然没看出谁是宝钗的知己。我们大家都知道宝玉是喜聚不喜散的人，只希望好花常开、美景常在，常处于沉迷之中，如警幻所叹'痴儿竟尚未悟'！而您是喜散不喜聚，一定是深知'盛筵必散'的道理吧？"

潇湘妃子："呵呵！大家不是经常说天下没有不散的宴席吗。用现代的眼光看来'情情'的境界似乎比'情不情'要窄，现代人择偶的'资源'好像是多多益善。但是，用情真的是越'博'越好么？我看未必。"

快嘴："不错，我也有同感。爱博则浅、广大虚无，过于分散，亦会导致'力度与资源'的不足。试想，若将'甘露'洒到寸草不能生的地方，岂不是'资源'白白浪费？因此，我始终认为'情不情'并不是性情的完美。假如人与人之间只是一味的暧昧虚假、客套，再也没有真情可言的话，那么，我们活着还有什么意思？"

潇湘妃子："快嘴，想不到你竟然与我有一样的观点，呵呵，我真是又多了一个知己啊！"

快嘴："嘿嘿，林潇湘啊，二百年来，您可只有宝二哥一个知己啊，您这么说，我岂不快要成了宝二哥的情敌乎？"

潇湘妃子："哟，开什么玩笑？我还真巴不得给那'千古的冤家'找一个情敌呢，可惜你小样的没赶上。不过，现在回过头来想想那'木石前盟'也并非爱情，'金玉良缘'亦非婚姻，不过是作者托言寄兴的'荒唐言'罢了。我现在不为自己惋惜，只为曹公感叹！为世人感叹！'都云作者痴，谁解其中味？'曹公之痴，胜过我黛玉之痴，而世人之迷，则更甚于宝玉之迷。如果说我是世上最'痴情'的人，莫如说曹公才是'千古第一痴人也'！"

快嘴："哦，原来如此，听君一席话，胜读十年书。您的话可真使我受益匪浅，这回我算是真的了解了《红楼梦》了。"

论"情敌"薛宝钗

潇湘妃子："嘻嘻，让你见笑了。现在的我不比从前了，什么都能看得开。因此，对您的采访，我是倾囊相告，权作为关爱我的人们以回报吧！"

快嘴："想不到多愁善感的潇湘妃子也是个爽快人，呵呵！那我就不客气了。我们知道您与宝玉之间的爱情是真挚的，但是在你们的爱情发展中，蘅芜君薛宝钗却插了进来，您对这位美丽的情敌怎么看？"

潇湘妃子："唉，说起这段孽海情天的爱情纠纷，可真叫人伤脑筋。

当时我刚刚到贾府的第二天，便有金陵来的书信说到薛家事务，宝钗不久即进京，而且她来时的排场是何其的张扬。我来时只有一叶孤舟，一主二仆，悄没声息地进了荣府；而她们薛家则又是人命，又是官司，一大家子声势浩荡，沸沸扬扬而来。一个势单力薄，一个财多势众，相形之下，更凸显出我的孤苦无依和宝钗的财大势大。然而，使我欣慰的是自己虽无甚排场，却有宝玉为我而摔玉的感人事情，而我们二人又一见如故，且心意相通；而宝钗来时，只是王夫人郑重迎接，而宝玉未承露面。"

快嘴："那么，由此可见当时的形势：您与宝钗二人，一个得贾母、宝玉之真心呵护；一个得王夫人所代表的贾府实权派之重视，可谓各得其所，平分秋色啊。但是，我不明白的是您怎么捞了个'太敏感、太尖刻'的'小家子气'的名声，而宝钗却是'八面玲珑'的'大家闺秀'？"

潇湘妃子："说的不错。我是太敏感、太尖刻了，但我的感觉却往往很准，我是爱多疑，可是你们看我哪一回疑错了？你也对故事里的情节了如指掌，也不用我细讲多说。别人咱先不提，就说那周瑞家的，她对'三春'、对凤姐以及平儿的态度是何等的亲热巴结，对我却明显冷淡许多，这又怎怪得我生气呢？何况那花儿是薛家送来的，有意无意地显摆了薛家的财势，这就明显说明宝钗有'素日藏奸'的可能，因此我才对她无好感，到颇'悒郁不忿'。"

快嘴："哦，这么说倒也不错，我记得您曾亲自替宝玉戴斗笠，丝毫不顾忌薛家母女在场，我想你们两人亲密的表现，落在薛姨妈和宝钗心里眼里，她们肯定有些不是滋味吧？"

潇湘妃子："呵，说不准。当老太太听说宝玉从薛姨妈那里来，就'更加欢喜'，这四个字就充分的表现出了薛姨妈平日里对老太太的用功之深，在那时就已经取得了初步成效。后来宝钗进得府中好长时间，终于有机会与宝玉交换佩物。她先是看宝玉一身的鲜亮华贵的衣着，然后就把注意力转移到那一块牵系着自己终身大事的玉上去了，摘下来细细把玩了一番，又借莺儿之口道出了'金玉良缘'的原委。无风不起浪，这件事情本来是只有他们薛家人才知道，后来却贾府上上下下的人个个都知道了，这若不是他们薛家有意散布出去的，又能是谁的所为呢？可见她们早就用心良苦。"

快嘴："哦，这么说倒也不是说不通。就宝钗所做的一些事，我们也不难看出宝钗一直都是城府很深。她似乎在进贾府之前，该经历的都已经历了，该理解的都已理解，该选择的都已选择好了，该决定的也都已决定了。进入贾府之后，无论发生了什么事，宝钗都可以立即联想到历史上种种类似的事情，并根据自己早已有过的分析迅速地做出反应。真不明白她小小年纪怎会这样精明？"

潇湘妃子："她何止精明？简直就是胸有成竹。她最善长的就是明哲保身，有时为了一己私利，就会不惜出卖别人。在二十七回里有一段话是对宝钗个人品德最有代表性的描写：她在花园里扑完蝴蝶后，不料竟撞到了小红的隐私，她竟毫不犹豫地将此事嫁祸到我的身上。"

快嘴："不错，确有这事。可是，却有人说宝钗在这种紧急情况下叫你的名字，是出于无心，因为只有叫'颦儿'才会不使小丫头们疑心，您对这种辩解有异议吗？"

潇湘妃子："当然有。我坚决反对这样的辩解，因为那时我与宝钗的关系并不友好，而事实上我们至始至终都不可能十分地友好。宝钗当时却脱口而出叫了我的名字，我认为她是有意识地叫出'颦儿'二字的，她与湘云的关系很不错，那么她怎么不叫湘云呢？探春也很爱闹，她乍也不叫探春呢？这说明她很可能是要贬低我的形象。"

快嘴："哦，经你这么一说，我也感觉她是在'忽悠人'。"

潇湘妃子："是啊！我们试想一下，宝钗既然能想到这种环境对自己不利，必须用'金蝉脱壳'的法子才能使自己避此丑事，又怎么会想不到叫出我的名字就会使我深陷其中呢？"

快嘴："既然知道，仍然要叫，那么无疑就是一种故意嫁祸于人的金蝉脱壳计。以宝钗之聪明才智，园内事情早已在她掌握之中，如此小问题解决方法不下千种。但这个解决的办法从宝钗自己的利益来看，却是上上良策，但若考虑到别人，就绝不能称作上上良策了。"

潇湘妃子："可宝钗却选择用它，就足以说明了她平时又是何等的擅长于明哲保身之道啊。"

快嘴："不错，宝钗的精明是毋须置疑的，也是有目共睹的。她最终得到了宝玉，但却没有得到他的心，您虽然中道离去，但您却得到了宝玉永久的爱。所以，在精神上，精明往往是不能战胜真诚的。"

潇湘妃子："是的，我一颗真心对宝玉，胜过了所有精明的方法，宝钗城府再深，机关算尽，终也没能留住他的人，呵呵！"

论"宝、黛、钗"之恋

快嘴："嗯，这是一段从前生就纠缠不清的恋情，我想知道的是，您本人对'宝、黛、钗'之恋有何切身体会呢？"

潇湘妃子："唉，这段'孽情'说起来还得从宝玉这冤家的身上入手。你们知道宝玉的人生道路是以'宝、黛、钗'三者之间的恋爱和婚姻问题为核心而展开的，具体地说宝玉的爱情主要是徘徊在'木石前盟'和'金玉良缘'之间，正如我所说的：'你是见了'姐姐'就忘了'妹妹'的。纵然宝玉是这样的人，但我与他之间的爱情却是在贾府中最没基础的，不但有对封建仕途的叛逆，也有对封建道德孝道的批判，我们渴望爱情自由的民主意识在这种情况下是很难成长起来的。"

快嘴："嗯，我知道您林大小姐当时'才貌似宝钗，身世似香菱，思想品格似晴雯和龄官等……'您身上这些特征，也正是吸引宝玉爱慕你的因素吧？"

潇湘妃子："这些也不是全部，我和他是一见钟情的，当初由于我的这些特别的个性，使得宝玉的感情必然会随着其思想的发展，而把对众姊妹们的尊重体贴，以及对丫环们的同情与爱护，越来越多地汇集到我身上来，从而使我们在情感与精神一致的基础上，建立了生死不渝的爱情。"

快嘴："呵呵！原来爱情也是有原因的，并且还韵含着哲学道理，是啊，惟有心地真诚，爱情才能真正于降临，看来一个人具备了高尚的情操才称得上是高尚的人！是么？"

潇湘妃子："可能是吧。其实，宝玉的那块'宝贝'本来只是一块无用的顽石，却变成一块鲜明的美玉，并以幻相迷惑了世人。老祖宗是第一个就被迷惑了，宝钗那么聪明，也入了彀中；只有宝玉自己始终清楚，自称'浊玉'，见我因之生气时竟要摔了它。他在睡梦里还念念不忘'木石前盟'，这很令我感动。"

论"木石前盟"与"金玉良缘"

快嘴："你说得对，他对'金玉良缘'也始终是坚决不从的，虽然他也曾对宝钗雪白的膀子动过情，可心里想的却是'这个膀子若是长在林妹妹身上，或许还得摸一摸'。其实还是想的你啊，哈!"我拿宝玉向她打趣道。

潇湘妃子听了不禁羞红了脸儿，娇嗔道："讨厌，不许乱说，他的不良念头，还是不要在我身上使的好，不然可不饶他。"

快嘴："哈，宝二哥可是诚心待你的，可不会有不良念头。她对你和宝钗，也完全不是一样的态度。如他后来和宝钗结婚，据说竟然没有碰过她，此时他不但拥有了宝钗之'雪白的膀子'，其娇躯也整个地属于他了，但他竟然没了抚摸或亲近的欲望，由此亦可见失去你已使他万念俱灰了。"

潇湘妃子："唉，这都是孽缘啊，木石无缘，金玉无意，惆怅何似？那冤家也是头倔驴，想他若能屈就于现实，与宝钗好好生活，又何来这许多痛苦？"

快嘴："是啊，在曹公的情节安排中，正是由于宝玉的本质为石、幻相为玉的双重性，才导致了'木石前盟'和'金玉良缘'的并立。反映在宝玉身上，则是他不肯屈就于现实的倔劲儿。"

潇湘妃子："嗯，这其间也体现了曹公很重的传统'天命论'和'五行论'思想。'木石前盟'本是前生注定，三生石畔结下的一段奇缘；'金玉良缘'虽看上去很美，却完全是人为玉成的。"

快嘴："嗯，'宝玉'固然是幻相，'金锁'却也是一个和尚给的，上面的'吉利话儿'也是刻上去的，'与有玉的人才可配'的传言也是人为造出来的呀？这么一来，一个是天意，一个是人为，天意不成，人为终也无趣。"

潇湘妃子："若按'五行论'说，遗憾的是'金克木'，'木石前盟'终成虚化，而人为的'金玉姻缘'却终成事实。但我其实也终于如愿以偿，实践了要'把一生的眼泪还给他'的誓言，了却自己前世的夙愿。而且也得到宝玉的全心全意的爱恋与呵护，临死之时，我热泪已尽、心愿已了，也可以说是含着无怨无悔的微笑离去的吧……"

潇湘妃子说着，竟然再次扑簌簌热泪往下落，我真有幸，竟能亲眼看到'绛珠还泪'的凄美，心里却不由得替她心酸。

快嘴："林……林潇湘，其实，您也不必这么悲伤。您与宝钗也可以说是患得患失，照我看来，她也没有比你多得到什么。你所求的，乃性灵也，真爱也，知己也；而宝钗所求的，乃世俗的名利也，婚姻也，权势也。您所恃的，乃本人之才貌超逸，宝玉之倾心爱恋，贾母之真心疼爱也；而宝钗所恃的，是本族之充裕家财、她本人之品貌端庄、王夫人、元春之大力支持也。最后，您毕竟情有所依得到了宝玉之挚爱；宝钗也理所当然得到了贾府之允婚。照我们世俗的眼光看来，你们两人可谓是求情者得其情，求姻者得其姻，也可谓心想事成，而又有何怨何恨呢？"

潇湘妃子："唉，看似这个道理，然而又岂能真的无怨无恨吗？其实我与宝玉还有宝钗三人，哪一个不可怜？一个受尽煎熬泪尽而亡；一个痛失知己万念俱灰；一个独守空闺凄凉度日！殊不知薛家之财亦散，贾府之势亦败，一切均如镜花水月一般，到头来全部落空；这一场用尽心机的勾心斗角，到头来却人人是输家，徒为世人添笑料尔！"

对宝玉之感情

快嘴："唉，是啊！这的确是再伤神伤心不过的事了，现代人的爱情观可以说'丰富多彩'得让人瞠目结舌，但是，世人又有几个能看透看明白的呢？但令我不明白的是，您对'宝哥哥'怎么那样痴情，他值得您这样做吗？假如你们是生活在现代的社会，你还会不会那么死心踏地的爱他呢？"

潇湘妃子："呵，这样的问题我还没想过，得多方面考虑考虑。瞧你这人提起问题来没完没了的，说了这么半天我舌头都干躁了，我得先喝杯茶去。"她说着就回房去，片刻便拎着一个小茶壶、拿着两个水杯子过来。

快嘴："咦？我说林潇湘呀，怎么您亲自去端茶水呀？您的使唤丫头呢？我来这半天了雪雁与紫鹃怎么一个人也没看到啊？"我喝着她倒的茶水说。

潇湘妃子："她们全进修去了，生活在现在的社会可真不容易，没有专业知识还真没法生活下去。等她们回来我打算办个'健美丽人'培训班，您也知道我对健美、养容这方面有些独到心得。我准备打造一批风靡全球的'魔鬼美媚'，保证让那些风度翩翩，故作文雅的男士们大跌眼睛、垂涎三尺。你就等着瞧好吧，明年的亚洲小姐、环球小姐、世纪小姐等桂冠定是非我们莫属！"

快嘴："啊！想不到看似弱柳般的潇湘妃子还有这等雄心壮志，真是三日不见应刮目相看，到时候我一定再次来采访您。"

潇湘妃子："见笑了，这么说来我还得拜托您给做媒体宣传，看来还真不能得罪你哦。哎，闲话少说，我现在就回答您的问题，等把您打发走了，我还得仔细的研究研究那一套'健美体操'的具体方案呢。"

快嘴："哈，好的好的，恭敬不如从命。您就快说吧，我这笔记早准备好了。"

潇湘妃子："唉，说起来宝玉这个人我真是又爱又恨，爱的是我们心心相印、彼此相知，有着一样的性情、愤世嫉俗，不贪恋权势与奢华；恨的是，他情所非一，不懂我心，直至我泪尽而亡，方才顿悟。我记得有一回宝玉与我告别时，真是罗嗦不已，'唠叨'了半日，看来既好笑又令人感动，毕竟他与我的感情是与众不同的啊。我当时故意说了一句'蟾宫折桂'的吉祥话儿，固然是套话，却有点取笑的意思。"

快嘴："哦？是吗？我想此时的宝玉未必真正明白'林妹妹从来不说混账话儿'的可贵。可是您那时也对宝玉不能放心，临走还要追问一句'你怎么不去辞别你宝姐姐呢'，是吧？"

潇湘妃子："不错。由此可见，我们两人虽然青梅竹马、情深意笃，却还不能完全悟懂彼此的心曲。那时的感情尚是朦朦胧胧的，大半是直觉，还没有升华到心灵知己的高度。倘若是从'惟有此情非我钟'的爱情角度来衡量，宝玉还远远不够，可以说他很自私。"

对宝玉博爱之批评

快嘴："呵呵，我也认为宝玉是够自私的，他希望大家尤其是年轻漂亮的女性永远都簇拥着他、爱恋着他。像老祖宗那样宝贝着他；像王夫人那样纵容着他；像袭人那样精心照顾着他；像您这般的痴恋着他。如果不是如此，他便忧从中来，便伤心欲绝、失魂落魄，唉，他怎么不替别人想想呢？"

潇湘妃了："可不是咋的？我记得有一次他要摸紫鹃的衣服而遭拒绝后便痛苦伤心，'心中忽浇了一盆凉水一般……便怔怔地走出来，一时魂魄失守心无所知，随便坐在一块山石上出神，不觉滴下泪来，直呆了五六顿饭工夫……'还有，他看到小杏初成，便想到了邢岫烟已择了夫婿一事，想到不久邢岫烟将离他而去，他也就悲切感怀。当他听到史湘云就要出嫁的消息时，就更加的悲伤，便说出'史妹妹这样一个人，又被她叔叔硬逼着配人了，他将来见了我必是又不理我了，我想一个人到了这个没人理的份儿，还活着做什么'等。"

快嘴："对，这诸多的例子都可以看出他荒唐自私的想法与行为。但我们也不能否认他是出于对女性的同情，对与她们分离的伤感因素。害怕她们离开了自己，害怕她们不理他。"

潇湘妃子："是的，他就是这样。他一直担心爱护他的女子们散得太早"。说到这里，黛玉满腹的忧郁之色洋溢于脸上，她端起杯子喝了两口水，才稳定了情绪。

快嘴："嗯，这宝玉的确是太博爱了，有些小孩子气，但这对您却是自私的。从那次宝玉挨打后在众人面前所说的'况已是活来过'等话，也对他的自私又作了进一步的证明。"

潇湘妃子："显而易见，宝玉一次次地提及不要散、更不希望散得那么早，他希望自己身边永远都是'花围翠绕'；希望众青春美貌女子永远如众星捧月般的呵护着他、关爱着他；与他说笑、与他玩乐、与他排解'闲愁'。当初，我对他那么的痴情，都不能满足他这种自私的奢望。"

快嘴："您没说错，我们也能看出来宝玉的确有自私的一面，对您的感情不够忠诚与完美。在对爱情的执着专一上，若与古代那些专情的男子相比，他不及梁山伯及焦仲卿，就连现代的电影《泰坦尼克号》中的杰克他也是无法相提并论的。但我们不能否认，宝玉对您是有深厚的感情，但宝玉对您的爱却不够热烈大胆，也不够执着专一，我觉得宝玉对您的爱与您对他的爱并不对等，您说呢？"

潇湘妃子："哎，您都这么认为了，我还有什么好说的。是的，宝玉的'情'绝没那些崇拜他的人所说的执着专一，更没有人们所想象的那么情深意浓，也绝对谈不上什么'情圣'。不是我说宝玉的不是，如果说宝玉因为凤姐实施了'掉包计'最终与宝钗的成亲尚可理解、尚可原谅的话，那么他在其他方面的言行举止就说不过去 ，比如，他因'失玉'

糊涂之后又清醒的表现，就很难让人接受。"

快嘴："嗯，是的。我们都知道这'爱情'二字自人类诞生以来，就一直与人们相伴相随，尽管不同的时代不同的社会其标准并不完全一样，但人们对爱情的专一、忠诚可以说是有着共同的要求。对爱情与理智、爱情与责任、爱情与奉献、爱情与事业等问题，古今中外的看法大体上也都是一致的。而宝玉在感情问题上，却是洒向美女都是爱的'滥情'，并不是人们想象的那样惟您情有独钟啊。"

潇湘妃子："唉，他只是觉得所认识的女子之中只有我最好、也最了解他，因此对我的'用情'才多。可我却是对他情真意笃、一往情深。他对那么多的小姐丫头们都有过情份、喜爱有加，而在我面前却誓言旦旦地说心里只爱我一个人。那时，我看在眼里痛在心上，但也没有过分的去管教去约束他，因为我懂得'真爱'是自然而发，不是强求就能约束的。"

快嘴："因此，表面上你视而不见、随他怎么折腾，但内心却痛苦万分。"

宝玉是否值得爱

潇湘妃子："是啊，这时的我对他的痴情却愈陷愈深、不能自拔，我老是一个人无奈地痴想着，将自己的万种心事与真情寄情于那些默默的花草。可惜我这份苦心痴心，宝玉却不能理解，直到我疾劳成疾，红消香断、泪尽而亡后，他才懂了我的心。"说到这里我们的潇湘妃子已是神情凄然，珠泪莹莹！

快嘴："唉！事情都过去了，你就别再伤心难过了。看您这么伤心，我真想去揍他一顿。他有什么好？值得您这样痴情，这样死心踏地的去爱吗？"（这时的我已被"林妹妹"那楚楚动人的凄美所感染，不由得为她忿忿不平，我不知道自己这种情绪是吃不着葡萄说葡萄酸，还是也对这位千古传颂的美人儿动了凡心？呵呵！）

潇湘妃子："哎，快嘴，如果你要问宝玉他值不值得我爱，这个问题我可不好回答。因为我们之间确实存在忠贞不渝的爱情，但又有诸多客观的因素夹在中间。大家知道，宝玉是生长在一个腐朽衰败却仍'深似海'的封建贵族大家庭里，但他却又异于常人，在他身上有着常人所没有的光环与亮点，比如他真诚，喜欢女孩，还自认为'女儿是水作的骨肉，男人是泥作的骨肉'、'我见了女儿，便觉清爽；见了男子，便觉浊臭逼人'等等；除了我们整日的耳鬓厮磨外，我所看重的也许正是他这一点。"

快嘴："啧啧，您说的太对了。毕竟时代不同，我们也就更不能一味的用现代的眼光去衡量这位'宝二爷'了。事实上，在你们当时的客观生活中，要实现'木石前盟'，真的还有相当长的路要走。"

潇湘妃子："是的！当时宝玉被他老爹认为是不肖子，挨了一顿饱揍，但这使他对老爹更加害怕和畏而远之了。因此，他与我的感情也就只能对老祖宗和王夫人寄托幻想，幻想她们代为主持'木石前盟'。"

快嘴："我想，宝玉与您的爱情和与宝钗婚姻的悲剧，就植根在他的这种严重的思想矛盾里面。他既热烈地进行了自由恋爱，也迫切地要求婚姻自主，可是，他同时又不得不期待家长的主持或批准，不得不仰赖封建主义势力的赞助与支持。但可悲的是，他所深恶痛绝的正是他所仰赖的，他所反对的正是他所依靠的。因此，在家长威力的压迫之下，他那超前的思想变得失去了力量、毫无作为，也正因如此，他对您的爱才显得苍白无力，对吧？"

潇湘妃子："是这样的，在这种情况下，'木石前盟'之梦注定是难圆的！"

快嘴："嗯！那么，关于宝玉的种种不是，现在我问您一句不该问的话，您恨宝玉吗？如果您生活在现代的社会中您还会选择爱宝玉吗？"

潇湘妃子："唉，现在再提起这伤心的往事，爱恨又有什么用呢？爱也爱了、恨也恨了，有爱才有恨啊，但都过去。如果您让我回答现在的我还会不会爱宝玉？我可以响亮的告诉你，我还会选择爱他。"

快嘴："哦，为什么？我本认为你不会呢！"

潇湘妃子："呵呵，我与你们想象的不同，你们现代人的爱情观更让人望而生畏，像宝玉那样出身不凡，且思想见解又不入俗流的男子真可谓少之又少，叫我说现在的男士们才是真正的叫人'难以恭维'。那些自命不凡的先生们大多都是'游戏情场'的高手，恨不能天下美媚们全都承欢在自己的怀抱。在他们一而再、再而三的'摧花折柳'之后，还说'现在的女人没品味、不值爱'等等言辞。因此，叫我说像宝玉那种虽然多情却也痴情的男子在现今可谓是凤毛麟角啊，毕竟他还知道世上有真爱，最终还是悟懂了爱情是至高至真的，也只有真情才是生命中最可贵的东西。"

惟"真"最能动人

快嘴："哦，不见得现代的男人都是如此啊，也有很多痴情的男子啊，也有很多爱情专一的有思想有追求的男子啊，为什么你只爱宝二哥呢？"

潇湘妃子："爱情是讲究心灵默契，心意相通的，虽然世上不乏好男人，但又去哪里找一个像宝玉那样疼我、爱我、适合我，能与我产生心灵共鸣的人呢？如今的男人多是开始时想尽办法哄得女孩子开心，让人家喜欢上他，得到人家之后，就不再去珍惜了，这样的男人与骗子又有什么两样？"

快嘴："咦，潇湘妃子您怎么说着说着竟然生起气来了？是不是想念宝二哥了？"我看到这潇湘妃子说到最后竟然气呼呼的，就调侃她说。

潇湘妃子："那里话？你还取笑我！我是为那些痴情的姐妹们抱不平而生气伤心的，我告诉你我这一哭不要紧，可是什么问题也回答不了啊。"

快嘴："好说好说，打扰了您这半天，实在是过意不去啊，我一会儿就告辞。但最后我要告诉您，您是许多人心目中的向往与寄托，是人们冥冥之中追寻的一种精神。您的一曲《葬花词》，教无数人神魂俱醉，也教无数人心碎神伤。您那'质本洁来还洁去'的情操，飘然出尘的神态，更不应该属于人间。您是住在人心里的一个偶像，可望不可得，但力量却巨大无比。也正因如此，宝玉在您离去之后便魂不守舍，我想概因他的精神已去，灵魂已空也！"

潇湘妃子："唉，快嘴你可别这么说我。也许我这样的人真的就是'无立足之境，是方净'的另一个时空的人吧？论才情也许是出类拔萃了，但我想大家最喜的不是我的才情，而是我本身里里外外、上上下下所透露出的一个'真'字吧？"

快嘴："不错，您待人处世素以爱使小性子闻名，但一旦视人为友便以坦荡的真诚待之，其'真'可敬可叹。我觉得您的性情，似乎与射雕英雄传中的黄药师有几分神似，一般的才情绝世、一般的博闻强记，最难得是一般的'痴'。而女儿之痴，又比男子之痴更惹人爱怜。"

潇湘妃子："唉，'真'又怎样？'痴'又怎样？惹人爱恋、使人喜欢又怎样？最终，不还是没能胜过宝姐姐的安份随和吗？在怡红院里吹吹打打迎娶新娘的时候，我除了空虚和伤悲，又能作何他想呢？"

快嘴："是呀，像我这样喜爱'红楼梦'的人，每每看到此处，我就忍不住要心酸和难过。我觉得您好比那晶莹的白雪，冰雪聪明、洁净易逝，一缕芳魂如一片融化了的雪花，幻散的不留任何的痕迹……"

潇湘妃子："……"

快嘴："唉……说起您的事真让人不胜的伤感，不打搅您了，我该告辞了。"说完，我站起来，抹了抹自己湿润的眼睛，就准备离开。

潇湘妃子："您要回去就回去吧，我也不想再多提那些伤心的陈年旧事了。可是，你来我这潇湘馆一趟却没什么好送给你，我这院子里的湘妃竹还不错，你若喜欢就带回去两株，就为世间增添一抹淡雅、素洁的风景吧。"

快嘴："啊？这敢情好，那我就替世人谢谢您了，呵呵。"唉，也许只有这才有印有斑斑泪痕的湘妃竹。

"蘅芜君" 薛宝钗访谈录

似共东风别有因，绛罗高卷不胜春。若教解语应倾国，任是无情也动人。芍药与君为近侍，芙蓉何处避芳尘？可怜韩令功成后，辜负侬华过此身。

离开了潇湘馆，我怀着激动而又矛盾的心情来到了蘅芜苑，刚到大门口，一种哀怨而又凄凉的声音便悠悠地飘摇过来："漫揾英雄泪，相离处士家。谢慈悲，剃度在莲台下。没缘法，转眼分离乍。赤条条来去无牵挂。那里讨，烟衰雨笠卷行单。一任俺，芒鞋破钵随缘化。"

寻着声音望去，雍容华贵、仪态万方的"蘅芜君"，正一个人在藤萝与芭蕉丛中轻轻地散步，那满身亮闪闪的珠光宝器的金钗银饰显示着她是多么的富荣尊贵……但那忧郁哀伤的神情却掩饰不住苍桑历尽的坦然与无奈……

应该说，她所颂的这首《寄生草》说出了这位豪门闺秀的心事心声。自古修炼的人不必在深山，成佛的人不一定日日诵经，在俗世红尘中的领悟，其实才是最博大最深切的领悟。我们的这位博学多才、智慧高深的"蘅芜君"，从其中读懂了人生的好多好多的东西，也清楚地读透了许多少爷小姐们不明白而一直在执着追求着的东西。

而现在，她却只能无奈地叹息，恪守着自己给自己定下的人生信条，默默地承受着命运赐于她的碌碌尘缘：一个人默默地守候着孤寂败落，死一般沉静的大观园，在这个园子里没有人能明白她，懂她。自以为已禅悟的"怡红公子"不懂；不肖与庸人俗世为伍的"潇湘妃子"更不会与她成为朋友；生活中没有人能理解她，妈妈不能，哥哥不懂；就是贴身的丫头莺儿也悟不透她。在这个世上没有一个真正的朋友、知己，可以说，她才是一个最孤独、最寂寞的人。

多少年华已飘过，往日热闹、奢华的大观园败落得空荡荡，只有那些满地的落叶遮盖着隐隐的颓垣、残壁。她默默地在水塘边假山的一块石头上坐下，多少个长灯伴孤影，空房饮寂廖的寒夜；多少无穷无尽的无奈哀叹；都化作冰凉的凄泪，冲掉了两腮鲜润的丰彩……

"哼，世人皆说我无情，逼走了宝玉、害死了林妹妹，可是，唉……谁能理解我的苦衷……呜呜……呜……"蘅芜君居然嘤嘤的哭泣起来。这如何是好，如果她也像潇湘妃子那样一哭起来就如长江之水不可断绝，我可怎么再采访她？我急的一跺脚，不想一下子踢到了假山边的一块小石子，小石子竟滚到她跟前。

蘅芜君："谁？啊……原来有客人到了，我竟然一点也没觉察到，真是失敬失敬。"她立即拭了拭眼角泪珠，欠身起立微笑着说，这神态举止真不愧是出身豪门的贵夫人啊！

快嘴："不好意思，实在是冒昧的很，您看没有预约就来打扰……让您受惊了啊。"我竟然不知该怎么说。

蘅芜君："不用客气，来了就是客。有什么难处您尽管说，我们的家境虽然不如从前，但我还是会鼎力相助的。"她大大方方地说。

快嘴："啊，谢谢！您真不愧是世人公认的大家闺秀，德才兼备。我是一名小记，外号快嘴，您就直呼我快嘴好了。我不是向您求帮助而是专程采访您的，以便澄清一些让世人争论不休的问题。"

对自我之认识和评价

蘅芜君："啊？真是太好了！我早就想将一些事给世人说道说道了，一直也没有机会，呵呵。这么说我还得好好的谢谢您才是噢，您有什么问题或不明白的地方就直说无妨，我皆会据实相告的。"

快嘴："哈，那好啊，咱们可以说是各得其所，是双赢啊，呵呵。嗯，那我问了啊！世人皆认为您是大家闺秀们的典范，说您有母仪天下的才能也不为过，您对世人的这一评论怎么样认为？"

蘅芜君："唉，说实话，我知道世人对我有褒有贬有赞有骂。有人说我善良，也有人骂我恶毒，有人说我真实，但也有人骂我虚伪，有人说我是整部红楼中最完美的一个女人，但亦有人骂我是红楼中藏得最深的阴险女人，唉……"

快嘴："您不想为自己辩解吗？"

蘅芜君："现在还用得着辩解吗？一切对我来说都是无所谓的了，不管现在怎么做怎么说，往事都已成云烟，都是无法挽回与重来的。"

快嘴："呵，您倒是挺看得开，其实在广大读者之中，还是有很多很多人喜欢您的，比如您的才能，您的贤惠，您大家闺秀的风范等。"

蘅芜君："哦，大家认为我有才、贤惠，有大家闺秀的风范，这些我不否认，因为我出身在豪门富家，父亲在世的时候，我也一样是个天真烂漫的小女孩，喜欢诗词曲赋，喜欢花与蝴蝶，喜欢读戏文，喜欢读西厢。我喜欢这些东西的时候，比宝玉、林妹妹读西厢还要早。可是，人生无常，父亲早逝、长兄无能，母亲也是个六神无主的人。就这样，聪明懂事的我，小小年纪就不得分心于如何料理好家业。因此，正是家庭的状况，使我早早地就离开了那些花花草草的闲情逸致，不知不觉地照理起了家里的事务来。"

快嘴："是啊，小小年纪的您就担起了家庭的重担，是多么的不易。大家都知道，论文才相貌，您与林妹妹亦不遑多让，不同的只不过是各自的性情和偏好。还有您的治家理事之才能，您曾以亲戚的身份被邀请协理荣国府，与那凤姐儿协理宁国府的一段来看，似乎比她更出色，在这方面林妹妹更是不能与您相提并论。您处处从大家闺秀的角度来约束自己，这也反映出您是一个才能和涵养都很高的人。"

蘅芜君："这是我的天性，我做事从来都是这样，我不像凤姐那样喜爱张扬，把自己的功绩弄的沸沸扬扬，惟恐别人不知。"

快嘴："不错！您乐于助人，却又自通其圆。替湘云摆下螃蟹宴，却又不显山露水地让众人都明白这是您帮的忙。还有替岫烟赎衣等很多小事，都可以看出您也是一个有情有义的人。像您这样一个有如此才情和德行的女孩子，可真是不多见呀。"

蘅芜君："在处世待人上，我确实是做得不错的，这让我很自豪，也是胜过林妹妹的地方。"

为何选择嫁给宝玉

快嘴："嗯，说起来您也是很不幸的，纵然您贤能举案齐眉，终也为宝玉所弃，很多人都有您抱不平啊！那么，嫁给宝玉是您心中所愿吗？"

蘅芜君："说实话，我对宝玉，本是姐弟之情多之，他这小伙虽长得比较帅，但孩子气太重，爱患得患失，好男儿本应志在四方，习武修文，建立功名，偏他不是这种人，成不了大器，我就不太喜欢，况他又与林妹妹两情相悦，我本是没有动嫁给他的心思的。"

快嘴："哦，那你怎么又改变主意，选择了嫁给宝玉呢？"

蘅芜君："唉，有什么办法？您也知道在封建家庭之中，女孩子就是要听从父母之命，寻一门门当户对的婆家，相夫教子。而我薛家家大势大，家里本想把我送入宫中为妃的，就如被册封为妃子的元春一样，我所在的家族便可以此为靠山。而我们薛家家道中落，哥哥薛蟠则是个不务正业的纨绔子弟，母亲赖以依靠的就只有我，在进宫的道路被断以后，我便思索着要找一个有家势的男子作靠山了，而宝玉无疑是最佳人选。"

快嘴："因此，您便'珍重芳姿昼掩门'，以您的人品和德行，讨得王夫人以及贾府上下所有人的喜欢和拥护，然后嫁给宝玉，掌管贾府，是吗？"

贤德不是做给人看的

蘅芜君："嗯，您说的这些因素是有些，但也不完全是。要知道每个人都有自己为人处世的方法与个性，我能得到贾府上下所有人的喜欢和拥护，说明我人缘好、涵养高、会处事，林妹妹为什么落得个除了宝玉和贴身丫头人人不喜欢？说明她这方面的确不好。"

快嘴："呵呵！我刚才的话有些唐突，但您毫不计较，正说明了您过人的涵养。是的，您的贤德是出了名的，您身为薛家的千金小姐，却不摆小姐架子，还能屈己待人，凡事能先为他人着想，真是难能可贵啊！"

蘅芜君："呵，你不用夸我，我知道有些人说我是故意在讨人喜欢，这话我特不爱听，是他们不能真正的了解我罢了。比如那次邢岫烟拿了自己的冬衣去当卖，我得知后就要了她的当票，想给她取回来。这本是真心，看她可怜，想帮人一把，又哪里想过故意讨人喜欢呢？"

快嘴："嗯，是的，在对世事的了解和人品的成熟方面，你比他人好像要早熟一些，当姐妹们和宝玉还童心未泯的时候，你做事已很有大气派了。"

蘅芜君："嗯，我可能的确比较早熟，比如在邢岫烟当冬衣去卖这件事，当时我挺奇怪的是，区区一张众所熟知的当票，在黛玉、湘云、探春的眼中就成了怪东西，她们竟从没见过，更谈不上知道能干什么用了。"

论教育和贾府败落之根源

快嘴："嗯，其实您的这种才能是很可贵的，对您后来的治家等都很有帮助，唉，可惜的是，宝二哥却好像不喜这些啊！是不是啊？"

蘅芜君："是的！按我的能力，轻而易举地就可以将一切打理很好。哪知我的这种'特长'却遭到了自命不凡且深恶痛绝'世俗'与'经济'的宝玉的嫌恶，无疑他认为我是最'俗'和'世故'的人。"

快嘴："其实我也很不喜欢宝二哥这一点，没有'俗'哪来的'雅'？没有世俗的经济，他吃什么喝什么？吃喝都没了，他还'臭美'什么？"

蘅芜君："呵，他从小生活在富足之家，衣食无忧，除了想着怎么玩，家里什么事都不用他操心，所以他根本不懂得治家兴业的重要，不知道这些才是他生活的根本。要说这些，其实还得从根本上怪宝玉的奶奶，她只想着承欢膝下，娇惯孩子，却没有想着如何让他们学会自立自强，从这个角度上看，贾府之败落，老太太的教育方式应该是根源。"

快嘴："我觉得你说得很对，老太太的教育方式的确是有问题的，倘若她能积极引导宝玉关心仕途经济，不但贾府中兴有望，她也不会因黛玉的离去而一直消沉，您和他的婚姻也不会如此凄苦，没准儿他还会以有您这样贤惠而有才的贤内助而心慰呢，那样你们就会很幸福美满了啊。"

蘅芜君："是啊，我也很希望他那样啊！幸福其实是人人都想追求的，但对于他则是例外，他是个悟道的人，只求能心安，所以他做事不负责任，不顾家族及亲人命运，甩手跳到红尘之外去了。"

快嘴："唉，若以正常人的眼光来看，宝二哥这么做确实不该，他是不懂世态人情，以至过份地厌世；而您则是十分地了解世态人情，于是事事都能做得八面玲珑，滴水不漏。"

论处世和悟道

蘅芜君："嗯，其实我也不是故意强求自己凡事都要这么做，只是自己懂得应该怎么做才好，就那么做了。记得在我过生日那天，贾府上下极力的为我庆贺，这让我感到甚是荣耀。在下人们拿来册子让我点戏时，我略一思索便点了两场老太太最喜欢的戏，没想到这点小事却被好多人认为我这样做是故意讨好贾府最高的'行政官'。这话不假，我是有点想讨好老太太，因为我知道自己只不过是寄住在这个豪门的里一个外亲，既然主人家看得起，咱焉有不迎合之理？没听人家说嘛：人在矮檐下，怎能不低头？"

快嘴："说的对！我认为您的观点与做法都十分的合情理，况且敬老爱幼也是我辈份内之事，您做的这些在日常生活中也是再平常不过的事。但世人却不理解，说这是您的高深之处，说您懂得如何将自己的喜好和感情隐藏起来，也更懂得不能将自己的感情随意付出。我觉得这类人颇有'吃不上葡萄偏说葡萄酸'的意味，他们为人处事做得没别人好，就说别人奸滑和虚伪，但这却也体现了他们的虚伪。"

蘅芜君："嗯，其实我也不是故作高深，只是人在思想上认识够多的时候，有些事可为与不可为，心里是很清楚的，有些事我是不屑于为，有些事我则是想以更恰当的方法做得更好。因此也就有人说我城府深了。"

快嘴："您对世事的洞察，是大观园中无人可及的，因此我认为《红楼梦》中真正对禅学有所领悟或有所见解的人，其实不是出家的'宝二爷'，也不是聪明绝顶的'林妹妹'，更不是身在佛门心在俗世的妙玉，而恰恰是看似世俗而又脱俗的您啊。"

蘅芜君："你真是我的知己啊，快嘴，看来这世上还有你了解我。知道我为什么喜爱那首叫《寄生草》的小诗吗？因为它体现了我对世事的领悟。而我的所作所为正如我的所悟，一切都'随缘化'，事实上我能做到的也只能这样。"

快嘴："是的啊，有人说，整个红楼里看不出你的情在哪里。其实你的情在内心的最深处，被隐藏在一个不许别人看到的地方。但这并不代表你无情，而是情无所向罢了。因为你纵然绝顶聪明，而在那样的时代中，那些个人情中，也不知道自己命运，因而只能'随缘化'。"

蘅芜君："对极了，快嘴。我的智慧与思想赋予我要淡然对待一切无关紧要的事物，正是这样才使我看起来比同龄的姐妹们'世故'了许多。在这方面，似乎达到了其他姐妹们无法企及的领悟与见解。"

快嘴："嗯，所以有人说您是一朵天然的牡丹花，艳压群芳，任是无情也动人。"

对自我之"感性"和"理性"之辩

蘅芜君："哼，说我'任是无情也动人'，我顶不喜欢这句话，好像我这人极度的理性和自私是的。"

快嘴："怎么，宝姐姐您生气了？对不起啊！但大家都说'林妹妹'是感性的人，属于"性灵派"，任情任性，不加掩饰，爱也罢，恨也罢，一切都摆在那里任人评说；而您却是理性，属于"理性派"，含而不露，游刃有余，褒也罢，贬也罢，却总是一时难以看清看透，您觉得这么评说合理吗？"

蘅芜君："哼，俗话说人多嘴杂，舌头长在各自的嘴里，再者各人的见识不一，想咋说就咋说吧。但是，我想如果大家能仔细的想一下，就会觉得这样的评论太片面了。事实上许多关键的时刻，我都表现出了'感性'与'任情任性，不加掩饰'，而黛玉妹妹反而更多地表现出了

'理性'的与'含而不露，游刃有余'的性情。"

快嘴："哦？有时我也感觉是这样，但具体又说不出是哪里，您能举一二例子来证明吗？"

蘅芜君："当然可以，铁证如山嘛！现在让我们回想一下那年元宵节的灯谜诗会：在那样合家欢聚的场合上我的诗作与表现，差点给我带来什么样的后果。我的那首诗谜是'更香'，其中的两句：焦首朝朝还暮暮，煎心日日复年年。这两句却引起了我未来公公贾政十分的不满。按说，此时正值元宵佳节，合家欢聚，晚辈们制作的灯谜无论如何，也应该添些吉利的话语才对。可我却如此毫无顾忌地写下诸如'焦首'、'煎心'一类的悲愤之语，与前面的元、迎、探、惜四春的灯谜相比显得晦涩而不吉祥，并且字面上的意思与情感上更加露骨。试想，若是我早有心机，难道就不怕会因此而得罪于长辈么？果然，贾政读了我的这首诗谜心里便立即有了别的想法，他心内自忖道：'此物还倒有限，只是小小之人作此词句，更觉不祥，皆非永远福寿之辈'，想到此处，愈觉烦闷，竟大有悲戚之状，因而将适才的精神减去十分之八九，只垂头沉思。"

快嘴："嗯，不错，是有这件事，我也觉得要是您事先动了大脑想一下，是这不会选这首诗的。"

蘅芜君："是啊，假如我真是大家认为'理性'的又如何这样地开罪未来的公公呢？有的人说我是有着'高度冷静且近乎完美的处世艺术之人'，又怎会写如此'大煞风景或大不敬'的作品来而令长辈们伤感呢？所以，我也并非是时时处心积虑的，明哲保身的中庸之道，不过是人为避祸求福，而想达到的一种处世状态罢了，这是什么很大的过错吗？就是有些不对，也不过是多为自己着想了些而已。我算是有一点自私吧！"

快嘴："噢，有道理。您不过是一个富贵人家的千金小姐，也不可能有心怀天下的胸襟，在个别事上自私一点是免不了的，而在大多数情况下，您还是很大公无私的，比如您就帮助过很多人啊。"

蘅芜君："助人为乐，人才乐于与你相交，处事待人其实是双向的，我觉得人人都应该这么做。"

快嘴："是啊，但即使你这样，还是有些人不喜欢你，除贾政外，贾母对你也在喜与不喜之间。我记得在贾母携刘姥姥参观大观园时，贾母等人进入蘅芜苑看到您卧房中的摆设后，就好像极度不悦。"

蘅芜君："不错，您这一提醒我倒想起来了，当初老太太看到我这儿的情景确实是满脸的不悦之色。老太太们进了我的房屋，感觉如雪洞一般，珍宝玩器一概全无，案上只有一个花瓶中供着数枝菊花，并两部书，茶奁茶杯而已。而我的床上只吊着青纱帐幔，衾褥也十分朴素。老太太就叹道：'这孩子太老实了，你没有陈设，何妨和你姨娘要些。我也不理论，也没想到，你们的东西自然在家里没带了来'。说着，就立即命鸳鸯去取些古董来，又嗔着凤姐儿：'不送些玩器来与你妹妹，这样小器'。这时，王夫人与凤姐儿等都笑回说'她自己不要的，我们原送了来，她都退回去了'。我妈也笑说'她在家里也不大弄这些东西的'。"

快嘴："我记得当时老太太听了你妈的话头摇得泼浪鼓似的：'使不得！虽然他省事，倘或来一个亲戚，看着不象；二则年轻的姑娘们，房里这样素净，也忌讳……"

蘅芜君："是啊。她还说'我们这老婆子，越发该住马圈去了。你们听那些书上、戏上说的小姐们的绣房，精致的还了得呢。他们姊妹们虽不敢比那些小姐们，也不要很离了格儿。有现成的东西，为什么不摆？若很爱素净，少几样倒使得。我最会收拾屋子的……'说着叫过鸳鸯来，亲吩咐道：'你把那石头盆景儿和那架纱桌屏，还有个墨烟冻石鼎，这三样摆在这案上就够了。再把那水墨字画白绫帐子……"

快嘴："嗯，从老太太这些话语里可以看出她对你的评价：一则曰'使不得'，二则曰'忌讳'，三则曰'不象'，四则曰'不要很离了格儿'，五则曰'我们这老婆子越发该住马圈去了'，这些话虽然满含着对你的关心，也说明了对你的一些行为的不满。"

蘅芜君："是呀！现在咱们再想想：大家所谓我的'明哲保身，中庸之道'，重在'保身'，道在'居中'，而我的蘅芜苑居室布置朴素得竟然让老太太都感到'忌讳'和'很离了格儿'，这说明清高，是不符合中庸之道的，不仅不通于女子无才便是德，甚至在说明我在标新立异啊！"

快嘴："嗯，在这点上，您在个人生活和情操上虽无欲无求，但这并不为老太太所喜，您让老太太看到这些，的确有失理性。"

蘅芜君："是吧，再说老太太带着刘姥姥到了林妹妹的潇湘馆时，黛玉的丫环紫鹃早打起湘帘，等老太太一行人进来坐下，我们那不懂'世故'的林妹妹亲自用小茶盘捧了一盖碗茶来奉与老太太。"

快嘴："不错！王夫人当时也在场，她说道：'我们不吃茶，姑娘不用倒了'。林妹妹听说，便命丫头把自己窗下常坐的一张椅子挪到下首，请王夫人坐了。刘姥姥因见窗下案上设着笔砚，又见书架上垒着满满的书，就说：'这必定是那位哥儿的书房了'。这时老太太乐呵呵地说'这是我这外孙女儿的屋子'。这时刘姥姥留神打量了一番，笑道'这哪像个小姐的绣房？竟比那上等的书房还好'！"

蘅芜君："从这些就可以看出林妹妹是如何表演自己的'知书达理'，且看那潇湘馆的室内陈设：'竟比那上等的书房还好'。而'知书'，正是为了'达理'。再看看林妹妹此刻的行止表现：老太太等尚未进门，紫鹃便'早打起湘帘'，准备迎接。及至贾母等进屋坐下，林妹妹亲自用小茶盘捧了一盖碗茶来奉与贾母，以及她命丫头把自己窗下常坐的一张椅子挪到下首，请王夫人坐了。这一茶一椅，可是不符合一个凡事任情而为的小丫头的所为，而是标准的大家闺秀做事的风范啊。"

快嘴："嗯，不错。"

蘅芜君："呵呵，人人都谓林妹妹'孤傲'、'叛逆'，但此时此刻，她的行止、作派又何尝有一点点的'孤傲'及'叛逆'的影子呢？相反，倒显出了十二分的谦卑和恭顺。"

快嘴："嗯，林潇湘的这次恭敬守礼引得老太太颇为高兴，显出了她小性子外懂事的一面。"

蘅芜君："老太太当然高兴了。当刘姥姥惊叹于潇湘馆好似'那位哥儿的书房'时，老太太便不无自豪地指着林妹妹笑道'这是我这外孙女儿的屋子'，让颦儿在亲友及众人面前露了脸。从这一点就不难看出，相对于颦儿的懂事，奉行中庸之道的'我'在老太太、贾政这样的家长口中，却恰恰落下了所谓'忌讳'、'离格'的名声；而大家所谓的'感性'、'任情任性，不加掩饰'的林妹妹却大得老太太的欢心，这样的我，能算是理智的么？"

论黛玉之脾性

快嘴："嗯，这么说，倒真要重新思考一下大家对您的传统印象了。其实无论怎么说，在整个的'红楼'里面，您与宝玉、林妹妹无疑是最重要的三个人物，你们之间的纠葛故事也是'红楼'的重心之一，令人津津乐道，品评不休。抛开什么'性灵'和'理智'之分，那么您对无论是才气还是容貌都足以与您相媲美的林妹妹有什么看法？"

蘅芜君："说实在的，我不太喜欢这个林妹妹，不能说全是因为宝玉的原因，但主要是讨厌她有时候表现出来的小心眼、尖酸刻薄，感觉她就像一个心理不健全的人。在刘姥姥二进大观园，装疯卖傻，供人取乐，一副穷苦人艰难求生的辛酸相。那宝玉犹自掬一把同情，把那茶杯送与她度日，而这时的林妹妹的口中却丧失了最后一点起码的尊重：他是哪一门子的姥姥，直叫他是个'母蝗虫'就是了。由此看来，颦儿是不喜欢穷苦人的，她从小不愁吃喝，哪知穷苦人的艰难？于是在她眼中，刘姥姥也不过是讨人嫌或供她取乐的工具，她想到的绝没有别人的尊严，只是把人当作笑料的快感。"

快嘴："嗯，她的这一行为也让我感觉很不爽，她老想着自己身世的可怜，却不知穷苦人家为生计更加可怜。按马斯洛有关人的需求层次理论来看，黛玉只是缺乏一种被尊重的心理需要，而刘姥姥是缺乏吃喝穿住的基本的生理需要啊！王熙凤不是善良之辈，倘待她不薄，不想黛玉却如此待人。"

蘅芜君："岂止这些，还有当晴雯被逐，羞愤而死，结束了一条如花

71

的生命。面对这样的悲剧，林妹妹却'满面含笑'，她的一句'好新奇的祭文'，便判定了晴雯死亡的可笑与无谓，抹去了宝玉心头残留的一点愧疚。如果说'冷艳'是我的标志，那么'冷漠'就是她的象征，因为她连做人最起码的同情心也没有啊！"

快嘴："嗯，细想来看，除对宝玉之外，在对待他人上，黛玉不但缺乏同情心，还自命清高、多疑娇气，一发起脾气来常常惹得很多人都跟着她心烦。她的这些脾性的确让人不敢恭维。"

蘅芜君："唉，宝玉也真是鬼迷心窍，竟然爱她如痴如醉。你别看宝玉说什么'女儿是水做的骨肉……'好像对女人比什么人都有独到的见解与赏识似的，其实，他就是'纵然生得好皮囊，腹内原是草莽'的那种人。如果说他对女人稍有一点鉴赏能力，就会因外表之美与心灵之美等指标综合条件来考虑，但宝玉显然没有这点能力。"

快嘴："他也说他自己是个凡女孩儿都爱的家伙，许多俗不可耐的小丫头，如红儿，芳官等他都不放过。"

蘅芜君："是啊快嘴，不过这些丫头虽然俗，还不可怕，就是惹上了也不会有大麻烦，可这个林妹妹就不一样了。我再与你举一个例子，你就更能清楚林妹妹的为人。那天宝玉坐在老太太旁边，叫个小丫头捧着一盘子贺物，一件一件的挑与老太太看。老太太看见有个赤金点翠的麒麟，便伸手拿了起来，笑道：'这件东西好像我看见谁家的孩子也带着这么一个的'。我在一旁笑说'史大妹妹有一个，比这个小些'。"

快嘴："对。我记得老太太当时说道'是云儿有这个'。宝玉也道'他这么往我们家去住着，我也没看见'。这时，探春笑道'宝姐姐有心，不管什么她都记得'。"

蘅芜君："对！不料林妹妹当时竟冷笑道'她在别的上还有限，惟有这些人带的东西上越发留心'。现在想想，她这一句话只要不是傻子，任何人都不难听出其中的锋芒所向。且不要小看黛玉妹妹这句话所潜藏的威力，须知在那个时代，类似于这样的指斥，一不小心就极有可能会给一个未婚的姑娘带来伤害的。没想到林妹妹竟公然地暗示我对那些男男女女佩带的东西'越发留心'，而且还居然当着老太太等家长的面这样

72

说我。"

快嘴："哦？是吗？"

蘅芜君："可不是咋地？幸而老太太还并不是那种非常苛刻的家长，我只好装作未听见她的话，便将此事掩饰过去。但如果换一位严苛的家长，如像《牡丹亭》中杜丽娘的父亲那样，那后果又会怎样呢？可是，现在竟有多少人对我咬牙切齿的指责，说我在听到小红的私事后使用'金蝉脱壳'计在坑害她，可细想一下，她的这种'冷笑进谗'也不是什么好话啊！"

倘若宝玉与黛玉结婚，会怎样？

快嘴："嗯，虽然这可能是黛玉的无心之语，但这话的确有欠妥当！这也是其小心眼儿的一个反映吧。呵，让我们仔细的想一想，若是宝玉果真娶了黛玉这个娇小姐，真不知道他们的日子会过成什么样？"

蘅芜君："说的就是呀。一开始，他们或许会新鲜一段，卿卿我我的，但倘若时间一长，新鲜感一过，心高气傲的林妹妹一定会对她那位娇生惯养的宝玉哥哥腻烦、反感、甚至瞧不起的。"

快嘴："哦，为什么呀？"

蘅芜君："因为宝玉并没有哄女孩子高兴、讨她们欢心的绝招，只会他那一套肉麻的、很不老练的表爱心、说关心的话，婚后的林妹妹恐怕对这些是不会感兴趣的，而宝玉的涵养才华又比不过她，还不懂得洁身自爱、并且喜欢到处留情，林妹妹岂能容忍这些劣根？况且宝玉除一付好皮囊，好脾气之外，看不出他有什么过人之处。那些俗气的女子爱他是因他富贵且长得有仪表，可林妹妹是什么人，她绝不会世俗到这一步。"

快嘴："哦，也不错，宝玉自身有哪些地方可以让'林小姐'另眼相看、爱到永远呢？仔细想下，在他身上确实没有多少优点可让这个清高的'才女'长久的痴迷。倘若他们结婚，平淡的日子消磨了爱情，还真不知道两个人会不会还有那样真挚的情感？"

蘅芜君："按林妹妹的脾性和傲气，贾宝玉在她的眼中或许会渐渐变得一无是处，比如：贾宝玉没有男人气，林妹妹不会服他；贾宝玉没有多少才气，林妹妹又不会佩服他；贾宝玉的到处留情，以林妹妹的脾气绝对会哭闹不休；这样一来，宝玉就只有整天都战战兢兢、提心吊胆地端着一大盆子水来熄灭林妹妹的妒火了，要不就拿起拖把收拾林妹妹流淌在地上的泪水。"

快嘴："照你所说，宝二哥过得一定是度日如年、清苦万状的日子，陪不完的小心、写不完的检讨，跪不完的搓板、叹不尽的'男人苦'啊！"

蘅芜君："哈，人活到这份上可真是倒霉透了，即使既富且贵，又有什么乐趣？哎，快嘴你算是将林潇湘给看透了，不像那些无聊的人只看到她的优点，而不愿承认她这一大短处。"

快嘴："不敢称看透，她虽高雅，无私心和害人之心，却不懂如何生活与经济之道，还十分不喜欢这些，又小性，这可是不好的，我想，这可能就是现代的男士们为什么嘴上赞美林妹妹、心里想念林妹妹，但在现实中却又不敢娶林妹妹式的女子为妻的原因吧。"

与黛玉之姐妹情谊

蘅芜君："唉，其实林妹妹纵有短处，但我也并没有拒她于千里，或故意对她不好，我是真心待她好的。可从古到今人们都以为我与她是水、火不相容的情敌、仇人，可是又有谁知道我们俩也曾有过

'金兰之契'？不知道您注意了没有，那一日，林妹妹对我说'你素日待人，固然是极好的，然我最是个多心的人，只当你心里藏奸；从前日你说看杂书不好，又劝我那些好话，竟大感激你，往日竟是我错了，实在误到今'。我当时劝慰她道'你放心，我在这里一日，我与你消遣一日。你有什么委屈烦难，只管告诉我，我能解的，自然替你解一日。……咱们也算同病相怜，你也是个明白人。'从此我二人越走越近，林妹妹称我妈为母，亲切地呼我为宝姐姐，呼宝琴为妹妹，'俨似同胞共出，较诸人更为密切'。假如我一开始便不怀好意，能与她建立如此深厚的感情吗？"

快嘴："常言道'日久见人心'，林妹妹又不是傻子，以其冰雪聪明，如果有人对她使诈，她是不难发觉的，而她能对你说出这些话，实也是你真心待她的缘故。其实虽然一些人认为您冷酷无情，但是大多数人还是认为您是有情有意的，我就是其中的一个。"

蘅芜君："人非草木，怎能无情？我只是比别人掩饰得好罢了。"

论 "金玉良缘" 之感情基础

快嘴："您不但对黛玉有真诚的姐妹情谊，我认为您对宝玉也是有真感情的，虽稍显含蓄，却也体现了同样的热烈和真切。比如那次宝玉挨老爹的打受伤，您去探望他，一时性急，说出了'超越普通友情的'的话来：'别说老太太、太太心疼，就是我们看着，心里也疼'。临走时，又特意交代'好生养着，别胡思乱想，就好了。要想什么吃的玩的，悄悄的往我那里只管取去，不必惊动老太太、太太众人，倘或吹到老爷耳朵里，虽然彼时不怎么样，将来对景，终是要吃亏的'。现在若是仔细的回味一下这些话，又怎么没有女孩子对心仪男孩的情意在里面呢？"

蘅芜君："哟？快嘴你还真懂得女孩儿家的心思？说得我都有些不好

意思了。"

快嘴："呵呵，是吗？如果我记得没错，还有一回，您的这种情形就更加明显了，那次您竟一不留神，坐到了宝玉床边，为他绣起鸳鸯兜肚来，那情景就更俨似一对亲热的小夫妻。而这样的举动，在那个时代，无疑比递帕传情一类的小偷小摸的表达方式要大胆得多，是吧？可见'金玉良缘'也不是没有先期经营的基础的，只是宝玉对你自惭形秽，不敢仰视，您同意这个观点吗？"

蘅芜君："唉，说起来这所谓的'金玉良缘'，我可真是伤透了心，更可恨的是它竟然与'木石前盟'是并立的。我见过宝玉的那块'石头'，像一块麻雀蛋卵大的美玉，闪灼着红霞斑斓的光泽，光滑晶莹，细酥滋润，里面隐现出不同色泽的丝纹，相互缠绕。在玉石上，还镌刻二十四个篆字'通灵宝玉——莫失莫忘，既寿永昌'，'一除邪祟，二疗冤疾，三知祸福'，唉，就是这块美玉，揭示了我与宝玉、黛玉三者之间所代表的思想、礼教、性格、命运的种种盘根错节的矛盾。"

快嘴："嗯。我记得你在看宝玉那块玉时，你的丫环莺儿说'我听这两句话，倒像和姑娘项圈上的两句话是一对儿'。好一个'一对儿'啊！"

蘅芜君："不错！在我的脖子上挂的金项圈上，果然也对应地鏨镌着四个字——'不离不弃，芳龄永继'八个字。就连宝玉也出乎意料地承认'姐姐这八个字倒和我的是一对儿'。"

快嘴："那么在当时的情形之下，您内心里是怎么想的呢？"

蘅芜君："说实话，当时我还真就动了心思，为什么会这么巧呢？难道我天生就是要和宝兄弟成为一对儿的么？从这时开始，其实我一颗芳心就开始暗暗关注宝玉了。呵呵！"

快嘴： "对。于是'金玉良缘'就这样在你心里也扎下了根，是吧？"

蘅芜君："是的，妙龄少女，哪个不怀春呢？呵呵！"

快嘴："这样'金玉良缘'和'木石盟约'的矛盾就形成了。一个美玉无暇的男子，另外是两个才貌双全的姑娘。其中一个姑娘是父系亲属，身上什么也没有，出身低微，寄人篱下，**性格刚硬**，惟有宝玉追求的情感和品格，虽前生有木石盟约，却是谁也不知道，两人自己也不知道；而另一个姑娘却是母系亲戚，出身皇亲，性格稳重，却有与宝玉成对成双的金锁，既像上天注定，又为人人赞同。其间人物的反差，矛盾的反差都是很大的，你是否觉得自己当时很有优势呢?"

论贾府衰落之根源

蘅芜君："就我们三人的感情而言，我没有优势，因为林妹妹和宝兄弟相处已久，日久生情，且宝玉有点怕我，却与林妹妹在一起时很放得开，这方面我一点优势也没有；而就其他人的支持而言是有优势的，大家都知道贾家中途败落，但它越是接近灭亡，就越是不能容忍宝玉和黛玉那所谓的'木石前盟'的恋爱，就越迫切地需要成就宝玉和我的'金玉良缘'。

快嘴："是的，咱们都知道宝玉是贾家子孙中惟一有希望可以中兴家业的继承人，家长们要把他引上正路，就不能不摧毁他和林妹妹的'木石前盟'，并且不得不维护当时感觉可以达到共赢的'金玉良缘'。"

蘅芜君："再说，陷于困境的贾家不仅渴望我们薛家金钱的支持，而且急需一个德才兼备的人来治理家庭。其实，贾家的男性早已腐朽不堪，早已是'女性当家'。"

快嘴："不错，老太太是家庭中辈份最高的长者，在以孝为先的家族体制下，她当然处在贾家的最高权力的地位，她的一句话在家庭中就如同圣旨。"

蘅芜君："一点没错。她不但辈份最高，更重要的她是贾家的精神领袖，在她的面前，贾政连教训儿子的权力也被剥夺了。在以男性为中心的封建社会，一个大家庭中出现这种反常现象，便是衰朽的征兆。"

快嘴："嗯！封建社会里有'君子之泽，五世而斩'的说法。贾氏家族的旺盛发达恰恰经历了五世，这时贾家的子孙虽多，却都只知安富尊荣，尽情享乐，竟没有一个运筹策划的人。这个家全靠凤姐支撑着，凤姐下台，探春理家失败，后继者就只能是您这位有德有才的'蘅芜君'了。"

蘅芜君："其实我觉得，当王夫人请我帮助探春理家时，已经表现了对我将来治家的期望，因为谁都知道'金玉良缘'体现着贾薛两家的根本利益，一旦成了，对双方都是有好处的。"

快嘴："嗯！正是从这点出发，他们不得不制造了宝玉与黛玉'木石前盟'的爱情悲剧。然而，您与宝玉的'金玉良缘'也没有如愿以偿，却以宝二哥的逃遁使得这个应该完美的婚姻最终成了千古的遗憾。"

"金玉良缘"非良缘

蘅芜君："是呀，唉……我没想到宝玉会是那样的固执与无情，竟然挥一挥衣袖，不留下一丝云彩地遁入空门，自顾自的逍遥去了，撇下我一个人独守空荡荡的破落的贾府，我真是欲哭都无泪啊！说实话，我和林妹妹只不过性格上不同，若论美貌我不亚于她；论文采又不亚于她；在待人接物我不知比她高明多少倍；在治家、协调各方关系的本领都比她强。可这宝玉，唉！"

快嘴："没错，您心胸开阔，对人宽容，贫富贤愚各色人等都一视同仁。不会对人撇嘴做轻蔑状，也不会翻白眼做厌恶状；更不会哭哭啼啼无理取闹，我认为您几乎可以说是完美的人。说实在话，他贾宝玉除了一副好皮囊与一个有财势的家庭外，可以说啥都不会啥也不懂，能娶到您这样的妻子，是他家祖宗八代烧了高香了啊！"

蘅芜君："话是没错。可是，他与我结婚时，竟然没有幸福的感觉，没有欣喜若狂的兴奋，没有甜蜜美满的滋味在脸上荡漾，这都是因为他的林妹妹啊，唉，爱情这东西，有时真是能给人惹麻烦啊。"

快嘴："是的，一旦动了情，谁又能不苦恼呢？不过，我觉得其实宝玉和您在一起之所以不高兴，还在于他有很重的自卑心理，以我的眼光看，宝二哥是个胸无大志的小男人，不是雄心万丈的大丈夫，您在年龄，学识，气度等等各方面都是当之无愧的姐姐。因此，他只尊敬您、仰慕您，却不敢爱您，因为夫妻之爱是需要些能嘻嘻哈哈的气氛的，如此端庄贤淑的您只能使'宝弟弟'自惭形秽。"

蘅芜君："呵呵，是的，他是个"小男生"型的男人，他喜欢玩的那些跟其他女孩的小猫腻，在我的面前是不敢施展的。于是一向爱和女孩子说笑的他——在我的面前便不敢说亲热的话，不敢说调情的话，更不敢说夫妻间的那些不便为外人道的私房话。可是，难道这些话能由我来说吗？"

快嘴："是啊！所以，就只能说'宝弟弟'是无福气般配您这样的大家闺秀的。实际上，以您的才貌嫁给宝二哥可是明珠暗投呀，所谓的'金玉良缘'，其实并非良缘。真是惋惜呀叹惜。"

是否合适做妻子

蘅芜君："哦？快嘴，你这是夸我还是在损我呢？"

快嘴："我是在实话实说呀。有时候我想，假如不计较身份地位、不论出身门第，也省略掉血缘因素的话，那么，宝二哥的最佳配偶应该是史湘云，次选应该是宝琴，再次则是花袭人、晴雯等，而不是您蘅芜君，事实上，像您这样世所罕见的才貌佳人是无人可嫁的。"

蘅芜君："哟？你怎么这么说呢，快嘴？"

快嘴："非这样说不可！呵呵，因为，您只能是母仪天下的人选，除了作圣君明主的皇后娘娘之外，无从选择。要知道，您不管是作了什么人的妻子都难免让人感叹是暴殄天物呀！除了您不适合做妻子以外，还有一个更甚于您的人——潇湘妃子更是无人可嫁的！尽管她令那么多的男人着迷。我想如果让她做女学士、女诗人都可以，却惟独不适宜做妻子。"

蘅芜君："我觉得您说黛玉或许正确，但说我是那样的人却不对，我是个适性随和的人，嫁给一个穷书生，我或许会像乐羊子妻那样，教育夫君虚心向学；嫁给一个商人，我会积极持家，和气生财；嫁给一个达官贵人，我会鼓励他建功立业。只要能嫁给一个好男人，我就会是一个好妻子，特别是在家里能省去丈夫的不少心；而林妹妹则不同，不管他嫁给谁，其丈夫都要为她费不少心。"

快嘴："嗯，仔细想想，您说得也很有道理，做妻子的人要有耐心、温柔，能过柴米油盐的日子以及有安详的平常之心，您的确具备这些，而黛玉则不具备。因此她最好的结局就是'孤灯伴影'，在哭哭啼啼中撒下许许多多缠绵悱恻的伤怀诗篇。我想也许正因如此，高鹗才安排了她早早地死掉，我不知对黛玉的早亡您持如何的看法？"

对黛玉之死的看法

蘅芜君："这个嘛……哼，我是不会同情她的。她这一死可以说完美到了极点，她身上所有的特征在宝玉的心中都形成绚丽的光环并定格，而她的缺点却因未能和宝玉结婚而无法显露。这下子可就害苦了宝玉与我，贾宝玉本来就是情种，情感多而理性少，再加之林妹妹的死又有为他殉情的嫌疑，因而宝玉心中自然是爱怜、哀怨、追忆、伤感诸多情绪纠缠于一身，不能自拔；而更不应该的是她的死间接害苦了我，本来我嫁给宝玉或宝玉迎娶我双方都可以说是上上的人选，能跟这个多愁善感的宝弟弟过一辈子对我来说也还将就。可这个林妹妹晚不死早不死，偏偏要在人家大喜之日去死，以死来发泄对我与宝玉'金玉良缘'婚姻的不满与醋意，以死来破坏我与宝玉本来是可以拥有幸福的家庭；她心中那蕴藏已久的怨毒恨意、郁积缠绕无可解释的东西，也以死求得到了解脱；但她之死的阴影，却久久地徘徊萦绕在我与宝玉之间，使我们相近却无法相爱，喜事变烦恼，多么让人扼腕叹息呀，使我与宝玉虽生犹死、府院寺墙两相隔，终于使天作之合的'金玉良缘'毁灭的一塌糊涂啊！"

快嘴："哦？这么说您才是这个悲剧受伤害最重的人物？不但要承担林妹妹之死的许多罪责，还要忍受宝玉无情的冷漠。在您内心的悲酸苦楚无人可说时，林妹妹却逍遥自在的作神仙去了，是吗？"

蘅芜君："可不是吗？她只图自己痛快，将该流的不该流的眼泪毫不吝惜的大流特流；把该发不该发的脾气大发特发；等泪也流完了、脾气也发完了，便潇洒地'一坯净土掩风流'———走了之，把无穷无尽的烦恼与幽怨都留给我，我所受的苦，又哪里比她少了啊？"

快嘴："哎哟哟，我的妈呀。这可真是'可叹停机德，堪怜咏絮才。玉带林中挂，金簪雪里埋'呀！这道判词既说到潇湘妃子，也说到了您——蘅芜君。一个是才情绝世，以'痴'服天下的香魂，在幽林空谷中飘荡；一个是才情万丈，以'德'行天下的新娘，落得个千里冰封雪里埋，又岂一个'悲'字可诉！"

对自身"山中高士"的解释

蘅芜君："快嘴，咱们换个话题，老说这些真让人痛心，要不我带你到蘅芜苑走走看看风景如何？"

快嘴："哎呀，宝姐姐这真是太好了，我早就想观赏您蘅芜苑的美景呢。"

于是，我随着蘅芜君在小院里四下闲看，只见丛丛的奇花异草长在奇形怪状的假山旁，郁郁的丹桂飘着清香，紫藤香萝爬山绕柱，杜若青芷随风送翠，好一处美轮美奂的世外仙苑。"哎，宝姐姐您可真有福气住在这仙境般的地方，书中暗予您是'山中高士'是什么意思？而不少的世人皆认为您是一位有野心、有抱负的人，我想以您的才智若是真的要干一番事业岂不是易如反掌？"我忍不住又在问她。

蘅芜君："唉，怎么说呢，从古到今的读书人多怀济世之志，希望能够读书明理，齐家治国平天下，但我还是认为'女子无才便是德'最好，倘若真是怀经天纬地之才，却弃而不用，岂能不可惜？在贾府繁荣时我也曾事事留意，处处用心，若是真由我来治家，我敢说这大观园中的任何一个女人都比不上我。在我看来，齐家和治国，是一个道理。旧时女子无法出去做官，只能通过治家来发挥自己的才干。而'停机德'确有劝夫读书求仕之意，一个是治国，一个是齐家，均为儒家的理想。夫妻二人举案齐眉、相敬如宾，正是世俗眼中的美满姻缘呀。"

快嘴："但是我不明白的是，您为什么有时会给人一种'隐士'的感觉呢？我想，是因为您的淡雅和无为吧？平时不太计较得失，显得比较宽宏大度，这给人一种无欲无求的感觉。但是，您对那些'情报'的掌握是令人吃惊的——有些甚至连平儿都不知道的事儿，您却一清二楚，我不明白您为什么要搜集这么多'情报'呢，难道只是为了娱乐么？对荣府的情况了解得门儿清又是为什么呢？作者对您的评价是'山中高士'又是什么意思？这个'高'字自是不必说，是公认的。但'高士'隐居在'山中'，又是为了什么呢？是在等待时机吗？'钗于奁内待时飞'是不是表明了您的这种状态？'好风凭借力，送我上青云'是不是说明了您是一个不甘寂寞，希望有所作为的人？"

蘅芜君："唉，希望有作为怎样，无作为又怎样？还不是一样的过庸俗的日子。但那时我虽表现得无为，心中却是想有为的，人在年轻时，谁不想找点事情来做呢？那些真正的山中隐士，其实不也是想着要建功立业，做点事情青史留名么？看那姜子牙垂钓渭水、诸葛亮耕种南阳，胸怀济世之才，岂愿空老于林泉之下？"

论管理之道

快嘴："嗯，您也是有抱负的山中高士，但您含而不露，却少有看到您意气风发的时候。"

蘅芜君："协理宁国府时我其实时很用心的，当时凤姐生病，我被王夫人以亲戚的身份请来辅助探春整理这个大家庭。当然，我只不过是辅助探春，但我对治家之道确有着自己的高见。因为我平时对此是颇为留心的，并且早就思考过。不过，我毕竟只是荣府的亲戚，碍于身份，也不好多管闲事。那一次也只不过露了三分的能力，而探春则发挥得比较充分，因此，我之表现虽不像探春那样出彩，却也是颇见实力的，我们两人的才干，也可谓各有千秋。这时的我已很清楚凤姐理家时的弊端，再加上与探春的交流，应该可以说是胸有成竹了。"

快嘴："说到这里，我们不妨聊一聊你对管理之道的认识。现代有很多人研究你时，都说您是不可多得的管理人才，也都想从您身上汲取管理之道呢。"

蘅芜君："真的吗？我觉得我并没有什么特别的地方啊，我只是胸襟比较大度，处事比较明智，眼光比较长远，为人比较低调，待人很有爱心而已啊！"

快嘴："哈，这些还不够啊，谁要能具备您刚才说的这几点，那我敢说他绝对是个优秀的领导者。"

蘅芜君："呵，我也觉得这几点是一个领导者之必备的。做为一个领导者，就一定要胸襟宽阔，头脑睿智，眼光长远，而为人低调，则可以躲开不必要的麻烦，待人有爱心，则可以获得大家的拥戴。"

快嘴："嗯，您说的这些管理素质和办法特别适合中国式管理。首先说您的大度胸襟，做为富家娇女，您能如此的大方和大度，实在是难能可贵，这是一种天生的平和心性，也是良好教养的结果。您'自父亲死后，见哥哥不能依贴母亲，便不以写字为事，只留针黹家计等事，好为母亲分忧解劳'。体现了您温柔、体贴、懂事、善解人意的一面。而这正是女性管理者必备的素质。"

蘅芜君："呵呵，是的，我是一个早熟又理智，心理也健全的女子。但有些人大约出于偏爱黛玉的原因，把我说成是窃取别人爱情的奸恶之人，其实我不过是个十几岁的女孩子，如果把我看得心机太深，仿佛一言一行是都运筹帷幄的大阴谋家，就有点不切实际了。我自己认为我只是一个善于适应环境，并有能力把一些事情处理得完美的小姑娘罢了。"

快嘴："是的，我觉得您管理有方，处事圆满，还得自于您的博学多识。关于您的才华就不用多说了，在贾府中，文采上能与林黛玉分庭抗礼的，也只有您，但您的知识面之广却是黛玉所不及的。便是惜春画画，您也能说出一大篇见解来。于是在各个方面，您的处事能力都比别人强出一截儿。最重要的是治理家务上的本领，这在大观园的改革中已充分表现出来，您纵观全局，洞察幽微，在细节上修补探春的不足，又能顾全大局，施播恩惠，终落得人人满意。实在不易啊！"

蘅芜君："嗯，我这人虽然有些方面比别人强，但我其实不爱出头，不喜欢显得自己比别人强，落人话柄。因此我为人力求低调，生活也不尚奢华，以堵众人诽谤之口。"

快嘴："您生于豪门望族，处于人人都爱挥金如土的环境中，却能具有朴实的生活作风，正彰显了你优雅淡定的个性。一个领导者能做到优雅淡定，其素质自然也相当高了。"

蘅芜君："优雅淡定是自我的修为，而让别人衷心拥护你，还得用你的诚心和爱心去感化别人，这样你的管理基础才最坚固。"

快嘴："嗯，所以您生活中能怜贫惜弱，对下人们也'暗中每相体贴接济，也不敢与邢夫人知道，亦恐多心闲话之故耳'。这还并不光表现在对别人财物方面的接济上。从您说话时不使对方难堪的善意上，对别人言语冒犯的宽容和忍耐，都能略窥到一斑。宝玉出家后，您还设身处地为袭人着想，为她谋得一个好的丈夫，从而亦能看出您的美德。"

蘅芜君："治家要'和'，而要做到'和'，就要能和气待人，并为别人着想，解决他们的一些难题，有些事可能是他们很难迈过的槛儿，而对你则可能是举手之劳，那么帮帮他们又有何妨呢？对于让袭人嫁人，唉，自己不幸，又何必让他人也跟着不幸呢，苦痛就让我一人来承受吧。"

快嘴："贤于宝钗者，世所少见矣！曹公也赞您能'齐眉举案'，唉，可悲的是他给您安排的命运啊，可叹您一身杰出的才华，高尚的德操，竟过得如此苦悲。可是您也是个坚强的人，不然哪里能挺得过去啊。"

蘅芜君："嗯，坚强其实也是领导者应该具备的一种素质，当时我若不坚强挺下去，贾家岂不要垮下去？我仓促与宝玉成婚后受到冷遇，只好把委屈埋在心中，自己应酬周旋，想办法修复宝玉破碎的心。宝玉出走后，虽'暗中垂泪，自叹命苦'，却仍能打起精神来过日子，并没有像黛玉一样，动不动萌发死的念头。这都是我心系大家，只身强撑贾家复兴的重担啊。毕竟我们不能只为自己活，也在为他人活，因此，我的坚强，当时也体现了做为贾家领导者的一种责任和意志。"

现实派的管理者

快嘴："按您的所说，您还是个现实派管理者，您从不做不切实际的梦，只为有可能实现的理想而做着脚踏实地的努力。"

蘅芜君："可以这么说，与黛玉的超凡脱俗比起来，我是入世的；与黛玉的薄福早夭之相对比，我又是宜夫宜子，宜室宜家的。因为坚强，我有着坚韧的生命力。无论怎样的挫折都不能让我轻言绝望放弃。"

快嘴："因此曹公在书中用牡丹来暗喻您。您的雍容娴雅，聪明大气，也只有国色天香的花中之王——牡丹才可比拟，您的魅力是可以管理百花，领导群芳的。但个性的完美，也强不过造化这只翻云覆雨的手的拨弄。您嫁给贾宝玉，正应了红颜薄命之说。一个让人分外怜惜的女子，嫁与东风枉自嗟。"

蘅芜君："这就是命运吧，但我并没有屈服于命运，我没有像宝玉那样逃避，也不像黛玉那样厌世，我进行了不屈的抗争，我应该做的事都做了，也都做得很好，因此我也无怨无悔。"

快嘴："您以一颗度己之心度人，爱人之心待人，并且处事明智，眼光敏锐，可爱情、婚姻、命运之多舛，真让人为您叹息啊。"

蘅芜君："在管理和待人接物上，我的'一贯正确'给人很深的印象，你看我劝林黛玉不要看《西厢记》都劝得人心服口服，还感激涕零的。在我身边的人也都不知不觉地被我教化了，有一点小毛病就诚惶诚恐的。可气的是宝玉就是不爱我，爱情离我实在太远了。"

快嘴："但您的生命力依然旺盛，其生命质量也相当高，您和现代大企业中的高层女性管理者很相似，爱情不易得，但工作非常棒。若是到了今天，您去大公司上班，恐怕至少弄个金领做做。但在《红楼梦》的环境里，也只好如此了。"

蘅芜君："是啊，但要是在现代，我相信我会事业爱情双丰收的。而在当时，在王熙凤之后，贾府迫切需要有一个出色的管理者治理，而我是最适合的人选。我这人做事是利义兼顾的，所以在当时薛家败落的情景下，虽然我对宝玉不太满意，但我也选择了嫁给宝玉，管理贾府。这样我只选择了事业，放弃了爱情。"

常使英雄泪满襟

快嘴："您既有理家之才，又有停机之德，这大概是那个时代挑媳妇最重要的两条标准吧？因此，从这个角度来看，荣府挑您做媳妇是理所当然，不足为怪的。当年的诸葛亮未出茅庐，便知三分天下，随后即出山辅佐刘备，但到最后还是六出岐山出师而未果，终于病死在五丈原上；再说像岳飞，精忠报国，希望能雪'靖康之耻'，后来却屈死在风波亭上；我想您的情况大概也是这样，在嫁入荣府之前，就已经看得很清楚了。在治家方面，定会吸取凤姐和探春的经验教训，荣府应该会有一些起色。可实际上，您纵然是'高士'，怎奈荣府已至'末世'，虽倾尽心机'运筹谋划'，却仍然无法使颓废的败势起死回生，最后，还是逃脱不了覆灭的命运，真是'出师未捷身先死，常使英雄泪满襟'啊！"

不料，蘅芜君听了我这一番话竟然一动不动，伫立在那一株桂花树下呆呆地出神，那神情真是无比的伤感，显然我这番话触动了她内心深处的累累伤痕。这位历来被男同胞们视为贤妻的最佳人选，容貌出众、品格端方、性情随和，既有相夫教子的淑慧，又有理财治家的魄力，可谓千古难觅的奇女，是男人最想要的"梦中老婆"，做女人做到这份上，也真是登峰造极了！

蘅芜君安分随和的个性让一向刻薄的黛玉都挑不出毛病。但是朋友之道，贵在相知。与这位端庄稳重的宝姐姐在一起，做什么事都要用冠冕堂皇的东西包装起来真让人累心，也会让人经常迷茫地不知道她到底在想什么。人都是因为帮助朋友而感到自己存在的可贵，而和宝钗在一起很可能会让人患自卑症，因为恐怕我们只能接受她的帮助。但我们不能因为自己的观点就给予她这样的评价，从现代社会的眼光来说，很多的职场更需要宝姐姐这样圆通融洽的人来主持大局。

此刻，聪慧的蘅芜君却显得深沉起来、性情蔼然，没人知道她到底在想些什么。而别人怎么说她，她也浑不在意，一如海纳百川，无丝毫的波澜。人们对《红楼梦》有千种评论，而这位宝姐姐却让人有万种猜测，她心田里所涌动的暗流，我想就是神仙也难点得通。

这时天色已近黄昏，而蘅芜君犹如一尊天然的美人雕像一般在桂花树下端庄的纹丝不动，而我却又不知道这时该张嘴跟她说些什么。于是，我想我今天的采访工作是该到此结束了，若回去的太晚了，我恐怕"内人"也会像林妹妹那样酸溜溜地说：哼，见到你"宝姐姐"就忘了家里还有个妹妹了？于是，我打算不惊动她，想一个人悄没声息的溜走。

"唉，快嘴你怎么像做贼似的，招呼不打就逃走呢？"蘅芜君却转过身来对我说。

"这……我见您神思宁静，没敢惊动您……"我结结巴巴地说，唉，真不该不打招呼就走，宝姐姐又何曾对别人失过礼数呢？

"哦呵？是吗？回去吧，回去吧，别回去的晚了你夫人也如林妹妹那样说什么'见了宝姐姐就忘……'"蘅芜君开着玩笑，挥着手对我说。

"啊哈？内人才不这般小器呢！那我告辞了哈……"我边回答边走，只觉汗颜无地，思忖这宝姐姐真的能察人心思，女中英杰啊！

"凤辣子" 王熙凤访谈录

凡鸟偏从末世来,都知爱慕此生才。一从二令三人木,哭上金陵事更哀。

机关算尽太聪明,反误了卿卿性命。生前心已碎,死后性空灵。家富人宁,终有个家亡人散各奔腾。枉费了,意悬悬半世心,好一似,荡悠悠三更梦。忽喇喇似大厦倾,昏惨惨似灯将尽。呀!一场欢喜忽悲辛。叹人世,终难定!

巾帼本色

下面我要采访的对象是堪称"女中丈夫"的、公认的厉害主儿——王熙凤，凤姐儿绰号"凤辣子"、"泼辣货"。嗯，这人嘴似快刀，玩人手段更高，但愿我今儿可别惹着她，哈。

我不想惊动别人，就径直去了她的小院，院落里静悄悄的没有一个人，我只好向正房走去，走近房门时，我听见屋里传来两个人的说话声。

"哼，那些狗屁男人整天都一本正经地说做人难、做人难，叫我说是阎王爷白给了男人一张皮，他们再难也难不过咱们这些做女人的。想咱们做女人的，那才真正的叫'难'呀！想做个纯粹的小女人对我来说更是不可能的事，在现在这个社会更是想都别想，你说是吗，平儿?"呵，不用问就知道说这话的人是王熙凤。

"可不是咋的？我很小的时候也想做一个单纯的小女人，煮一手好饭菜，绣一手好女红，找个可以托付终身的男人就可以了，就再也别无他求了。谁知连这点小小的心愿都无法实现……唉，做女人可真难啊。"另一个声音说。嗯，这人肯定是平儿。

"唉！那年我 18 岁，怀着女孩多彩的梦，在一个吉祥的日子里，被一群热闹的人用一块红盖头羞涩地罩起来，坐上了出嫁的大花轿子。带着我亲手做的女红，穿过重重的门，走过长长的路，将自己交给了一个叫贾琏的没心没肝的男人。这一来，我就是一个女人了，成了女人，也就没了羞涩，没了梦想，有的只是需要你用勇气和忙乱去对抗的现实。这也许就是我这样的女人的命运吧。"

"其实您大可不必这样悲观，我一直打心眼里佩服您呢。当年您在贾府几乎就是一人之下千人之上的角色，您来了这之后，竟使琏二爷在府里的地位倒退了一射之地，当年您的威风排场可以说是荣耀之极、风光之极啊！靠的是什么？其实就是您过人的能力和才智啊。"是平儿的声音。

"不错，谁不知道凤姐的大名啊，提起来响当当的，如雷贯耳啊！"我敲了敲虚掩的房门，在门外高声说道。

"啊？这么动听的男中音，莫非是琏二爷回来了？"平儿答到。

"哼，骚丫头到现在你还想着他，你那琏二爷会不进门而在外面高声说话吗？"王熙凤说，"喂，你是什么人？胆敢私入民宅，今天你若不说清楚，定将你交于官府严加查办！"

好家伙，多么凌厉的口气，凤姐果然是凤姐，名不虚传啊。我赶紧说："哇，凤姐，久闻您是女中豪杰，今日可算领教了啊。可是您看区区在下，像个私入民宅的坏人吗？"

凤姐："嗯，我看也不大像，虽说长得有点鬼头鬼脑吧，但还冒着一股子酸溜溜的书呆子气。不用害怕，慢慢的说吧，你到底是干什么的？"

妈呀，审犯人呀？但听其口气显然缓和了些。我便笑着说道："喂，凤姐呀，在下可是慕名而来，大家都说您是女中'魁元'、'巾帼英雄'，很有一套管理与治家的才能。并且外界对您的平生事迹也褒贬不一，就冒然前来采访于您，于是想将您的才能与事迹公告于天下，让世间多出些您这样的'女强人'来造富于社会，对您来说这可是一件扬名立万的大好事啊！"

凤姐："哦，原来你是想涮我呀，利用我的隐私炒作炒作，赚点小钞是不是？哼，不跟你计较这些，凤姐我天生就是讲义气的人，你想知道什么就尽管说吧。"

快嘴："哎，凤姐果然与众不同，那我就单刀直入了啊。世人皆说您是天生的女强人，不需要什么爱情、感情的，您认为这种说法偏激吗？"

凤姐："唉，叫我怎么说你们这些无聊的记者呢？真是吃饱饭撑的没事干，专打听人家的私事。但说起我家那个没心肝的'冤家'，我就想揪他的耳朵。"

多情女儿心

凤姐："也知道在我的那个时代对已婚女子的教条就是：嫁鸡随鸡、嫁狗随狗。对于贾琏这个花心的男人，有时我还是很关心他的，就说他那次护送黛玉妹妹赴苏州奔丧走后，又命昭儿回来取他的大毛衣服。当时我正在协理宁府，但百忙之中仍叫了昭儿来细细过问，并千叮咛万嘱咐地让昭儿等人好生的照顾他。"

平儿："不错，我也知道。还有一次琏二爷外出后，我曾经和凤姐掐指细算其路程的远近，不知不觉鸡鸣三更还未入寝。"

凤姐："我犹记得，在他那次外出归来时我是多么的欢喜，为了让他欢心，我称道'国舅大人'，'珍大哥那边，你好歹给我描补描补'。身为一个女人，一方面希望在自己的男人面前撒娇，另一方面希望他能欣赏自己的才干，这都是很自然的人之常情，我这个所谓的'女中豪杰'亦不能例外。怎奈那没心肝的东西不懂我的心，因而我们始终也没能过上几天很有幸福感的日子。"

快嘴："呵，是吗？看不出您这女中英豪竟也有小女人的一面。"

凤姐："作为女人，谁不渴望生活幸福啊？我在少女时就想：我的白马王子不需要有多的风流潇洒，不需要是个大英雄，只要他知晓我的心思、只要他怜惜我的眼泪，唉，没想到，他竟那样地不解人情！"

快嘴："是啊！我本将心向明月，奈何明月照沟渠。琏二爷辜负了您的一片心啊！我记得你与琏二爷经常发生冲突，能说说这是为什么吗？是不是心中的不如意造成的？"

凤姐："呵呵！我和他之间经常发生冲突，不光是因为性格的不和与心中不如意，也有利害关系的冲突。主要原因就是他风流成性贪恋美色，像鲍二家的、灯姑娘等那样货色的女人他都曾与之有染；而正派点的就有尤二姐、婢女秋桐等。对这样一个丈夫，我真是气得发昏，如果性格稍为软弱，就远非对手，自然要被他欺负了。我虽然不是那些动辄就爱哭鼻子的小女人，但是爱都有排他性，就不免使了一些手段，但终究还是拴不住他的心。"

快嘴："对琏二爷这样的人，也许也只有凤姐您才能约束一二。但是您最终也不能将丈夫管得严严实实。我觉得您和丈夫之间还存在金钱关系的冲突，您大概知道琏二爷有钱后就会花在女人身上，因此就将'小金库'看得紧之又紧，但这样就会惹人生厌，丈夫也就离你越来越远。"

凤姐："不错，那个没良心的竟然因之将我恨之入骨，整天咒着我去死。幸亏我生性开朗，不与他计较那么多。"

论 口 才

快嘴："对，看得出您是一位既聪明又风趣的人。不管是什么场合只要有您在，大家总是乐呵呵、喜洋洋的，上至贾母下至姊妹、丫头们等无不喜欢您。"

凤姐："那是，要说比能逗人乐子这方面，荣宁二府中我还真不服谁！"

快嘴："呵呵，记得宝玉曾说过：若说老太太只喜欢会说话的，那只有凤姐姐和林妹妹可疼。宝钗也曾如此说。由此可以看出，她们的评价无疑很公道地说出了您性格中风趣幽默的一面，是不是正是这一长处使您在老太太面前八面玲珑，与众姐妹则是情谊融融啊？"

凤姐："呵呵，你倒会总结，不错，这是很重要的一点。人靠一张嘴嘛！现代的社交不也是最重视口才吗？说都不会说还办什么事啊！"

快嘴："我想您的幽默风趣可能是出于您非凡的智慧，我觉得您更是冰雪聪明的女人，可惜在娘家时只当男孩养，却没当男孩教，不然像您这般看看账单就能念出司棋表哥的情书、在识文断字的姊妹面前，随口就说出招笑的'一夜北风紧'句子的女人，岂不要与钗、黛二位才女平分秋色乎？"

平儿："快嘴我告诉你，凤姐幽默风趣的地方多着呢，任你地点、对象、情境有何不同，都能由她廖廖的几语添色增辉，给人诸多的愉悦。我记得在那次螃蟹宴上，凤姐在宴中亲自张罗伺候贾母，当贾母说起小时失足落水被救时鬓额上让木钉蹦留下一坑疤时，凤姐为讨贾母高兴，不等别人说，先笑道：'那时要活不得，如今这大的福町叫谁享呢？可知老祖宗从小儿的福寿就不小，神使鬼差碰出那个窝儿来，好盛福寿的。寿星老儿头上原是一个小窝儿，因为福寿盛满了，所以便倒凸高些来了。'这话说得多好啊！"

快嘴："凤姐随意的放诞取笑，也能使老太太开怀大笑。更何况还敢'怄老祖宗笑笑儿'，因此老祖宗倒喜欢被她折磨着。我看偌大个贾府再也没有第二个敢于如此地在老太太面前这么做的。"

平儿："当然，其实凤姐在各种场合说话都十分得体，且别具特色，如对下人骄横的语言。在协理宁国府料理秦氏丧事时，刚上任时对赖升媳妇训话而实则却是警告众人——既托了我，我就说不得要讨你们嫌了。我可比不得你们奶奶的好性儿，诸事由得你们。再不要说你们'这府里原是这样'的话，如今可要依着我行。错我半点，管不得谁是有脸的，谁是没脸的，一例清白处置。"

凤姐："平儿，你可别夸我了，你那张巧嘴比我可不落下风。你说上面那回事儿，因为那算是我的就职演说，我要管理的是管家仆人，话当然要说得既严谨又婉转，既好听又摄人，惟有警告、威吓兼而有之，才能起到效果。"

快嘴："经验之谈啊！凤姐真不愧是个'脂粉队里的英雄'，无论置身于各样的环境和场合里，都是能说会道，应对自如。我觉得凤姐的机智和幽默是她性格的一个重要部分，也是调和人际关系不可缺少的佐料。"

平儿："你说得很对，我可没少从咱们凤姐儿身上学东西呢，她不但是我的主子，还应该是我的老师。"

快嘴："嗯，平姑娘的口才也算一流，都说近朱者赤，这和您常年跟随凤姐应该是有关系的。哦？对了平儿，你怎么称自己的主子为凤姐呢？原先你们不是主仆相称的吗？"

没等平儿应答，凤姐抢先说道："哟，快嘴啊，我哪里还敢将她当作下人看待哟。其实在当年她在我身边也早已不是下人，平时我就是吃只虱子也没敢少过她一只大腿的哟，就连我家琏二爷——这只癞蛤蟆我都与她实行共产主义了……"凤姐自觉失了口，又连忙说道"幸而她还算有良心，这么多年一直忠心耿耿的跟随我。"

快嘴："哦？凤姐，平儿也算是天下少有的义仆，您也该满意了。我觉得您的人缘关系在大观园中之所以很好，一是得益于您平时的察言观色与能说善辩的'公关'本事。再有就是平儿对您形象的维护。"

凤姐："嗯，这点我得感谢平儿，她平时可没少替我说话。平儿，姐姐这里谢谢你了啊！"凤姐笑嘻嘻的，给平儿婀娜多姿地道了个万福。

平儿："拿什么谢？拿什么谢？就这样说上一句就完了？不行，给点实用的！"平儿开玩笑地抓住凤姐，两人乐呵呵地闹了起来。

论 待 人

我也被逗乐了，没想到这主仆俩竟相处得这么融洽。凤姐被闹不过，就转过脸来对我说："快嘴，看见没有，这丫头是给点阳光就灿烂啊！"

快嘴："下回给她点洪水，淹淹她，呵呵。看来你们的关系还真不一般，您能将平儿的心笼络住，以致平儿死心塌地跟随您，就是您待人有方的最好证明啊。我猜想，您所作的一切都以正面和长远利益为重。我记得在某些场合时，平儿有时会违逆您的意图，但我看得出您对这些很多时候是睁一只眼闭只眼，而这正是许多成功领导的拿手好戏。试想：如果您凡事都要与平儿较真，平儿岂不也要阳奉阴违？可是那样一来您也就必定会失去平儿对您的忠心了，是吧？"

凤姐："说的也对。但是，平儿这丫头鬼着呢，有时真的与我耍小心眼儿。其实，我这人不懂什么大道理，凡事凭心论，按其大路子能通过就可以了。想我对待宝玉像自己的亲弟弟一般，要吃什么莲蓬银耳儿汤，马上让人给他弄来；要读书取钱或出去耍银子等事情，我对他的侍奉，可以说是伸手即到的风行即雨。从小时我带他去逛宁府，到稍大时我们同遭赵姨娘暗算，到最后一起被囚禁狱神庙，我和宝玉的命运一直像亲姊弟一样紧紧联系在一起，不管我为人怎样，但对这个宝弟弟可以说尽善尽终了。"

平儿："您不知道，快嘴。其实，凤姐对黛玉和宝钗二人也是很妥贴周到的。她一眼就能看得出'二玉'间的情意，因而还开过黛玉的玩笑，她知道黛玉体弱多疑，平时就很照顾她；她更知道宝钗在府中的影响，给宝钗做生日便费一番思量；她对探春也很不错，这在探春理家时表现得最为集中和明显；对嫂子李纨则基本是敬重，也只有她能偶尔开开这位孀嫂的玩笑；还有她那些不寻常的丫头们，如晴雯、袭人、鸳鸯等，也都能在关键时刻替她们考虑周到。你想想，这么一个复杂的大家庭，那么多的人和事也只有她才能磨得开、玩得转！"

论 处 事

快嘴："不错！可是世人皆认为凤姐所做的这一切都是因为讨好老太太，为自己谋利益，不然就无法长久的维持自己的权势与威风，哎，凤姐，您自己认为这一说法有偏见吗？"

凤姐："叫我怎么说呢？我不否认有这种情况，事实上也是这样。一个善于权谋的人的特长之一，就是能在诸般矛盾之中，紧握住最有利于自己的一环。大家知道，贾府的最高权威者就是贾母，这位老太太似乎在安荣富贵的现实生活中没有什么缺憾，她不幻想有什么得不到的东西，所想的就是要一切人来满足自己享受晚年的快乐。"

快嘴："于是您就将给老太太制造热闹、博取欢心，当作自己最重要的工作，是吧？您也因此在老太太这棵大树下，仗着她的宠爱与支持，掌管了贾府的内政大权，别人只能眼睁睁地看着而无可奈何。"

凤姐："或许是你说的这样吧。哎，快嘴，是不是觉得我的所作所为有点像小丑的模样？"

快嘴："哦？没有！我觉得您不是丑角，但有时候丑角这种姿态可以当作工具使用，因而您便在老太太面前充分地发挥着诙谐的才能。我记得老太太因为贾赦要讨鸳鸯做妾而大为生气，一家人都吓得战战兢兢，这时候只有您有能力来搅和这盆稀泥，是吧？"

凤姐："可以这么说吧。当时，我假意地反派了老太太的不是，说'谁叫老太太会调理人，把人调理得水葱儿似的；如果我是男人，我也要她。'这样逗得老太太那张本来是乌云密布的脸上，竟然瞬间露出了笑容，然后，我又哄着她打起牌来，而自己又故意输钱，故意抵赖……"

平儿："我也记得当时薛姨妈曾笑道：'果然凤姐儿小气，不过玩意儿罢了'。谁知凤姐听了便拉着薛姨妈，回头指着老太太素日放钱的一个木柜子笑道：'姨妈瞧瞧，那个里头不知玩了我多少去了。这一吊钱玩不了半个时辰，那里头的钱就招手儿叫它呢。只等把这一吊也叫进去了，牌也不用斗了，老祖宗气也平了，又有正经事差我办去了。'仔细想想这些话说得多巧妙、多让老太太开心呀。"

快嘴："啧啧，凤姐的能言善辩是公认的。不然也不会在黛玉刚到贾府时，老太太说'你不认得她，她是我们这里有名的一个'泼辣货'，南京所谓的'辣子'，你只叫他'凤辣子'就是了'。我想这'泼辣'的特征：首先是未见其人，先闻其声，而且人皆屏息，惟凤姐独自放诞了。"

凤姐："哈，这你们可就不如我了，要给自己造气势，还要能神情活跃，修饰辉煌，做到从容不迫，这样在气势上就高人一等。"

「凤辣子」王熙凤访谈录

快嘴："您其实不但会在大处给自己造势，在细处也是做得恰到好处，这也是一种功夫啊。比如您刚见黛玉，便'细细打量'，称赞她生长得'标致'，转瞬又为黛玉母亲亡故而流泪；又责怪自己不该招引起老太太的伤心；又问黛玉读书、吃药，又关照给林妹妹搬东西，打扫屋子等等。这一连串明快变化的形象，已使人们一开始就能看清您的性格特点，真不愧是老太太说的'泼辣货'。"

凤姐："哈哈，这是我的拿手好戏，一般人可是做不来的。"

领导之才由何来

快嘴："呵，是啊！好多人都佩服您的这一本领呢。根据您的性格特点，以及您统领一个大家族的智慧，也有不少人将您比作'三国'时的曹操，平儿你认为世人对凤姐的这一比较恰当吗？"

平儿："我想想，嗯，似乎有点相似，比较起来，在中国古典著作中，使人能联想到的也许是只有《三国演义》中的曹操吧。行将垮台的封建家庭和行将垮台的封建王朝，有着共同的规律，它们的当权者也会有着相类似的性格与特征。在《三国演义》中，不许'几人称王、几人称帝'的是曹操，支持汉朝统治残局的是曹操，挖空汉皇朝实际统治权只留一个空壳子的也是曹操，加速地结束了汉代统治的还是曹操。凤姐在贾府的使命，从某一种视角看，也颇有一些类似。"

快嘴："不错，说得好极了。《三国演义》的读者恨曹操，骂曹操，曹操死了想曹操；而我们这部《红楼梦》的读者恨凤姐，骂凤姐，不见凤姐想凤姐。凤姐的聪明过人，气势逼人，是领导者必备的素质，也是那个时代权势人物的真实表达。"

凤姐："哼，你们这两个小鬼头，是在夸我还是在损我？拿我开涮是吧？我可告诉你们，我王熙凤天生就不是小家子气的人，'东海缺少白玉床，龙王来请金陵王'这句话就能说明我的背景。我们金陵王家和贾、史、薛三家本是同等地位的大家族，而且世代连姻，互相支持。后来他们三家都逐渐衰落，独有我的叔叔王子腾从京营节度使升任九省都检点，是现实的在朝统领军权、声势显赫的人物，而他们贾、薛两家都得仰仗他，我出身于如此有权势的家庭之中，当然要在气势上胜过别人。"

快嘴："呵呵，那么您运筹机谋，杀伐决断的能力又从哪儿来的呢？"

凤姐："这有什么难猜的呢？我娘家比较尚武，我小时候就喜欢像男孩子一样的玩耍，经常身穿男装，也被当作男孩子一样的教养，因此我就比其他女孩子能更广泛接触各种各样的人和事，从小就练就了杀伐决断的性格，待人处事的才能。哼，就凭这一点我就气死你们！"

论 管 理

快嘴："哈，是啊！后来您嫁到贾家作了少奶奶，既是王夫人的内侄女，又被派充荣府管理家务。居于这么优越的地位，也说明您确有出众的才能。那周瑞家的曾对刘姥姥介绍您说'这位凤姑娘虽小，行事却比别人都大呢，如今出挑得美人儿一般的模样儿，少说些有一万个心眼子。再要赌口齿，十个会说话的男子也说不过她呢！'您说她说的对不对呢？"

凤姐："嘿嘿，不错。我那叔公——贾珍也说过：'从小儿顽笑时就有杀伐决断，如今出了阁，越发历练老成了。'你们从我协理宁国府秦可卿之丧时就可以看出我非凡的才能与手腕，那时我一眼就能看出宁府的五大弊端：一是人口混杂，遗失东西；二是事无专管，临期推诿；三是需用过费，滥支冒领；四是任无大小，苦乐不均；五是家人豪纵，有脸者不能服钤束，无脸者不能上进。能有这么全面的见解，难道说我之眼光还不够敏锐吗？"

平儿："是啊，凤姐看准端倪以后便对症施药加以整顿：首先是分班管事，职责分明；其次精细考核，不容混冒；第三赏罚严明，树立威信。于是一切都头绪清楚成绩立见：'宁府中人才知凤姐利害，自此各人兢兢业业，不敢偷安'。而凤姐自己也感到威重令行，心中十分得意。竟然忙得不亦乐乎，而且素性好胜……于是合族中上下人等无不称赞……一切张罗招待，都是凤姐一人周全承应。"

快嘴："瞧瞧，真是女中丈夫啊！那么庞大的一个家庭，执行内部统治的大权会落到一个孙媳妇辈的年轻女人身上，从而就形成'脂粉须眉齐却步，更无一个是能人'的局势。可见这是凤姐您发挥才智树立权威的一个开端，由此您的智慧与才能也进一步的得到了发挥与体现，对吧？"

凤姐："瞧，你们俩将我说得神乎其神的。唉，俗话说不当家不道柴米贵，其中那份操劳的滋味有谁能懂？做他们贾府的当家媳妇断乎不是容易的。在那么多的长辈、平辈、小辈、本家、亲戚和男女奴仆之间，彼此都有着极复杂的矛盾，若不具备一点独到的权术机变，像我这样一个孙媳妇辈的年轻女子岂不被压得粉身碎骨？"

快嘴："是啊，我对此也有疑问：对于那些十分棘手的事情您又是如得心应手将其摆平的呢？"

凤姐："哎，快嘴，你问得太好了。实际上，有好多事是说起来容易做起来难啊。在当时，我凭着自己的才智与苦心见风使舵，小心应筹一切人与一切事。就是我的婆婆邢夫人要我去向老太太禀报为我的老公公贾赦讨鸳鸯做妾那件事吧，表面上我是很巧妙地摆脱了，实际上我是下了好一番苦思的；还有王夫人疑惑大观园中的绣春囊是我所有，我也很委婉地洗刷了；还有那王善保家的怂恿着王夫人搜检大观园，我心里早就明白这是一种轻举妄动，会伤害了作为荣府当家奶奶的面子，但我还得站在侧面装装行势，留给探春去给王善保家的迎头痛击。这些我都承认是我的聪明之处，但又有谁知道这些聪明的背后劳费了我多少的操劳与心思啊！"

快嘴："呵，是啊，所以脂砚斋也说：'纸上虽一回两回中或有不能写到阿凤之事，然亦有阿凤在彼处手忙心忙矣。'忙则忙矣，然而凤姐管起来，无论大事小情，里里外外，都是井然有序，妥帖周详。可见凤姐确是少见的管理之才啊。"

平儿："那当然，你看凤姐协理宁国府那一回，就集中表现了凤姐出色的管理组织才能。脂砚斋对此也曾说：'写凤姐之珍贵，写凤姐之英气，写凤姐之声势，写凤姐之骄大。'也正体现了凤姐的性格与管理手段啊。"

快嘴："嗯，秦可卿之丧，是宁国府的一件大事，也是很难办好的一件事。不管谁来主管，这都是一次严峻的考验。这件事的完美办理，淋漓尽致地反映了凤姐高超的管理智慧。"

平儿："如果我们把宁国府看成一个大公司，秦可卿的丧事看作一个重大项目开发，那么凤姐就是这个项目的总负责人，也是最关键的人物。由此可见，凤姐是有着'一把手'的领导风范的。要是在现代，肯定是个出色的 CEO。"

凤姐："你俩是不是就会夸人啊！我是看宁国府无人可管事，贾珍又来求，诚心帮个忙的。而在管理中，凡事只要做到事先立规矩，有个好的谋划，做事时则做其当做，做其应做，就能把事儿办好的啊！这有什么难的？"

快嘴："呵呵，对您来说不难，但对他人来说则难啊，这就是'会者不难，难者不会'。在治理宁国府时，您上任的第一件事情就是立规矩——先命人造各类册簿，然后宣布纪律，把丑话说在前面，接着按自己清晰的思路分配任务，并且逐一申明。经您这么一调整，宁国府内果然就井然有序了。"

凤姐："管理者上任必须考虑制度先行，没有制度又何谈管理呢？制度定好了接着就是执行，执行制度时则一定要赏罚分明。"

快嘴："嗯，您到宁国府上任后，极短的时间便分析出了宁国府在管理上的弊病，让读者惊叹您的眼光和分析能力，那么您是怎么做到的呢？"

凤姐："这又有何难？其实管理者的才干体现在对所当之任的管理方

法的思路分析上，没有思路分析何谈管理？我是先在上任前把宁国府现存的诸多问题理出头绪，对所担之任心中有数，并做出了具体的分析，然后才指出了宁国府在管理上存有人口混杂、事无专管、各种费用滥支冒领、工作分配不公、有势者欺人等弊病。"

女性经理人之榜样

快嘴："嗯，看来领导者平时对事物是要善于观察思考并勤于分析总结的。在现代，很多女性管理者也想向您学习呢，你有什么要指教的吗？"

凤姐："呵，管理也是因人而异的，但能多观察，多留心，多思考对谁都是必要的，这样有不好办的事情来了才不会手足无措。"

快嘴："有人说您的管理方法是铁腕式管理，首先就是制定规矩，谁也不容破坏。如您对赖升家的说的话：'赖升家的每日揽总查看，或有偷懒的，赌钱吃酒的，打架拌嘴的，立刻来回我，你有徇情，经我查出，三四辈子的老脸就顾不成了。如今都有定规，以后那一行乱了，只和那一行说话。'这类似现代管理的'火炉'原则——规则就像'火炉'一样，不管是谁碰上去都一样烫手，在规则面前人人平等。"

凤姐："我只是对症下药而已，针对宁国府的五种弊端，我采取了责任到人、按需分配的方法。做到了事有人办，物有人管，活有人干，各司其职，忙而不乱。另外还要有一套软硬措施，使各色人等谨慎小心，不敢怠慢，这样管理起来才能顺手。"

快嘴："嗯，经过这番治理，于是宁国府中人才知道凤姐厉害，府中果然面貌一新：某人管某处，某人领某物，分得十分清楚。诸如以前的荒乱、推托、偷闲、窃取、大事小事无头绪等弊，只一天就整治没了。"

凤姐："这其中还有很重要的一点，就是下层管理者一定要带头遵守规则严格管理。我就牢牢地控制住了靠近自己的部属，使部属认真地跟随自己的管理思路，这等于掌握了最有利的管理信息和工具，能更加充分地了解管理的情况与资源，所以管理才会更好。"

快嘴："有人说，严明的纪律与时间意识也是您在管理上的一大特色。比如您为了加强纪律性和显示自己管理上的权威性，还使用了'杀鸡儆猴'的管理方法，也是很有效果的吧。"

凤姐："要知道，一个团体的结构和模式对管理目标的影响是很大的，我希望将各项具体工作发放责任到人。既然每个人都有自己不可推脱的责任，那么有人没做好，当然要惩罚，以警效尤啊！"

快嘴："所以你在有人迟到时，对其做出了'打二十板子！'和'革他一月银米'的处罚。正所谓法不容情，您的这一招，效果也是显著的。众人再也不敢偷闲，自此兢兢业业，执事保全。凤姐您虽身为女流，却能在实际的管理中做到恩威并用，赏罚分明，实在难能可贵。您实在是现代女性经理人学习的榜样。"

高处不胜寒

平儿："这话一点不假，其实凤姐不但在管理上如此，在其他方面也做到了眼到，心到。如那次凤姐生病，三小姐探春暂时代理家务，而她自己很快地感觉到必会首先拿她'作法子'，同时也识透了探春的'新政'必不会真正推行，于是就以退让迁就的态度来避免正面冲突。"

快嘴："嗯，凤姐对事理的明察，少有人能及的，还有不少事能说明这一点，比如，凤姐早已看出老太太与王夫人都偏爱宝钗，于是就大费心思加倍铺张地为宝钗过生日；也看出王夫人选定了袭人为宝玉的候补侍妾，就又从各方面去优待袭人；当李纨带领众姊妹声势浩大地找凤姐加入诗社，一向精明的她知道这不过是要她出钱，于是就答应担任'监诗御史'职务，先出五十两银子，免得被人们看作是'大观园诗会的反叛'。"

平儿："再说一个，凤姐对从农村来告帮的刘姥姥的接待上就十分得体，她既让刘姥姥得到了需要的帮助，还使她尽兴而归，这也正是后来刘姥姥为救巧姐不惜倾家荡产的原因啊。"

快嘴："是呀，说起来真是不容易。作为少奶奶，又要哄好老太太，又要讨好王夫人，还要讨好奶妈赵姬等一些不能得罪的下人。从这一点上可以看出，您虽是少奶奶，却也活得很累很辛苦。'骂琏二爷'亦只是在开玩笑的时候才可以，虽然貌似蛮横，其实却不尽然。万事皆须小心翼翼，凤姐，您的一时一事之雄，在那复杂的是非窝中，我觉得您所处的地位是何其的艰险，我都替您感到心惊胆寒，难道您一点都不畏惧吗？"

凤姐："唉……高处不胜寒、枪打出头鸟，我又何尝不懂得，我的凄苦只有平儿能理解。在协理宁府的一月，放银钱赚些体己、恭维主子奴才，讨好一人一事、妥善处理麻烦，这些我都可以轻而易举地做到、做好。但是若要进一步改变自己的地位则是不可能，我不断地奋斗、不息地抵抗，发挥自己最大的体力和智力，机关谋尽，向外在世界抗议，极力地与排己或不利己的势力战斗，而且运用各种手段，比如常见的奉承阿谀，在迫不得已的时候曾使过毒辣阴险甚至寻人性命的手段，想藉此改善自己的处境。但其结果还是…… 想想真是可悲，我那时本是一位双十年华的贵少妇人，却过早的失去正常人的快乐无邪的生活，我越是抗议、越是战斗，事实存在的社会与固有势力就结怨越深，压制和扼杀自己的欲望就越深，最终还是逃不脱命运的安排，走向了深渊——'哭向金陵'……呜呜……"

不想咱这有名的凤辣子，'脂粉堆里的英雄'，竟然双手掩面哭了起来，我有些不知所措，忙劝道："凤姐您不必难过与自责，这种结果……绝不仅仅是您一个人的问题，您也决不仅仅是一个封建大家族的管家婆。我想您的内心一定充溢着对现实社会的不满与愤慨，您觉得自己不被这个社会所认同或者所有的现实远非您所期待的；您不满生而为女儿身，历来男尊女卑的观念使您觉得自己为众人轻视。于是才使您从'小儿……玩笑时就有杀伐决断'是吗？"

凤姐："是的，做人难，做女人就更难，做个强出头的女人难上加难。何况我又是不甘俯首于人下的女人，当时贾府的一切现状都使我不能满足，我不能安分守己地做一个温柔和顺的孙辈少奶奶，因为当时除我之外，贾府之中并没有一个真正能管好事情的人，于是我就舍我其谁地当上了荣府管家，这本是个费心机的差使，为巩固自己的经济利益与实力，我也只好千方百计地放利钱，攒体己。但这个大家族的守成之难并非我一人就能做到的，所以我也没有成功。"

为何心"毒"

快嘴："唉，一个人的是非功过自有他人去评说，凤姐您的事迹使我不禁联想到《乱世佳人》中的女主人翁斯佳丽，她与您同样地美貌、同样地贪婪、同样地工于心计，但到最后不都是未了平生的抱负吗？很多读过《红楼梦》的人也都说您的心很'毒'，那么您怎么认为的呢？"

凤姐："哎哟快嘴，常言道打人不打脸、骂人不揭短，你怎么哪壶不开提哪壶，当面问人家这些呢！"

快嘴："这……都这么多年了，您还不好意思提呀？这怕什么呢？是就是，不是就不是，实事求是就行啊！"

平儿："哎，快嘴，她不好意思告诉你我告诉你，改天我偷偷的告诉你，她的老底我最清清楚了。她一共做了一……二……三……"

凤姐："哇，好你个小死蹄子，竟敢说我的坏话，这些年真是白疼你了，看我不扯破你的嘴皮……"这"凤辣子"果然是"泼辣货"，竟然真的要去扯平儿的快嘴巴，吓得平儿大叫"快嘴救我、快嘴救我。"

快嘴："哈哈，平儿别怕，有我呢。啧啧，百闻不如一见，今天我总算看到了凤姐的厉害啊，真是大开眼界……我一定要将这精彩的一幕告之与众。"

凤姐："哇，快嘴你就高抬贵手，别在遭贬我了好吗？只要你向我保证不把今天的事抖露出去，我就什么都告诉你，否则的话，我就连你一起……"

我一见凤姐竟张开双手向我走来，赶紧说道："哎呀，凤姐，君子有口不动手嘛，您怎么说也是个响当当的'大人物'了，怎么能跟我们这样的'小人物'一般的见识呢？"

平儿："是啊是啊，自己做了'坏事'不敢曾认，还充什么巾帼英雄、女中丈夫？"

凤姐："哼，你们俩不用一个给我戴高帽，一个挖苦我，我知道你们是一个鼻孔出气来算计我。尤其是平儿小死蹄子越来越胆大包天，竟然蹬鼻子上脸越主了。哼，今天看在快嘴的面子上暂且饶了你。我说我的那点'陈年破事'现在怎么闹得沸沸扬扬，满大街的人都知道，敢情就是这个小蹄子精给我到处宣扬的。"

快嘴："呵呵，有道是大丈夫做事敢做敢当，您虽是女流，却丝毫不让须眉汉，还怕这点事被别人说？"

凤姐："唉，身处于我那个位置，不'毒'一点能行吗？我这人的弱点是善恶观太淡薄，过于求名求利。如我收了三千两银子拆散了一桩美好的姻缘，是为得利；治死贾瑞，为保全名声；间接逼鲍二家的上吊，害死尤二姐，亦出于一己私心。可这世间，谁做事又是不在为名为利为自己呢？"

以"钗"换"黛"缘于何?

快嘴:"嗯,人做事要能有所为有所不为,并且在'为'时也要有个度的问题,您所作的这几件事有些是可以不'为'的,但你不仅'为'了,而且在程度上都做得很'过'。这可能就是他人说你心'毒'的原因吧!另外,您还曾用'瞒天过海'和'移花接木'之计,一手操办了宝玉和宝钗的婚事,将林妹妹换成了宝姐姐,世人对您拆散黛玉和宝玉这对有情人意见也很大啊。"

凤姐:"唉,俗话说'宁拆一座庙,不拆有情人'。我干这缺德事儿,还不是为了他贾家着想啊!你想林妹妹那样一个人,除了会哭和缠着宝玉之外,还能做些什么?虽说颇有诗才,但那又能当饭吃?而在居家守业、待人接物上,她比宝钗差的可远去了。再说我也得为将来家族的团结想想吧,林妹妹那样一个小性的人,与谁能合得来?倘与我做了妯娌,我还不得整日的哄她迁就她啊?而宝钗就有大家风范,人见人爱,要是换作你是我,你也会这么选择吧?"

快嘴:"还真不好说,但您有没有想过,您的这一计竟与红楼一梦之发展和结局息息相关?它拆散了'木石前盟',成就了'金玉良缘',然却使三个人的人生完全改变,黛玉因之而死,宝玉也因之心灰意冷,并且更厌宝钗,终弃之而去,更害宝钗独守空房,一生凄苦。"

凤姐:"人在做事情时,一般都是看到好的愿景,便制订计划实施,至于最终能否遂人所愿,则要看造化了。让宝钗和宝玉成亲,几乎是整个荣国府上下人等的共同愿景,并且双方家长也都是同意的啊,这罪过偏安到我头上,是大家认为我能干,我就制订了个计划遂了大家的愿,但却逆了宝玉的愿,宝玉也因之记恨我们这些人,并产生厌世念头,才弃之而去的。现在看来这是个错误,但当初谁又知道呢?大家本来都很看好的呀！"

论"一从二令三人木"

快嘴："呵，凤辣子的嘴巴好生厉害，为自己推脱也这么有水平，名不虚传，领教了。但我还想问您个私人问题，曹公在总结您的命运时曾这样说：'凡鸟偏从末世来，都知爱慕此生才。一从二令三人木，哭上金陵事更哀。'人们对其中'一从二令三人木'这句有许多的解释，那么您是怎么认为的呢？"

凤姐："这是曹公对我的评价，我也说不太清楚，可能他借这句话概括了我在贾家时的人格和所作所为，但具体怎么理解，既然脂砚斋说是'拆字法'，我看还得用拆字法并结合我当时的人品和所作所为去解释，我也曾自己解过，结论应该是'假仁假节令夫休'。"

快嘴："哦，果然有新意，愿闻其详。"

凤姐便取出笔拿过纸，对我边写边解释起来，她说道："你看，繁体的'从（從）'字可以分成六个'人'字的，其中虽有个'卜'，但若看其字形的话，我们完全可以把它也看作个'人'字，我们先用三个'人'字，与前面的一个'一'字，可组成一个'夹（夾）'字，我们再用一个'人'字和后面的'二'字组成一个'仁'字，这样还余两个'人'字，而'二令'应该是两个'令'字，我们拿下一个'令（令）'字上面的'人'和'一'字，与前面余的两个'人'字则又可组成一个'夹（夾）'字，而这个'令（令）'字只剩下了下面的'卩'字，在古代，'卩'字是同'节（節）'的，这样就形成了'夹仁夹节'四字，意即'假仁假节'也。"

快嘴："哦，您的意思是曹公在形容您是假仁假节？有点意思，那'三人木'呢？"

凤姐："'三人木'是'夫休'也，取'三人'中的'二人'，为'夫'字，剩下一'人'字和'木'字合并，为'休'字，在'夫休'前面加上刚才余下的一个'令'字，则组成了'令夫休'三字。"

快嘴："哦，'假仁假节令夫休'，用这句话来形容您在贾家时的人格特征、所作所为及结果，倒也十分贴切。"

凤姐："嗯，曹公之说'假仁'者，乃形容我前面说的所做的一些缺德事，特别是说我爱伴装仁义。如林妹妹来时，我叹其身世可怜，落了几滴泪，后来却亲手斩断了她与宝玉的情缘，害其抑郁而死；我始知贾琏在外养着尤二姐后，表现得也很大度，还好言将其接到家来，却又借他人之手促其吞金自杀。如此等等，说我'假仁'，不是妄言啊，呵！"

快嘴："嗯，呵，那么'假节'呢？您对琏二哥也算尽心，且还曾狠狠地治了贾瑞这样的好色之徒，很守妇道啊？"

凤姐："呵，'假节'者，乃说我与贾蓉之间不清不白的关系，虽然我对贾瑞做得很绝情，那是因为我很讨厌这个人；而对贾蓉，书中虽没有明说我与他有什么见不得人的事，但曹公曾借焦大之口，平儿之口，另如蓉哥借屏风等细节之处暗点过的，也或原先有明说的，可能还曾被贾琏发现一点蛛丝马迹，但这些都被曹公'六易其稿'时删去了。但虚假的贞节是不错的。"

叹人世，终难定

快嘴："哦，这样就成了'凡鸟偏从末世来，都知爱慕此生才。假仁假节令夫休，哭上金陵事更哀'。这么看来，您因'假仁假节'，终被丈夫所休，然后回到娘家，但'事更哀'三个字，是不是说明之后您又经历了更加悲痛的事情呢？"

凤姐："是的，曹公给我安排了波折非常大的人生之路，巧姐被卖可能只是'更哀'其中之一事，经过这些事，也终使我开悟，所以曹公在另一首词中评我是'生前心已碎，死后性空灵'。"

快嘴："唉，可悲可叹啊！用尽了'意悬悬半世心'，竟一似'荡悠悠三更梦'，'一场欢喜'，终又'忽悲辛'，真是'叹人世，终难定'啊！"

凤姐："岂能说人世，单就一个荣国府内的事情，又岂是我能定的？这些判词，就是我这一生最真实的写照呀！"凤姐眼圈一红，不由要落下泪来。

快嘴："哎，我说凤姐呀，您也不必太悲伤。人们对您是既爱又恨的，虽恨您的虚伪与不善，但也爱您的才能啊，其实您可赞扬的地方还是很多的，在万目睽睽的舞台上，使观众目不暇给、耳不暇听，想想古往今来哪个人物能令大家如此沉醉，总的来说大家还是喜欢您的。"

凤姐："你不用安慰我，其实经过这么多事，我知道天网恢恢，报应不爽，学一句时兴的话，出来混的，迟早是要还的。"

快嘴："哈，不想凤姐现在这么看得开。哎，凤姐、平儿，我看这时间也不早了，就不打扰你们了，我也该告辞了。"

凤姐："哎，快嘴也没让你吃杯茶就走，真是过意不去啊。难得你来一次，我这只珍藏了多年的'翡翠玉如意'是当年你琏二爷与我定亲时的一件聘礼就送于你吧，能值不少的银子呢，作个纪念吧。我看我那几件'小破事'你就别往外抖露了，让世人知晓了多没面子啊。"

快嘴："您……这……意思？贿赂我……吗？"

平儿："嗨，快嘴，这叫江山易改、本性难移，你就收下吧，难道现在的社会'这道儿'行不通吗？"

快嘴："啊……行得通行得通……我这就收下！谢谢，在下绝对尊照两位的意思……不打扰，告辞了啊。"我真像做了贼似的揣着那只"翡翠玉如意"慌慌张张的离开了凤姐的小院。

"蕉下客" 贾探春访谈录

才自精明志自高，生于末世运偏消。清明涕送江边望，千里东风一梦遥。

一帆风雨路三千，把骨肉家园齐来抛闪。恐哭损残年，告爹娘，休把儿悬念。自古穷通皆有定，离合岂无缘？从今分两地，各自保平安。奴去也，莫牵连。

下面我要采访的人物是贾府的三小姐——贾探春，号为"蕉下客"，绰号"镇山太岁"、"三刺玫"。这位三姑娘确实是贾氏姐妹中的佼佼者，她是"心里嘴里也来得"的人。贾琏的小厮兴儿演说荣国府时，说她是"玫瑰花，又红又香，只是有些扎手"。

我觉得用玫瑰花来形容探春是非常妥当的，看上去漂亮、美丽，为人处事也舒展、大方，但若你认为她可欺，那你必将自讨苦吃。所以，要采访这朵娇艳带刺的玫瑰，我还确实有些胆怯，生怕哪句话说得不好，被她不客气地扎着。呵呵！不管那么多了，我怀着碰一鼻子灰或被"扎"得遍体鳞伤的冒险精神，走进了"秋爽斋"的大门！

呵，这"秋爽斋"到处都是清淡、高雅的菊花散发着缕缕的清香，一切都清爽的超尘、脱俗，淡雅得使我这般满身尘土飞扬、庸俗不堪的人物简直没有勇气进来。

"有人吗，三小姐在家吗?"我小心的打招呼，没人回应。我继续往前走，来到了一座古色古香的小房前，大门开着，我站在门口不敢造次，小心的说道"来客人了，屋里有人吗?"还是没人回声。

我便站在门口仔细的打量着房子里的布置，这是一座三间相通的正房，正中的当地上放着一张大理石面梨木架案，案上垒着各种名人的书法帖，并放着十方宝砚，各色笔筒内插的笔如树林一般，边上摆着斗大的一个青花瓷瓶，一把白菊在其上怒放。四围墙上挂着几幅山水画。

这就是"秋爽斋"，这名字正体现了主人的性格，就如那束怒放的白菊，既有主人的洒脱，又有恣意的生活情趣。

"哎，这天可真够热的……"

我正在细细的品味这间别致的房屋，突然身后传来轻轻的说话声，我忙转过身，在前面的树丛中走过来一个人。只见她长得果然"削肩细腰，高挑身材，鸭蛋脸面，俊眼修眉，顾盼神飞"，其"文采精华"，更是让人"见之忘俗"。相比之下，我觉得自己真是俗不可奈到了极点。

不用说，你们也知道这是三姑娘探春，她一手拿着一个大剪刀，一手拭着脸上的汗水匆匆的走了过来。

蕉下客："喂？你是什么人？怎么会来到我这里？有何贵干？"其话音之严厉，掷地有声，使我感到脊背上都凉嗖嗖的！

快嘴："啊……蕉下……啊三姑娘……别……别误会，在下叫快嘴。只不过是一名小记者，是……是专程来采访您的。"我结结巴巴、诚惶诚恐的赶紧回答。

蕉下客："哦，原来是个专门打听别人隐私的人，真不明白当今的社会风气是太文明了还是太疯狂了？广告满街飞，明星天天吹，新人时时换，绯闻闹成堆。敢情你今天来是专程打探我们大观园的秘密，你好发一笔吸引大众眼球的不义之财是吧？"

快嘴："哎呀，探春小姐您这可是冤枉人哪，在下实在是出于对您人格的敬重与能力的钦佩才冒昧地来专访，您看看我这采访稿，实在没有涉及到隐私问题啊！如果姑娘今天不高兴，在下就改天再来……"

我将采访稿递给探春，她接下看了看，可能觉得没什么特别不好回答的问题，神情便缓和了些，说道："哼，改天、今天还不是一样的打扰我？既来了还客气什么，屋里坐吧，知道的我就告诉你，不知道的，你问也没用。"

快嘴："是是是，探春小姐，在下恭敬不如从命，我就知道您是最明事理的人。咦？您拿着这么大一把剪刀干吗去了？"

蕉下客："哎，现在是雨季，苗圃里的那些花草一个劲的疯长，不修剪修剪不好出售的。"

快嘴："怎么，您亲自去修剪花草？还要出售？您什么意思？"

蕉下客："喂，快嘴，亏你还是个现代人，这都不知道么？我把自家的大园子改成了花木培育基地，专养植一些名贵的花草乔木卖给城市的'绿化部门'，还招了一批工人整天料理着，翠墨与秋纹等几个丫头都在那儿呢，我刚才去给她们作指导。谁想天这么热，让人口渴的要命，就

113

回来喝茶水，不料家里竟然来客了。"

快嘴："啊？探春姑娘真不亏是一位有眼光的人，这养植花木确实是一项大有发展的事业，再富丽堂皇的城市，如果没有这些花木的点缀，还不是光秃秃的没有一点儿活力？"

蕉下客："哇，快嘴你今天来的目的不是要夸奖我几句吧？你有什么目的与问题就直说无妨，听说你已经采访过好几位了，你怎么采访他们的，就怎么采访我吧，还有你只管称呼我三小姐就行了，不用客气。"

威仪实源于自卑

快嘴："好好，久闻三小姐是直爽之人，今日幸会更是胜过传闻，在下就不谦虚了。世人称三小姐您是——中国的'简·爱'，是贾府众钗的佼佼者，有才情、有远见，敢说敢做，具有卓越的组织管理能力，并且能自尊自强。不但如此，您性灵敏锐，思维敏捷，心地聪慧，大家送您一个绰号'镇山太岁'，又称'玫瑰花儿'，还说花虽好看却会扎人，您觉得这样的说法符合您吗？"

蕉下客："哎！你说的这些净是夸我的词儿，我哪有这么好啊？但你说的这些，唉……说出来我的身份真让人尴尬，大家都知道我是贾政老爷与赵姨娘所生，是宝玉的同父异母的妹妹，更是贾环的胞姐。由于这'庶出'的身份，囿于世俗的偏见，说实话在我的内心深处也是有着自卑感的。如果世人认为我很机敏，这个'敏'字确实是与生俱来的——一种'庶出'的敏感。我受不了迎春的懦弱忍受，也反对惜春的'躲'着是非走，我鄙视这种弱者的行为。因此每当触及到自己的出身时，我就拼命的维护、抗争，现在想起来，只觉得自己实在可怜。"

快嘴："哦！没想到给人感觉神圣不可侵犯的三小姐也曾自卑过，您的尊严竟是弱者的抗争。唉，是啊，您的坚强固然反映了您'强悍'的一面，但也透露出您极为'敏感'的一面。有许多人评论到这件事时，常以等级观念来批评您的这一观点，但是我认为，在那个等级森严的社会中，您在家族中'庶出'的观念大大的伤害了您的自尊心。让人尊敬的是您维护的是做人的尊严，您强烈地反对的是那种等级势力的束缚。"

蕉下客："是啊，那次当我扇了王善宝家的一巴掌并怒气冲冲地说'你是什么东西，敢来拉扯我的衣裳！我不过看着太太的面上，你又有几岁年纪，叫你一声'妈妈'，你就狗仗人势，天天作耗，在我跟前逞脸！如今越发了不得了！你索性对我动手动脚的了！你打谅我是和你们姑娘那么好性儿，由着你们欺负，你就错了主意了……'现在想想我的这番话确实是声色俱厉，义正词严，在这里，我的维护不仅是我个人的自尊心，而且维护着整个家族的尊严。像这种'狗仗人势'的奴才，欺负的不仅是我这样的一个小姐，是一种利欲熏心的欺上瞒下的侵犯行为，这才是我所不能容忍的，也是我要捍卫的东西。"

快嘴："太对了。这说明您有一股与生俱来的'威仪'，像一头吃饱的狮子一样，谁也不去招惹，倘若有人敢冒犯，你则就会不客气地扑倒他。我记得凤姐与平儿有一段对话足以表现出您的才干与敏捷的一面，凤姐对平儿说'我虽知你极明白，恐怕你心里挽不过来，如今嘱咐你：她虽是姑娘家，心里却事事明白，不过是言语谨慎；她又比我知书识字，更利害一层了。如今俗语说'擒贼必先擒王'，她如今要作法开端，一定是先拿我开端。倘或她要驳我的事，你可别分辩，你只越恭敬，越说驳的是才好。千万别想着怕我没脸，和她一犟，就不好了'。您看，就连一向恃权横行的凤姐也惧怕您三分呢，真是不简单。"

才自精明志自高

蕉下客："这样的例子倒有几处，例如那林黛玉曾对宝玉哥哥说：'你家三丫头倒是一个乖人。虽然叫她管些事，倒也一步儿不肯多走。差不多的人就作起威福来了'。宝哥哥又接着说：'最是心里有算计的人，岂止乖而已'。他毕竟是自家哥哥，这样的评价可谓中肯。不错，我承认琏二嫂子堪称现代女强人的典范，我之所以高出她一点，一是我身正力行，一是我'知书识字'，也就是道德修养高和文化素质高，所以她王熙凤不得不承认我比她'更利害一层了'。"

快嘴："不错！'知书达理'，只有晓得古今书、才能明白事中理，如果没有起码的文化知识，任他再精明的人也难看透事情的端倪。假如说湘云的豪迈具有名士之洒脱，那么您的豪迈和刚强则更多地实现了'自我'的价值——希望自己能发光发热。您说过'自己但凡是一个男人就要到世上去干一番事业'，这正是要实现'自我'价值的心声，也是一位胸有大志者的气魄和风度。正因为如此，在偌大个贾府中，您才最早地感觉出这个大家族所潜伏的种种危机。我想只有一个有头脑的人才能敏锐地体察出来，并且敢于指出它的弊端以及严重的后果，是吧？"

蕉下客："嗯！现在让我回想起'抄检大观园'的情景，真是什么滋味都有。说起当时的伤心也罢，愤怒也好，其实都是冲着一件事：这是一种潜伏已久的危机、是自杀自灭的征兆。我当时愤怒之极地说：'别忙，抄你们的日子有呢'！这才是我所担心的真正缘由。贾府那么多的人，谁有如此深刻的认识？凤姐虽然精明能干，宝钗也是公认的博古通今、才情极高的人，但是这些一流的人物，又有谁能想到、看得到这一层呢？"

快嘴："是呀。所以说，我们从'才自精明志自高'这一语里就可以看出三小姐您的为人本质与特点。我想您的才思与个性特点主要表现在组织管理的才能上，大家都知道琴棋书画本是你们这些富贵家庭小姐们的消闲品，因此诗词是你们的擅长。但若论诗的格调与才气，您确实不是最高，远比不上黛玉、宝钗，可'海棠诗社'的起源却是您发起来的，也是有了这个'海棠诗社'，黛玉、宝钗、宝玉以及湘云、李纨诸人等才时常自动集合，展开了青年人不以长辈为中心的聚会。这一点小事可以就可以看出您确实有组织才能，您觉得这是不是一种自我的表现呢？"

"镇山太岁"可不是唬人的

蕉下客："也许是吧！那只是一次小组织的表现，只不过想让大家在一起娱乐一下，有个砌磋才学的机会。但在平常的时候，我对于自己日常生活的处理却是平稳而谨严的，我怎么也不会像二姐——迎春那样的胆小怯弱；更不会如小妹——惜春那样性格孤僻；但我也绝不是沾惹一点鸡毛蒜皮就惹是非的人。我经常与姐妹们、丫头们相处做事或娱乐，但那些嘲讽、辱骂的玩笑却从来没说过。"

快嘴："嗯，相对而言，您的丫环也是比较省事的，那次迎春姐的丫环司棋为了要吃炒鸡蛋而大闹厨房，吵闹得很不愉快，后来又出了与表兄潘又安恋爱的乱子，让别人说说点点真没面子。而惜春妹的丫头入画也为了偷存哥哥的银物而获罪，这些都可谓是不露脸、不光彩的事。就您身边的丫头没有。"

蕉下客："不是我说大话，你看我的那几个丫头像翠墨、秋纹等都是洁身自好的，从没出过什么不检点的毛病。正如子不孝，父之过，这些小事全在主子平常是否调教得好的结果。"

快嘴："您说得对。当王熙凤、王善保家一行人簇拥着王夫人气势汹汹的去抄检大观园的时候，迎春与惜春都吓坏了，不知道该怎么办，她们像案板上的生肉一样任人宰割。惟独有您，对这件事的执行者给了一个迎头痛击，我想这大概就是因为您平日里注意对丫环们的调教管理，才能在关键的时刻有无恃恐，是吧?"

蕉下客："不错，我当时声色俱厉的说'先来搜我的箱柜'，'我就是头一个窝主'，'我们的丫头自然都是些贼'。哼，既然你不尊重我这里，我便第一个迎上去，硬碰硬，干脆把矛盾激化。我一面不允许他们跑进我的房中对丫头们作威作福，一面又假模假式地说什么'索性大家搜一搜，使人去疑，倒是洗净他们的好法子'。"

快嘴："但是，等他们进屋里真要搜时，您又发话了'那个要搜就搜我的，要想搜我的丫头，这却不能。我原比众人歹毒，凡丫头所有的东西我都知道……一针一线她们也没的收藏……你们不依，只管回太太去，只说我违背了太太……'敢说敢做，可真有你的。"

蕉下客："哼，我当时的意思就是：你们要搞歹毒的吗，姑娘我比你们还歹毒十倍呢！我这种做法，就是所谓的以歹攻歹，以毒攻毒，我这'镇山太岁'的名号可不是唬人的。"

快嘴："啧啧，好一个以歹攻歹、以毒攻毒，这种声明何其威严！何其带刺哟！'丫头的所有东西我都知道，一针一线也没让她们收藏'，果然又歹又毒！危难之处显身手，挺身保护自己的丫头，'怎么处置，我去自领'，这才是有派头的真'主子'呢！您敢于斗争，'你是什么东西，敢来拉扯我的衣裳……'说完就抢过去一个大巴掌，这一个耳光扇的真是痛快极了，铿锵有力，又脆又响！在您的正气凛然之下，连一贯就爱嚣张跋扈的凤姐也显得那么卑微、渺小。"

蕉下客："我就看不惯那些摆明了要欺负人的奴才，人都是要有尊严的，而有些人，你若不治治她，她就会没脸的去践踏别人的尊严。"

快嘴："是的，您身上体现出了一种正义的力量和尊严的神圣不可侵犯。说句不好听的您别见怪，我认为您这位庶出的小姐没白庶出，您没有白白付出代价，您早已学会了在不利的情况下捍卫自己的人格。那些尖刻的言语说得真是又狠又准：言之切、怒之深、虑之远。您还记得自己那段声泪俱下、切中利弊的慷慨陈词是怎么说的吗?"

对家族危机的预见

蕉下客："怎么会不记得？那些痛心疾首的事情我什么时候都不会忘记。我当时说'你们别忙，自然连你们抄的日子有呢！你们今日早起不曾议论甄家，自己家里好好的抄家，果然今日真抄了。咱们也渐渐的来了。可知这样大族人家，若从外头杀来，一时是杀不死的，这是古人曾说的'百足之虫，死而不僵'，必须先从家里自杀自灭起来，才能一败涂地'！我当时说着，就痛心的流下泪来，现在说出来还难免一阵的悲酸。"唉，这时的三小姐探春真的面色肃然、眼圈红红的。

快嘴："唉，三小姐别伤心，凭您这段话的眼界之高就令人咋舌，从中可以看出您是府中的奇女子，令人钦佩。您指出的'利害'关系精确到了极点，把抄检大观园这件事作为走向'一败涂地'的必然结局。这是一个重要的环节，一个凶险的征兆，一个终于被'官府'抄家的预演，因尔叫作'渐渐的来了'。什么来了？一切厄运直至灭亡的全过程和各种不幸的事件来了。再一个重要的意义是您已看透了这种预演，这种'自杀自灭'的预演比被抄'外头杀来'更可怕，更能致己于死命，因为'百足之虫，死而不僵'，'外头杀来，一时是杀不死'的。也就是说，这次的抄检大观园事件中蕴藏了致贾氏家族于一败涂地的一切危机与一切病灶的根本原因，是吗？"

蕉下客："唉，不错。在那次搜检事件中，没有一个幸运者，无辜的晴雯、司棋、芳官、入画这四个丫头首当其害。王夫人折腾了一场，也并没查出绣春囊的由来，更不可能收到整顿道德秩序的功效，已经堕落到了极点的道德秩序也不可收拾地堕落下去。就连凤姐都受到打击，而我们那些居住在大观园中所有的年轻人都受到了打击。那邢夫人除了积怨什么也没得到，可恶的王善保家的却是搬起石头砸自己的脚，就连袭

119

人也因晴雯的事件而受到宝玉的怀疑。唉……一阵风狂雨骤之后，剩下的就只能有凄清、寂寞，所有的权势与繁华除了走向凋零、灰烬，还能有什么呢?"

快嘴："是啊，一个大家族到了必然灭亡的时候是无药可救的，但是不管怎么样您还是给自己留下了光辉的一面，就连宝玉、黛玉与您比较起来也黯然失色！'红楼中'的男男女女整日只知道吃吃喝喝、哭哭笑笑，没有丁点儿阳刚之气。'搜检大观园'这次更是令人憋气，幸亏有您的正气凛然与那个勇敢的耳光，金声玉振，为搜检的受害者也为后人出了一口窝囊气啊！"

蕉下客："唉……算是吧……"

看到三小姐还沉浸在无比的悲愤之中，我想缓和一下她的情绪，就调侃地说："看您这屋子里的陈设就知道您与众不同，别的不说，就说这一幅米襄阳的《烟雨图》吧，隐含着一种高雅疏朗的情调，一扫一般闺阁的庸俗与纤弱的气息，与您非凡的胸襟、志向正相吻合呀。您在菊花诗会中取名'蕉下客'，并宣称'孰谓莲社之雄才，独许须眉；直东山之雅会，让余脂粉'。又是何等的气魄啊，真让人叹服！还有您的那句诗'高情不入时人眼，拍手凭他笑路旁'这高雅的诗情更表达了您与时俗之人不同的高尚情操啊。"

蕉下客："哎，谢谢您的褒扬。可是我当年的苦心壮志有谁能理解明白呢？哎，先不说这个了，快嘴，来喝杯茶润润口，这可是上等的'毛尖'茶，还是上次来购买我们花木的那个经理送的呢，我在里面又掺了一些玫瑰的花粉，你尝一下，味道可别致哟。"

论组织管理与改革

我接过尝了一口，品了品，赞道："啧啧，还真不错，清淡里含着甘醇的玫瑰香味，细细品来清香绵长。"我轻轻地啜了两口，故作老练地说，其实我哪懂品茶之道，再说我今天来岂是来品茶的？不到长城非好汉、不达目的不罢休可是我做记者一贯的作风啊！于是我又说道："哎，三小姐，听人说'敏探春兴利除宿弊'真可谓管理学上一大奇迹啊，您'受任于败军之际，奉命于危难之间'力挽狂澜的雄心和心细如发的沉静、以及坚持原则不畏人言的定力，都是一个领导者最好的素质。您能不能给我讲解一二呀？"

蕉下客："嗯……好吧，看来你是一心想打探到我所有的事情了。哎，在我理事开始时，恰遇到我舅舅赵国基死亡之事，这样一个尴尬身份的人死了，府里该赏多少银子呢？我犯了愁。老管家媳妇吴新登家的却故意刁难而不说明以前是怎么办的，诚心要我的好看。我略作思索就决定按旧账赏银二十两，当面就毫不客气的指斥了吴新登家的，这是我所做的第一件表示大公无私与英明独断的事；第二件便是蠲免了贾环、贾兰、贾宝玉上学的点心纸笔的月银。这两件事虽不值得大惊小怪，却引起了各方面的重视与警惕。这时，就连凤姐都不敢抵触的情形之下，我又提出了两件事。一件是把每个姑娘每月重支的头油脂粉费二两银子蠲免了。因为姑娘们每月已有了二两月银，丫鬟们又另有月银，这又和学里的八两一样重重叠叠，这样一来就减少了府里的开支；第二件就是让下人们承包大观园的土地了。"

快嘴："对，您的这些做法既合理又英明，但我觉得第二件事更反应了您的智慧与才干。当您看到家里的奴才赖大家的，在花园里的管理方法以后，感到大观园所生产的稻米竹笋莲藕花果鱼虾等竟完全给白白的糟蹋掉了，实在是可惜。于是就提出了一个新的管理方案，委托几个园中服役的婆子媳妇分别承包，把大观园分包给她们，将一个原来消费性的大观园改造成了生产经济性的种植园，这样一来又为贾府的经济找到了一个新的生长点。从这一点上，世人皆认为这是您这位'镇山太岁'——'三刺玫'治家、理财的最精彩的一面。"

"庶出"之可叹

蕉下客："呵呵，快嘴怎么连你都知道我的绰号了？看来你们这些无聊的人对我还真是议论非浅啊！"

快嘴："嘿嘿，实话告诉您吧，大名鼎鼎的贾府三小姐——海堂诗社的清狂诗人——蕉下客，地球上谁人不知谁人不晓啊？但是有些人说您心太狠，就连自己的亲生母亲都不亲近，对任何人都是一种近乎冷酷的态度。您对这种说法叫冤吗？"

蕉下客："怎么说呢，我觉得自己确实是那样，但心里还是感到有些委屈。"

快嘴："哦？叫我说这不光是您的错啊，说句不好听的话，您的那个奴才母亲确实让人不舒服，您是个明辩是非的人，是'赵姨娘'自己不争气，乱了根本。我记得在您远嫁的时候，可是抱着'赵姨娘'伤心的哭着，可没抱着王夫人哭啊。再说当丫环司棋被赶走的时候，迎春虽然难过，也是无力劝她的，只有三小姐您明显表现了哀痛之情！对姐姐的丫环尚且如此，何况是自己人呢？世人都说您对自己是'庶出'过于的敏感，叫我说那都是不良的社会体系造成的，不是吗？"

蕉下客："怎么不是？那些根深蒂固的等级思想才是真正的罪魁祸首。哎……有人说任何一个人都有两面性，一个是自然的我，一个是社会的我。有些人的两面性较弱，而有些人较强。而我就是属于较强那一种，自尊与自卑同时强烈的存在。"

快嘴："在那个等级森严的封建社会，本来就是'男尊女卑'的观念，身为女人已是非常不幸，更何况您是'庶出'？在'一个个好像乌鸡眼，恨不得你吃了我，我吃了你'的大家庭中，您要想站稳脚跟，取得'主子姑娘'应有的尊严和地位，就必须割断与生母的先天血缘关系，与正室太太接上一条后天血缘关系。"

蕉下客："没有你说的这么绝对，我的等级观念并非与生俱来，乃是封建社会的传统观念和封建贵族的伦理纲常所造成的，真是悲哀！这一点，特别是在生我养我的贾府里，对一个人的婚姻、地位等都有着严重影响的。"

快嘴："我想，您当初在自己的那个大家族的境地肯定是非常的尴尬：一方面，您是府里的主子姑娘，享有封建贵族的一切特权；另一方面，却又是封建社会最让人看不起的姨娘所生的，历来为世俗所轻视，可想而知，'庶出'对您的精神是多么严厉的摧残！"

蕉下客："是啊，我知道在'妻妾不分则家室乱，嫡庶无别则宗族乱'的封建社会，自己是处于非常不利的境地的，就是你做得再好再出色，也抹不掉在别人眼中你是什么身份的阴影。"

快嘴："嗯，比如兴儿向尤氏姊妹夸赞您之后，却还说'可惜不是太太养的'；再如凤姐在连夸您三个'好'之后，也是颇为惋惜地说'只可惜她命薄，没托生在太太肚子里'。"

蕉下客："凤丫头还对平儿说过一句可以说是当时婚姻的一种约定俗成的风气，'将来攀亲，如今有一种轻狂人，先要打听姑娘是正出还是庶出，多为庶出的不要的'。对如此残酷的现实，生性敏感的我认识得比谁都清楚，对自己的优劣形势心里也是分析得很透彻。因而清楚的知道'庶出'对我的致命伤害，它深深地影响着我的社会地位、婚姻及一生。"

快嘴："您不必太在意，同样是'庶出'，您不像迎春那样懦弱老实，做事毫无原则，任人欺负；更不像弟弟贾环一样不争上进，连丫环奴才都瞧不起他。您是个有抱负的人，曾说过'我但凡是个男人，可以出得去了，我必早走了，立一番事业，那时自有我一番道理'，这句话说得多么有气魄。当林妹妹还是缠绵于情长爱短的时候，当湘云还是一片混沌情窦未开的时候；当宝玉还在纠缠于一大堆艳姿、红粉之中的时候；当宝钗还在一门心思地想做宝二奶奶的时候……您的思想和眼界早已超越了世俗的层面，清醒的意识到'忽惨惨大厦将倾'的前景。但最让人钦佩的是您那难得的人品，您虽然早已清醒意识到前景堪忧，但还是没有怨言的承担起中兴家业的艰巨任务，这样的精神真是可嘉可敬啊！"

才明志高，东风一梦

蕉下客："唉，纵然我有比须眉男子还要长远的眼光，过早地就预感到了贾府的末路，纵然我豪情满怀地企图用自己那微薄之力挽大厦于将倾之时，怎奈命运的力量谁又能够抗衡？我承认理家的种种措施确实为府里的经济找到了一个新的增长点，但这一系列措施与整个封建社会的大家族一样走上了没落，没有任何的发展。我付出的一腔热血只不过是给一艘破船补上几个钉子而已，让人更伤痛的是到抄家之时，诸芳散尽，结局又是那样无可逃避呀……"

快嘴："唉……别难过，您虽没有成功，但您的精神在十二钗之中，乃至在整个红楼人物之中都是独具特色的，一种春天到来的不可抗拒的生机，后人不仅为您鸣不平，更有很多人将你视为学习的榜样，金庸老爷子写过不少奇女子，却建议现代女性向您学习呢！"

蕉下客："哈，是吗？我觉得我没什么值得人学习的，只是想做好自己该做的事儿，追求自己该追求的东西罢了。"

快嘴："这还不够啊，呵呵，不过，虽然您的性格和才华那么好，但您还是不能跳出命运枷锁的捉弄。"

蕉下客："不错，在那个让人无奈的环境里，我与大观园里所有的姐妹们都无一幸免，我们如花的青春、非凡的才华，都是物品，是交换、进贡的最佳礼物。最后，我终于远嫁了，'清明涕送江边望，千里东风一梦遥'。一个'才自精明志自高'的我，终于被'末世的偏运'作为'瑶池仙品'送往异国他乡，随着滚滚的浪花而'念去去，千里烟波'，将自己的青春与梦想交托给那强劲的'东风'了。"

快嘴："唉，不管怎么说，您在我们的眼中都是一个了不起的人物，您的眼光、思想、见解与胸怀都表现出您还是一个杰出的政治家。但您生于末世、命运不顺，这不是人力所能为的。'一帆风雨路三千，把骨肉家园齐来抛闪，恐哭损残年，告爹娘，休把儿悬念。自古穷通皆有定，离合岂无缘？从今分两地，各自保平安。奴去也，莫牵挂'。这首骨肉分离的曲子是血泪泣成，它不单单是您个人的悲剧，也是贾家的悲剧，更是那整个时代的悲剧！"

"嘀铃铃……嘀铃铃……"突然桌子上的电话响起。

蕉下客："喂……啊……要来购买我们的花木是吗……马上就来到呀……那好，我马上就吩咐工人们给你们整理，好吧？"贾探春拿起电话说。

快嘴："哇，是绿花部门的要来购买花木是吧？啧啧，您可真行，终于做了大经理了！那我就只得告辞了，怎么说也不能影响您的事业发展啊！"我说。

蕉下客："你看，不好意思，只好下逐客令了。"

于是，我辞别了蕉下客就离开了秋爽斋。

"枕霞旧友" 史湘云访谈录

富贵又何为？襁褓之间父母违。展眼吊斜晖，湘江水逝楚云飞。

襁褓中，父母叹双亡。纵居那绮罗丛，谁知娇养？幸生来，英豪阔大宽宏量，从未将儿女私情略萦心上。好一似，霁月光风耀玉堂。厮配得才貌仙郎，博得个地久天长，谁折得幼年时坎坷形状。终久是云散高唐，水涸湘江。这是尘寰中消长数应当，何必枉悲伤！

各位看官，上面这首词我不说大家也知道曹公为哪一位金钗而作。她当然就是人见人爱的枕霞旧友——史湘云也！据说她是作者曹公着意刻画的最心爱的红颜知己的形象，寄托了曹公的一种情思呢。

史湘云才思敏捷、心直口快，性格像男孩，以现在的观点论，应该属于典型的射手座。她个性奔放热烈，不拘小节，可谓大观园中独一无二的人物。在那样的时代，女子若非学林妹妹的弱不禁风，便是仿效宝姐姐的端庄大方，若有几个似湘云般的洒脱女子，也是女子中的豪杰了，便是曹公也赞她"英豪阔大宽宏量"。

如贾母看戏那一回，所有人都认为台上的龄官容貌像黛玉，却没一个人敢说出来，偏偏我们的史大小姐心直口快，脱口而出。而且在对诗时也不甘落后，一人独战林、薛、琴。从很多地方我们都可以看出她的天真不阿、大气、豪爽，也使得宝哥哥对她有着不同于林妹妹的情感！快言快语的爽利机敏，又不乏小女儿之娇态，就是她史湘云的可爱之处。她虽出身大家，却没有被那些所谓的规矩所羁绊，初结海棠诗社时，她一句"也宜墙角也宜盆"，便把自己随意平和的性格表现得淋漓尽致。

对现代女孩子来说，如果湘云也生在现代，以她那种心胸和性格，可能最适合作为一起分享秘密的闺中知己吧。每当我们想起"红楼"、想起大观园，脑海里就不由自主地浮现出一个洋溢着青春华彩的少女，纵情地说笑在娇艳的芍药丛中的画面，那神态，那景致，确实令人入迷啊。

我顺着大观园中悠悠的小竹桥硌吱硌吱的走进了藕香榭。这藕香榭建在大水池的中央，四面有窗，左右回廊，跨水接峰。两边的亭柱子上有一副对联：芙蓉影破归兰桨，菱藕香深泻竹桥。

"喂……"我刚张嘴想打招呼，问家里有人没人。

突然房中传出一阵银铃叮当般清脆的声音："人之初、性本善，性相近、习相远……"接着就是一阵朗朗的却又带童音的复读声："人之初、性本……"

怎么回事？我满腹疑惑，走进敞开的门口一瞧，哇，屋里竟然有一群孩子，他们整整齐齐地坐在小桌子前听老师上课，而站在讲台上的老师竟然是枕霞旧友史湘云。

枕霞旧友："啊？您是？"看到门口突然站了一个人，孩子与老师齐刷刷的目光一起向我射来。

快嘴："啊，不好意思，打扰你们上课了。史大小姐，我是来拜访您的，您怎么做起老师来了？"

枕霞旧友："嗨，整天呆着闲着，也挺没意思的，我闷不过，就招了附近的一些孩子办了这个'天天乐'幼儿园。这些孩子们可好玩了，天真、活泼，使我自己也感到天天都快乐。哦，对了，您大老远的到我这儿来有什么事吗？"

快嘴："哎，我是一名小记，叫快嘴，您称呼我快嘴就行了，大家都挺喜欢您，想知道您现在生活的怎么样，所以嘛……我就来看看您，顺便再向您请教一些事……"

枕霞旧友："哦，快嘴，这名字真好玩，嘿嘿，您是吃得多啊，还是爱乱说啊？"

快嘴："呵呵，都有吧，我快嘴爱美食，吃就吃个肚儿圆，并且管不住自己的嘴巴，说话口无摭拦，呵，就得了个快嘴的雅号。呵呵！"

枕霞旧友："嘿嘿，大嘴巴，您先别急，你看我也正工作着呢，要不……您先等一会，这些孩子一会就下课了，我们再谈好吗？您先坐在茶几边喝杯茶吧。"

快嘴："行行，好说好说，您不用管我，赶快给孩子们上课吧。"于是，我就坐在那儿慢慢的喝茶，看着史湘云愉快地给孩子们上课。

课上完了，她和孩子们都高高兴兴地下了课，史湘云走过来说："哎，快嘴，你看让你等了这么长时间，真不好意思，咱们现在就开始吧，随便聊聊。"

英豪宽宏大量

快嘴："嗯，呵呵！您真是个开朗洒脱的人，难怪人们都说史大小姐是人见人爱呢！"

枕霞旧友："哈，是吗？人活得洒脱一点多好，干嘛想这想那顾这顾那活那么累呢？"

快嘴："也是呵，大家都说您有很多的优点：乐观豁达、不拘小节、豪爽大方、宽宏大量，都是当时社会里闺阁女子所罕见的性格。说您做事、说话颇有英雄男儿的气概，却又比男子多了几分率直纯真的可爱，史大小姐，你怎么会养成这样一种性格呢？"

枕霞旧友："嗳，快嘴，你不用'大小姐'、'大小姐'的，直接叫我湘云就行了。要说我这男孩儿般的性格吧，可能是众人的眼光认为的，我觉得我就是个女孩子，只是我喜欢心地明净，有什么事什么想法就说出来，让大家知道不是更好，憋在心里岂不难受？可能这样就缺少了娇揉造作的女儿气，才使大家认为我似男孩子一般吧？"

快嘴："对，从那两句对你的判词'英豪阔大宽宏量'，'霁月光风耀玉堂'，就能看出你的这种性格儿。我记得您在书中首次亮相，就是'大笑大说的'出场来。众人都笑你是'人未见形，先已闻声'。看来这爱说爱笑确实是你的天性了。"

枕霞旧友："嗯，呵呵！哪里有俺史大姑娘的踪影，哪里就会充满欢声笑语，在那大观园里，我就是大家的一颗开心果。要是不爱说爱笑，我觉得这生活就没什么意思。"

快嘴："呵呵，难怪你宝哥哥会说'诗社里要少了她，还有什么意思？'那么多的人整天围着他转，但缺了一个你就觉闷闷的，硬逼贾母快将你接来。果然，你一来又敏捷伶俐地写出不少好诗，还想出不少好点子来。于是‘众人见她有趣，都很喜欢’。如果说宝钗似水、黛玉似冰，我认为你就似一团火，你的热情洋溢也感染了众人一起快乐，对吧！”

枕霞旧友：“嗯，你说得不错，我还真是这样的人，不但性格颇像男儿，还喜欢男装。那日我将宝哥哥的衣服往身上一穿，大家就乐坏了。宝钗还说：‘把宝兄弟的袍子穿上，靴子也穿上，额子也勒上，猛一瞧，倒像是宝兄弟，就是多两个坠子。’我却乐得站在那椅子后边直笑，哄的老太太只是叫：‘宝玉，你过来，仔细那上头挂的灯穗子招下灰来，迷了眼。’我就只是笑，也不过去。后来大家撑不住大笑了，老太太才笑了，还说‘扮作小子样儿，更好看了’。哈哈！”

快嘴：“呵呵，记得还有一次，你穿着一件半新的小袖短袄，里面短短的一件水红装缎狐皮褶子，腰里紧紧束着一条长穗五色宫绦，脚下也穿着鹿皮小靴，越显得蜂腰猿背，鹤势螂形。黛玉笑说：‘你瞧，孙行者来了。他一般的拿着雪褂子，故意妆出个小骚达子的样儿来。’于是众人都笑道：‘偏她只爱打扮成个小子的样儿，原比她打扮女儿更俏丽了些’，呵呵。”

枕霞旧友：“对，我之所以素来喜好男装，可能是有些年少淘气之故吧。我平日在家太过拘束，一放出来就如同小鸟出笼、野马脱缰，所以显得比别人更爱玩闹。”

“侠女”史湘云

快嘴：“嗯，再说您的脾气素喜简断、爽利，穿上男装让您感到更觉轻松自在，没有束缚感，对吧？而大家看惯了大观园里的粉黛胭脂，乍看到您史大小姐的飒爽英姿，自然会觉得眼前一亮。一些人认为凤姐颇有雄风，说她自幼假充男儿教养，性格也很干脆利落，你觉得你们俩是一样的人吗？”

枕霞旧友："哪儿跟哪儿呀，我们俩是不可能划上等号的，我们本质上区别太大。我觉得凤姐有点口蜜腹剑，心机深沉的与世俗男子一样贪财好利；而我与她截然不同，我觉得自己是表里如一、直言不讳，简单明白、重义气轻财物的人。"

快嘴："对！你们两人都有男子气不假，凤姐沾染的可算是专属于那一类的'奸雄'气；而您可是虽有点男儿的卤莽，却不失为可爱的俏人儿。有侠士之风，称你为'侠女'比较妥当。"

枕霞旧友："可不敢当，我可没那能耐，不过我喜欢这个称号，凡事率性而为，也爱抱打不平事，从这点上还真有些像。"

快嘴："我觉得您的男儿气还表现在同情弱势上。我记得那次您称赞宝钗，宝玉听了大不以为然，说'罢、罢、罢！不用提这个话了！'您便直言不讳地说'提这个便怎么？我知道你的心病，恐怕你的林妹妹听见，又怪嗔我赞了宝姐姐，可是为这个不是?'而袭人在旁'嗤'的一笑说'云姑娘，你如今大了，越发心直口快了'。我记得像这样的例子还很多，虽说你做事好像有点莽撞不懂瞻前顾后，却是一片好心好意，乐于'扶持弱小'，的确有点'真名士自风流'的味道。"

枕霞旧友："说得不错，快嘴。但我也不是一味的男子气，比如我写的诗也有极尽'情致妩媚'的，还有作别的事还是不免留露出女儿之像的，因为我本就是女人嘛。"

快嘴："是的，在文中有两次描写你尽美人酣睡之娇态的，真是'我见犹怜'。有一次是这样写的你：'却一把青丝，拖于枕畔；一幅桃红绸被，只齐胸盖着，衬托一弯雪白的膀子撂于被外，上面明显着两个金镯子。'而这时宝玉见了叹道：'睡觉还是不老实，回来风吹了，又嚷肩膀疼了。'一面说，一面轻轻的替你盖上。更让人心仪的是，'憨湘云醉眠芍药茵'，更是成为'红楼'中与'黛玉葬花'、'宝钗扑蝶'一样的惹人喜爱。"

枕霞旧友："呵呵，我记得那天是宝玉的生日，我吃醉了酒，就一个人摇摇晃晃地跑进花园，'卧于山石僻处一个石凳子上，业经香梦沉酣，四面芍药花飞了一身，满头脸衣襟上皆是红香散乱。手中的扇子在地下，也半被落花埋了，一群蜂蝶闹嚷嚷的围着。又用鲛帕包了一包芍药花瓣枕着。众人看了，又是爱，又是笑，忙上来推唤挽扶'。"

快嘴："我觉得在这里表现了您的一种恬静之美，也显示了娇柔妩媚的一面。所以您的这一情景一直被人们记在心里，视为展现女孩子青春之美的经典时刻。"

枕霞旧友："呵呵，看来，一个女孩的率真，是能给人以一种会心的愉悦的。"

金麒麟情缘

快嘴："是啊，对了，您与宝玉之间也是有缘分的，听说你的身上也有一只金麒麟，而且与宝玉后来的那只还正好是雌雄一对的，是吗？"

枕霞旧友："不错，我身上是有那么一只麒麟，从我记事起就戴在身上。我虽出身在金陵显贵的史侯府，怎奈很小的时候父母就双双去世，跟着婶娘一块儿生活。因我是贾府的老祖宗——贾母的孙侄女，就颇受贾母爱怜，很小的时候就时常到贾府里住，与宝玉在天真烂漫的童年建立了青梅竹马、两小无猜的友情。随着年龄的增长，加之身上佩带了一只金麒麟，且与宝玉后来得到的一只金麒麟又恰恰是一雌一雄，成双配对，于是，就有了'因麒麟伏白首双星'的说法。而我又说话'咬舌'，老把'二哥哥'叫作'爱哥哥'……也因而气得林黛玉那个本来就酸溜溜的醋坛子越发的给酸腻歪了。所幸我生来就'英豪阔大宽宏量，从未将儿女私情，略萦心上'。才不会挤入那所谓的'木石前盟'与'金玉良缘'的爱恨情愁明争暗斗的较量之中去，也因此活得潇潇洒洒。"

快嘴："是啊，这就是你与她们截然不同的地方，我觉得你不但活得潇洒、痛快，而且在大观园里，才思可堪与钗、黛一拼的，就只有你湘

"枕霞旧友"史湘云访谈录

133

云一人而已。像芦雪庭、凹晶馆以及历次赛诗联句，你的诗都来得快且多，芦雪庭一役，有鹿肉助兴，诗思敏捷，独战宝琴、宝钗、黛玉。凹晶馆，更有你的'寒潭渡鹤影'，方有黛玉的'冷月葬花魂'。而让现代人更叹服的是你有一个好性情，有人说你若生在今日，定是那种能陪着丈夫看足球，甚至比丈夫还更像'超级球迷'的女人哪。"

枕霞旧友："呵呵，我就是这样的一个人，没有办法。我曾这样开导那多愁善感、怨天怜人的潇湘妃子：'我也和你一样，我就不似你这样心窄。'她们黛、钗二人一个敏感，一个成熟，而我就喜欢自己这豁达的脾气。"

快嘴："嗯，你的这种性格在您的诗句中就有反映，如您的'清冷香中抱膝吟'这句，虽然感到清冷，但还是有花香的，于是就有悠然抱膝吟的生活心态。"

枕霞旧友："呵呵，是啊，相比黛玉，她就过于敏感，时时让人觉出风刀霜剑的寒气，而我却大大咧咧行走其间，视若无物。结果我活得很快乐，而她却整日得忧郁。我始终觉得人要活得率真一些，才能有快乐。你说呢？"

快嘴："嗯！你是个'乐天派'的人，这就是大家常说的'傻人有傻福'吧，倒不是说你傻，我觉得你看似漫不经心、大大咧咧，实际上却是个大智若愚的人。我记得宝钗曾如此评价你'说你没心却有心，——虽然有心，到底嘴太直了'。其实，你是很有头脑、有独立的人格而又从不依赖别人的人，这样的个性颇有现代女性的进步意识。你的情态在21世纪的今天，愈让人觉得可爱可亲。我认为在'十二金钗'中你是性格最真实、立体的一个人，因此你也赢得了大家共同的认同和喜爱。"

枕霞旧友："喔，是吗？大家都认同我吗？都觉得我很好是吗？"

快嘴："是啊，很多男性朋友都说，娶妻当娶史湘云呢！黛玉虽美，但小性子太多，又是个病秧子，怕照顾不了；宝钗虽好，但过于机警，心智太高，怕罩不住；而您乐观开朗，不拘小节，跟谁都处得来，身体又好，在石头上睡觉身体都能吃得消，和你在一起肯定很开心，幸福。"

枕霞旧友："哈，我好处这么多啊，我还以为没人喜欢我这没心没肺的人呢！"

快嘴："哪里，我就很欣赏您，哈哈！但我不敢抢宝二哥之先啊，看得出宝二哥对你还是很有疼爱之心的，你觉察到了吗？"

枕霞旧友："嗨，我怎么能不知道？比如那次，因我的心直口快得罪了黛玉，宝玉来劝解讨好我说：'我怕你得罪了人，所以才使眼色。你这会子恼了我，岂不辜负了我？要是别人，哪怕他得罪了人，与我何干呢？'听他这言下之意似乎将我看得不同一般众人。对于我与黛玉的冲突摩擦，他只调停斡旋，而绝没有倒向黛玉一人。甚至可以不顾黛玉的多心，收藏起我所佩戴的、可相配对的金麒麟，并称'丢了印平常，若丢了这个，我就该死了'！"

快嘴："对，从这些我们可以看出宝玉对你的不仅是关爱与庇护，这说明他对你的感情还是很深的，也并非完全是出于对你年幼活泼有趣而故作的怜爱，可能还有更深一层的情意。在'红楼'中，宝、黛无疑为群芳之首。一个是'山中高士晶莹雪'，一个是'世外仙姝寂寞林'；一个与宝玉结下'金玉良缘'，一个与宝玉种有'木石前盟'。除此二位，论才貌出众，且与宝玉交情深厚的当数你这位枕霞旧友了。"

枕霞旧友："不错，宝哥哥对我确是情同一般。不单单是因为我的性情使他喜欢，主要是我与他有着任何人都无可比拟的情谊，因为我们才是真正的青梅竹马、两小无猜。"

快嘴："不错，何况你也有与宝玉相配的一对金麒麟。在'旧时真本'中会把你们二人结为夫妻，有人说这是牵强附会，我却认为很有道理。更有你们二人自小一起玩耍大，关系十分亲密无间，从文中种种迹象来看，宝玉对您很是在意，甚至可以说在众多的女儿之中你在宝玉心目中的地位仅次于黛玉，在金陵十二钗中更是一位重要的人物。然而，令世人遗憾的是，在最终完成你这个人物塑造之前，曹公却过早地死去了，使你的人生也留下了无奈的遗憾。"

"白首双星" 是指谁?

枕霞旧友:"唉……现在还说什么遗憾不遗憾的,'因麒麟伏白首双星'对我来说只不过是一次情感上的玩笑。在脂砚斋的'卫若兰射圃'里有我的命运和归宿,我与卫若兰可谓是'苏貌仙郎',婚后的幸福生活也称得上十分满意。但好景不长,'苏郎'因病早夭,而我的人生由喜转悲,最后是'云散高唐,水涸湘江',与众姐妹一样归入了太虚幻境的'薄命司'。"

快嘴:"那么您认为,'因麒麟伏白首双星'这句话中的'白首双星',是指您和谁? 是卫若兰呢还是和宝玉呢?"

枕霞旧友:"这里说的是'白首的双星',卫若兰早夭,当然不是他,这其实是指我和宝玉,关于如何成了白首双星,曹公虽没有写出来,高鹗也没有续到,其实应该是我和宝玉在经历了种种的波折之后,围绕这金麒麟又发生了一些事,最终使我和他又走到了一起。"

快嘴:"哦,宝玉不是看破红尘了么? 既然跳出红法外,又如何能重又和你在一起?"

枕霞旧友:"我觉得宝玉不到最后是不能完全跳出红尘的,围绕宝玉有情感故事的正十二钗中,除黛玉、宝钗之外,还应该有我和妙玉,但我是比妙玉更有份量的,所以我在十二钗中的位置在妙玉之前,在黛玉、宝钗亡后,我和妙玉走向了舞台中央,主导了宝玉后半生的人生舞台,但我是更重要的,虽然曹公没有写到,但'白首双星'之后续情缘,确实解决了宝玉和我在前面埋下的伏笔。"

云水不由身，叹命又何为？

快嘴："唉，像你这样旺盛而美丽的生命也毫无例外地遭到了毁灭，这将引起人们的什么思考呢？……在你的身上大家能看到真正的少女情怀，少女的明艳、活泼、单纯、娇憨，举凡少女一切可爱之处在你的身上都集中凸现。有人说宝钗比你偏于世故，黛玉比你显得尖酸，探春比你有点太强悍，香菱比你似乎太呆，宝琴又似乎娇气过重。叫我说你是少女之美的代表，是天真烂漫的女儿之花。从你的身世与命运可以看出，但凡世上所有的事情都难免会有遗憾，不管它是多么的完美，最终留给世人的总是造化弄人的无奈。纵然是这样，我还是认为你是完美的，因为只有遗憾与美丽相结合的人生才是最精彩的人生。你说呢？"

枕霞旧友："嗨，本性能耐寒，风霜岂奈何？不管完美不完美、遗憾不遗憾，对我来说都无所谓，这就是我的本性。你看我现在过的不是挺好挺快乐的吗？我非常喜欢我现在的生活与事业……"

"史老师，史老师……我们又来让课了……哎，这个人怎么还……"这时，门外响起几个稚气的童音，立刻让人想起天真烂漫、童言无忌这些美好的词汇来。

快嘴："哟，湘云，你看孩子们都来上课了，那我也得赶快告辞了。"

枕霞旧友："哎，快嘴，那你走好啊，有时间再过来玩……"

"藕香榭主" 贾惜春访谈录

勘破三春景不长，缁衣顿改昔年妆。可怜绣户侯门女，独卧青灯古佛旁。

把这韶华打灭，觅那清淡天和。说什么，天上天桃盛，云中杏蕊多。到头来，谁把秋捱过？则看那，白杨村里人呜咽，青枫林下鬼吟哦。更兼着，连天衰草遮坟墓。这的是，昨贫今富人劳碌，春荣秋谢花折磨。似这般，生关死劫谁能躲？闻说道，西方宝树唤婆娑，上结着长生果。

大家皆认为蘅芜君——薛宝钗是一位冷美人，她做事不让感情战胜理智，由于她的这种过人的理智，便被公认为是"冷美人"。其实她的内心并不算太冷，也有许多热心助人的地方。其实十二钗中所谓的'冷美人'，所谓的无情、绝情、不近人情的恐怕要数大观园中最小的女孩儿——住在蓼风轩的惜春小姐了。

我下面要去访问的就是惜春小姐，"冷美人"虽年纪小，其冷却已非一日之寒，我得小心被她冷落了，呵呵。刚走进"藕香榭"，就听到一种不绝入耳、单调又清脆的声音从里边传出来，"当……当……当……"缓缓地响个不停……这是什么声音，敲梆子吗？

快嘴："哎，家里有人吗？惜春小姐在家吗？"没人回答。怪事，这声音却仍在"当……当……"地响着，分明有人在吗，怎么没人回答呢？

快嘴："喂，谁家屋里敲梆子呢？四小姐在家吗？"我又高声喊到。

藕香榭主："阿弥陀佛，什么人如此放肆，这么大声的喧哗？"

快嘴："啊，我是快嘴，一名小记者，不知道大师在此，多有得罪。敢问您可知道四小姐——贾惜春姑娘在不在家？"

藕香榭主："罪过、罪过，施主，这儿只有贫尼，没有什么贾惜春、四小姐？您还是到别处去找吧。"

快嘴："哎，到别处去找？到哪儿去，难道惜春小姐搬家了？奇怪，这儿难道不是藕香榭吗？"

藕香榭主："见怪不怪，施主才能做到心平气和。我是说这儿只是没有贾小姐——惜春，但藕香榭主还在。"

我一下惊得张大了嘴巴，语无伦次地说："啊？藕香榭主还在？她在哪儿……哦，敢情……您就是……是那藕香榭主贾惜春呀？"

藕香榭主："阿弥陀佛，施主还算有点悟性。"

快嘴："哎哟，还果然是您呀？谢天谢地，您这身打扮可将我吓一大跳啊。"

堪破三春景不长

藕香榭主："我本非我，有什么大惊小怪的，想前缘，我本是贾敬之女，贾珍之妹，母亲早死，父亲又出家修道，因此才留在了贾母身边，同三个姐姐在一起。我本就是佛门中人，只是出去了一趟，如今又回来了而已。"

快嘴："噢，这样啊，那您既然出家了，为什么不在寺院待着，却在这大观园蓼风轩中住着呢？"

藕香榭主："佛主就在我心，修佛何必寺院？蓼风轩藕香榭有我在，即是出尘之地。再说，我这不是方便你采访吗？我要不在这里，你去哪里找我去？"

快嘴："哦，哈哈，四小妹原来是在等我啊！太感谢了。唉，说起来您从小就失去了父母的爱护，可算是一个命苦的'小姐'呀。人们说您的一生在'悟'字上下了功夫，也终于悟出了人生的'真谛'——正如《虚花悟》曲中所唱的词儿那样，对吗？"

藕香榭主："唉，果真说起来，这个'悟'也不是那么的单纯，单单的'悟'是什么也'悟'不出来的，只有在活生生的现实中去慢慢的'感悟'，一点一滴的'觉悟'，有渐修方能顿悟，明白世间万物的有相和无相。就像我的那个大家族吧，偌大一个贾府由盛到衰其过程让人痛惜、让人伤怀，令我最痛彻的'感悟'是我的三位姐姐——'三春'的相继去尽，使我在无奈的伤感中逐渐'觉悟'到'恍然大悟'呀。"

快嘴："哦？我想您的'大悟'可是由表及里、由感性到理性的认识过程。从认识、看透，再上升到理性阶段，就是您说的'悟'吧？我想

141

判词和曲中所说的'堪破三春'，就是您的姐姐元春、迎春、探春的悲剧结局，使您认识到人生纵有'桃红柳绿'的美好韶华，也终是好景不长，难把'秋捱过'的，是吗？"

藕香榭主："是的。譬如我的元春姐姐，她被招在凤藻宫封为贤德妃，虽然高贵，实际上却是被关在那'见不得人的去处'，犹如被囚禁在牢笼里的鸟儿，实在可怜得很。偶而的一次'皇恩浩荡'让她'省亲'，但从她那以泪洗面、强作欢颜的表情，就不难知道她那荣华富贵的生活背后，又是一种怎么难熬的日子，最终她还是逃脱不了年纪轻轻就赴了黄泉的命运。再说我的二姐迎春，一生懦弱、胆小怕事，连自己的下人都不敢得罪，却又偏偏嫁给了一得势便猖狂的'中山狼'，堂堂的公府千金，竟被'无情兽'虐待而早亡。我的三姐探春可称女中丈夫，志高才清，可又是一番风雨路三千，远嫁他乡，照样逃脱不了命运的摆布啊。"

冰冷，不过自欺欺人

快嘴："是啊！这'堪破三春景不长'——三个姐姐的不幸而去，我想给您的打击非常大是吧？很多人都认为您没有同情心，是十二钗乃至大观园的'冷美人'，尤其是'惑奸谗抄检大观园，矢孤介杜绝宁国府'反应出了您冰雪一般的绝'冷'，您能说说当时的情况吗？"

藕香榭主："哼，在抄检大观园的突发事件中，我确实表现得很'冷'。当时凤姐、王善保家的一行人到了我的蓼风轩，在我的丫环入画的箱子里发现了'违禁品'。其实，那些东西只是我的哥哥贾珍赏给入画哥哥的一些东西，包括一大包金银锞子，一副玉带板子，一包男人的靴袜。当时我年龄还小，一开始就'吓的不知当有什么事'，放手让来人搜查，谁知就在入画的箱子里发现了那些东西。"

快嘴："于是您害怕极了，便说'我竟不知道，这还了得！二嫂子，你要打她，好歹带她出去打罢，我听不惯的。'您的一句'我竟不知道'，是先将自己洗刷干净；'这还了得'是肯定入画问题十分严重；'你要打她，好歹带她出去打罢'，这是把入画交出去，听凭处理；此时，您的心意已经表明：惜春和入画毫不相干，只要你们不来找我的麻烦，怎么处理入画都可以，是吗？"

藕香榭主："是啊，现在想想，当时的我是多么怯懦、多么自私、又是多么无情无义啊！当时的我真是可笑到了让人可憎的地步，可是，按照府里的规矩，奴仆之间若有人情就是犯罪，奴仆私自收藏、传递东西也是犯罪。至于主子像贾琏那样和鲍二家的通奸，那倒是没有什么关系的，不知是什么道理。"

快嘴："是啊，唉，看当时的情景也是够让人心寒的：一边是入画在苦苦地哀求，保证东西确是贾珍所赐，一边却是您在要求凤姐'别饶她这次方可。这里人多，若不拿一个人作法，那些大的听见了，又不知怎样呢。嫂子若饶她，我也不依'。听您这话就好像入画就是您的仇人似的，欲置之死地而后快，真是'冷'得没有一点主仆之情啊。"

藕香榭主："阿弥陀佛，罪过呀罪过。当时为了这事我还与尤氏进行了一番争执，因为入画本是宁国府那边来的，我先责怪尤氏'管教不严'，要她把人带走；最后又说'或打，或杀，或卖，我一概不管'。当时入画跪着哭着，苦苦哀求，尤氏和奶娘也在一边为入画说情，可我虽说小小年纪，竟生就一副铁石心肠，这也是我后来出家的主要原因。"

快嘴："嗯，在当时，您不管她从小服侍您的辛劳，也不顾嫂子尤氏的情面，还说'每每风闻得有人背地里议论什么多少不堪的闲话'，'我只知道保得住我就够了，不管你们。从此以后，你们有事别累我'。说实在的，这话让哪个下人听了都寒心啊！"

藕香榭主："我当时是心狠，并且还有自以为正确的理由：'不作狠心人，难得自了汉。'当初我还自以为是大彻大悟，现在想想，其实就是自欺欺人呀。"

求佛，原也是一种逃避

快嘴："'堪破三春景不长，缁衣顿改昔年妆。可怜绣户侯门女，独卧青灯古佛旁'。我记得您曾半开玩笑半认真地说过，以后要剃了头和智能儿一块儿当姑子去。不知您在当时只是一种玩话，还是当时就有心依赖这青灯古佛？除巧姐以外，您是金陵十二钗中最小的一'钗'，在警幻仙子的册子上也是挂了号的。我们从册子上可以看出，您最后的结局是'缁衣顿改昔年妆'，'独卧青灯古佛旁'。让人对您的悲惨结局怀有深刻的同情，可是，在同情的同时又觉得您那冰雪一般的绝情让人不寒而栗啊。"

藕香榭主："唉，除了判词、图画和《虚花悟》曲有表明我要'出家'的迹象外，如果你们在读原著时只要细心一点，就不难发现其中还有多次暗示我'出家'的描写，表明我将来终就是要'出家修行'的。例如同小尼姑智能儿玩耍时，曾说过将来剃了头发出家修行，在二十二回有我写的灯谜：'前身色相总无成，不听菱歌听佛经。莫道此生沉黑海，性中自有大光明。'这就是'佛前海灯'，含有看破红尘、遁入空门之意。"

快嘴："嗯，同众姊妹相比，您是最不善于诗词的人，全部小说中除了这首'佛前海灯'之谜外，我记得在题大观园时您还写了一首《文章造化》，但是其诗与众姐妹相比却是诗意平平。我不明白的是这首'灯谜'您怎么会写得这么好？"

藕香榭主："哦，我这人不善于娇揉造作的去写诗词，这首灯谜之所以写得较好，可能贴近我比较喜欢的那些东西吧！"

快嘴："嗯，我还知道您喜欢绘画，被贾母指定画大观园图，但论绘画的知识还不如宝钗。还知道您与妙玉合得来，有时到妙玉处下棋，可能在棋艺方面算是不错了。您年龄虽小，却性情漠然、心冷口冷意冷，对繁华的生活竟然好像没有一丝的留恋。"

　　藕香榭主："不错。当时我虽然是长在国公之家，享受着祖宗的荣华富贵，但在内外矛盾斗争中的大厦将倾之时、油灯将灭的整个过程，我从现实的生活中亲眼目睹着你争我夺的丑恶现象，令我体会不到哪里还有温情，渐渐的心意灰冷、觉得生活的乏味与丑陋，这应该是古往今来许多大家族的子女中，经常可以见到的心理作用所引起的一种现象。"

　　快嘴："对，这确实是一种正常的现象。前不久，香港的一家报纸上报道了一位留美的'高干'子弟入了佛门，使许多人瞠目结舌不能理解。我想，其实愈是在这种类似你们这样'高干'的家庭中，对世事中的丑恶感受愈深愈愤。出走是一种逃避，出家想绝于红尘，也是你们所选择的一条明智的出路，众人皆醉我独醒，对吗？"

　　藕香榭主："不错，我当时就是这样认为的。那次赶走了入画后，我又与嫂子尤氏争论一回，她自以为是的说'四丫头年轻糊涂'。我当时说道'状元榜眼难道就没有糊涂的不成，可知他们也有不能了悟的'。我接着又说'古人也曾说不作狠心人，难作自了汉'。"

　　快嘴："你这里所谓的'自了汉'，就是说只能自管自身吗？"

　　藕香榭主："我当时确实是这样认为的，所以我又说'我不了悟，我也舍不得入画了'。实际上，像我这样一个连自己都不知道该何去何从的人，又怎么去关心别人呢？在此时此刻，此事此境中，一切都是那么的冷漠而苍白，我的心冷了，彻骨的寒冷，终于下定决心，跳出红尘，一心向佛。"

「藕香榭主」贾惜春访谈录

众人皆醉，我何能独醒？

快嘴："这么说来，在贾府里您算得上是最聪明、最有远见的人了。"

藕香榭主："出家人不打妄语，快嘴你是故意奉承我，还是说的真心话？"

快嘴："哎，当然是真心话了。我这里说您的'聪明'，是因为您打小就看透了这世间一切，认为菩提本无树、明镜亦非台。仅凭这一点您就胜过黛、钗许多，她们虽然聪明非凡、才情万丈，但是，一个是常常垂泪到天明，一个是'煎心日日复年年'，如此般的痛苦还有什么生活乐趣可言？"

藕香榭主："是呀，当时那些无知的丫环们都认为黛玉小心眼什么的，只有我看透了她，说她就是'独那事想不开'。其实，不就是一个'情'字吗，何必呢？我真的对世间这些钱、权、情、爱浑不放在心上，觉得那不过是些凡夫俗事，何必理会那许多，徒增悲欢而矣！"

快嘴："'众人皆醉我独醒'，这是有些人对您的评语。您后来的出家是意料之中的事，也是出于您的自愿，因此我想您应该是幸福的，因为有一种对幸福的解释就是能够最大限度地决定自己的事。"

藕香榭主："当时我还很幼小，一些想法不过是些稚嫩的小念头，如何又会众人皆醉而我能独醒呢？不过是不懂装懂罢了。至于出家，我是不得已而为之啊！"

快嘴："嗯，所以很多人认为您一个富家小姐最后却与青灯相伴，未免有些痛惜，不了解的人会说您自私冷漠，殊不知您却在暗地里笑世人痴迷，对吧？"

走自己的路，让别人说去吧！

藕香榭主："阿弥陀佛，快嘴，我知道世人对我的评论有些奇妙，叹我可怜，正值芳华青春，却由豪门千金成了青灯古尼。说句真心话，在家族遭遇了那样的危难之后，如果不想被尘俗污染，出家正是惟一的一种避世之道。这就是我这位冷漠的如冰雪，孤僻的不近人情的公府小姐心灵深处的感叹与感慨。"

快嘴："嗯，按您的性情，您这样的选择也没什么不对，有道是'走自己的路，让别人说去吧'。哈哈！"

藕香榭主："嗯，佛前海灯照亮的是不同人的不同人生，我选择与青灯相伴，也是在找一种心灵的归依，一种精神的寄托，即使是枯坐佛前，我也觉得比当那四小姐踏实多了。"

快嘴："哦，呵呵，如今您得遂所愿，也还不错。"

藕香榭主："嗯，是的！快嘴，关于我的故事就谈到这里吧，我要回房去诵佛经了，你也回去吧。对了，回去后告诉那些喜好观光游览的人们不要再光顾我的'蓼风轩'了，我不想再被任何的凡尘俗物所打扰！"

快嘴："阿弥陀佛，真是罪过罪过。大师请先回吧，这次打扰您实在是不应该，我代表世人向您表示深深的歉意。"

走出了藕香榭，我默默地想：也许四小姐——贾惜春那漠然的心境平静得如大观园中那一池被湘云和黛玉吟诵过的塘水吧，静寞的没有一丝的涟漪，平平淡淡地存在着，只在深沉的夜晚放出清幽冷冽的光芒……

"菱洲" 贾迎春访谈录

子系中山狼，得志便猖狂。金闺花柳质，一载赴黄粱。

中山狼，无情兽，全不念当日根由。一味的骄奢淫荡贪还构。觑着那，侯门艳质同蒲柳，作践的，公府千金似下流。叹芳魂艳魄，一载荡悠悠。

　　每每想起住在大观园紫菱洲的二小姐——贾迎春，我就想摇头、哀叹，心里涌出的感情是无奈的惋惜，对这位生性懦弱的二小姐是哀其不幸、怒其不争。可以说，我们对金陵十二钗的每一位'芳驾'的遭遇，都是极尽哀情，为之扼腕的。如黛玉的幽怨，宝钗的煎熬，元春的郁闷，探春的离愁，湘云的坎坷，惜春的冷绝，凤姐的凄惨，李纨的寂寥，妙玉的蹉跎，巧姐的落寞，可卿的早逝，无一不令人为之叹息。可是，让人觉得最最可怜、可悲的当属府里的二小姐——贾迎春了。

　　今天我又一次来到大观园，准备去紫菱洲探望一下二小姐——贾迎春。这紫菱洲的景致虽然不如潇湘馆、蘅芜院那么不同寻常，却也是十分的典雅、别致，给人一种神清气爽的感觉。

　　我站在门外敲了敲门，问道："哎，有人吗？二小姐在家吗？"

　　里面有人回答说："噢？在呢，请进来吧。"

　　我就走了进去，见一位贤慧端庄的淑女站在屋里，我仔细的打量了这二小姐一眼，只见她生得"肌肤微丰，合中身材，腮凝新荔，鼻腻鹅脂，温柔沉默，观之可亲"。这肯定就是二小姐贾迎春了，我连忙说道："噢，您就是二小姐迎春吧？我是做采访工作的，叫快嘴。冒昧的很，今天打扰您了。"

可怜的 "二木头"

菱洲："哦，没关系，请屋坐吧。只是我觉得……我有什么可采访的？快嘴，恐怕要让您失望了啊。"

快嘴："嗳，二小姐怎么能这样说？每个人活着都有自己的与众不同的意义，有着自己活着的价值，您也不例外啊。"

菱洲："唉，我就不知道自己活得有什么意义，我只觉得自己是一个最没用最没用的人。贾赦是我的父亲，贾琏是我同父异母的哥哥，我的母亲是做姨娘的，因而我也是庶出的。但我对自己的出身与容貌从来都没在乎过，也不感兴趣。"

快嘴："哎，二小姐，其实您是一位很漂亮的人。身材匀称丰满，皮肤细嫩洁白，虽不爱说话但性格可亲可爱，且又不自命清高。您既不像黛玉的弱不禁风，不像惜春那样不近人情，又不似妙玉孤高自诩，更不像三小姐探春那样的盛气凌人，您温柔的神态让人感到可亲与和顺，给人一种平易近人的感觉。"

菱洲："嗨，快嘴，你不用尽拣好听的对我说，我自己是什么样的人，心里最清楚。在我们的那个大家庭里，我是一位既拙笨而又没人疼爱的丫头，因此她们给我起了一个绰号'二木头'。这'木头'二字不用我解释你也明白，是指我的脾气太好、没性子，就是用手指头戳都不会有反应，故而在那么多人口的大家族中，就连丫环婆子也不害怕我，敢与我顶撞。在老祖宗的眼中，我是个可有可无的人。我记得那天是她的八十大寿，南安太妃、北静王妃都来拜寿贺礼时，南安太妃要见众姐妹。这老祖母首先想到的就是湘云、黛玉、宝钗，最后又叫了探春，却把我单单地'晾'在一边。"

快嘴："唉，看来是人善被人欺啊，那你难道就不生气吗？"

菱洲："我不生气，因为我知道自己在这大观园中，貌不压众、才不惊人。既不像黛玉、湘云那样惹人怜爱，也不像宝钗、凤姐那般会讨人欢心。探春妹妹虽然为人尖锐，但大家还是喜欢她、恭维她，就连我的亲嫂嫂凤姐也比较喜欢她。我知道由于我的懦弱，得不到祖母的庇护与众人的欢心，使得我的下人都变得十分的嚣张，就连奶妈都敢欺负我，偷拿着我的首饰去换钱，而奶妈的儿媳妇还敢在我的房里和丫头们算账，竟说我使了她二三十两银子。"

忍，是因为无依靠

快嘴："嗯，这些事真让人气愤，二小姐，难道这您也要容忍吗？要是三小姐，这些人早挨上板子了。"

菱洲："唉……怎么说呢？当时我的丫头司棋实在咽不下这口气，要上报贾母，而我却害怕惹事生非，只想息事宁人，就自己承担过错、替奶妈掩饰。还有那次奶妈聚赌被抓，她媳妇竟敢以不赎首饰来威胁我，我无可奈何，只能自己去拿一本书来看，任凭她和司棋去吵。你们都知道，我并不是邢夫人的亲生女儿，她并不疼爱我，而我亲爹贾赦也对我是不闻不问。你说我还指望谁、依靠谁？"

快嘴："唉，真是太气人了。二小姐，您可真是太善良、太宽容了，懦弱的让人替你不平啊！"

菱洲："唉，快嘴，生气管什么用呢？那一回'投鼠忌器宝玉瞒赃，判冤决狱平儿行权'，我的大丫头司棋打发小丫头莲儿去要碗鸡蛋，你猜结果怎么样呢？让人目瞪口呆的心凉呀！就一碗鸡蛋，那个秦显家的说了一箩筐的话，还是不肯给！别人不说，就说芳官吧，一个小丫头都能得个两菜一汤一粥，而司棋作为我二小姐的大丫环，竟连碗鸡蛋都吃不到，由此你就知道我这位公府小姐，在这个大家庭中的地位与处境是多么的艰难卑微了。"

快嘴："唉，二小姐，您虽生活在公候之家，却没有一丝的快乐与幸福，反而活的是这样的郁闷与苦涩，真令人难以置信呀。"

菱洲："唉，我倒没觉得怎么郁闷，我都已经习惯了。那天莲儿怕挨骂，就和厨娘顶了起来，透露出上次司棋要了碗豆腐竟是馊的！细想想：豆腐呵，不是什么贵重东西，连寻常百姓都常吃的，但她们竟给司棋了一碗馊的，这是多么欺负人啊！我息事宁人地对待一切的事情，只是希望可以维护我安宁的生活，但是却终究逃不过烦恼去。"

万事不由己做主

快嘴："要我说你的性子也太软弱了，别人为什么抱怨你是个木头呢？就因为你软弱，好欺负，敲打几下没反应，她们才有胆子欺负你啊！"

菱洲："嗯，你说得有道理，我知道我比不过探春妹妹，丢了大房的脸面。我的贴身丫头司棋为了吃一碗蒸鸡蛋大闹厨房，我知道我就是愿意做不受喜欢的小姐，但她却不愿意做受不公平待遇的大丫头。还有我的奶妈，被人告发赌博，被老太太撵出了园子。但是，众姐妹的妈妈丫头们都安然无恙，惟有我的下人们连连生事。姐妹们说我太懦弱，大娘说我拿不出主子的架子，可是我能怎么样呢？除了息事宁人我不知道还有什么更好的方法。我知道自己只是一个懦弱而平庸的公府小姐，但我无力改变自己的生活！"

快嘴："唉，我真替你难过，但这也不完全怪你，看看你身边的亲人，哪一位真正关心过你？贾母，贾赦，贾琏从未对你说过一句关心话，从未去单独探望过你、从未夸奖过你，毫无疑问，这是一种被忽略的自尊。再来说一说您的亲爹贾赦，一味的好色，尽管身体年迈，还要强娶鸳鸯，一点都不知怜惜自己的女儿。再看看您那继母邢夫人，这个女人更为有趣，只知一味敛财，连自己的丈夫都不关心，何况对您这个不是亲生的女儿呢?"

菱洲："是呀，就因为我的善良与懦弱，狠心的父母竟把我卖给了孙家，得了五千两银子。他们夫妻俩都视财如命，从此就更加不管我的死活。"

快嘴："嗯，你命运的可悲就在这里，万事不由自己做主，自己既不拿主意，对于自己不喜欢的事，也从来不反抗，一切苦痛全咽到肚子里头，结果你就活得非常苦。"

菱洲："自从嫁到孙家以后，那'中山狼'——孙绍祖对我的虐待，简直不能说出口。他不但用皮鞭抽打我、凌辱我，还不准我吃饭、还残无人道的让我睡在窝棚里。"

快嘴："哦，这是不把你当人看待啊！真是可恨啊！"

菱洲："是啊，他越是这样的对待我，他们孙家上上下下的人就越是不把我当人看待，处处使绊、时时欺负，现在想一想，我当时的处境是何等凄凉悲惨，真是生不如死啊！大家都知道我不易动怒，甚至可以说从没发过脾气。可是大家知道我是怎么死的吗? 一口痰憋死的！怎么会有痰呢? 气急而痰涌！为什么会憋死? 没人找医生！我这么一个'木头人'竟会被活活气死、憋死，你们大家想想这到底是为什么呀?"

快嘴："天呀，像您这么一个大好人竟被活活的逼死，多么的可悲吧，看来凡事逆来顺受是不行的，一定要能反抗，要会反抗！"

人生一场梦

说起这些伤心事，贾迎春嘤嘤地哭了起来，边哭边说道："天啊，我的命咋这么苦啊！"

我默然，跟她逗乐说："二小姐，您不用悲伤，这都怪曹雪芹这个家伙，您要是见了他就扁他一顿，好好出出气。呵呵，其实世人还是很喜欢你的。喜欢你的宽容善良，喜欢你的与世无争，喜欢你的敦厚朴实，喜欢你的荣辱不惊。我们都知道您没有黛玉的灵动，宝钗的虚伪，探春的精明，熙凤的狠毒，湘云的刚强，甚至是惜春的冷寞，更不懂可卿的那一点放荡。但您永恒的善良却永远留在了人们的心间，为人们所怜爱！"

菱洲："唉，我无话可说，我懦弱的性格决定了我的命运，决定了不可避免的悲剧，我不为自己惋惜，让我惋惜的是我们金陵十二钗，哪一个的人生不痛苦、哪一个的命运不悲惨？虽然她们一个个曾经是那么的优秀、美丽，但最终还不是一样逃不脱命运的安排？"

快嘴："是啊！其实每个人的一生都如一场梦，世上有着数不清的像你这样的红颜薄命。她们也和你一样哀伤孤寂，经历着生离死别，这种百般的无奈生活感受无不叫人痛心，失落与沮丧啊？"

菱洲："快嘴，我的人生就这样过去了。但我要告诉你的是像我这样柔弱的没有力量把握自己命运的女人，至今仍然不在少数。她们仍生活在尘世中，如果再遇上如'中山狼'似的丈夫，被折磨而屈辱的死去几乎是必然的，也许现实中的'中山狼'似乎更多！"

快嘴："哦，呵，想不到二小姐虽自己一生苦痛，却还心忧天下啊，能为天下女性着想，如此胸怀，实在难得啊！"

菱洲："唉，我是不想让我所吃的苦，受的罪，再让其他人受了啊！"

女性更应独立自强

快嘴:"嗯,哈,您放心,现在咱们国家的婚姻法有了防止家庭暴力的条款,处于弱势的女人是受保护的,并且现在大多数女人都翻身做了主人,享有着和男人一样的权利,而且在很多方面都是女士优先呢!对此你大可放心了!"

菱洲:"哦,这就好啊,真羡慕你们这个时代啊!呵呵……"

离开紫菱洲我边走边想,其实像孙绍祖这样的人,正如鲁迅先生所深恶痛绝的那种家伙,在比自己更强的人面前变成羔羊,而在比自己更弱的人面前变成狼。每次想到二小姐贾迎春的不幸,便会把孙绍祖痛骂一顿。

呵,可是这又有什么用呢?现代的人们不是口口声声都在说自己喜欢女强人、社会需要女强人、希望所有的女人都能成为女强人吗?但是在数也数不清的女人之中,真正的女强人到底有几个呢?彻底把握了自己命运的女强人又在哪里呢?

唉……我不知道到底是该数落贾迎春似的女人们的怒其不争、哀其不幸,还是该指责世上的如孙绍祖一样的男人竟是如此的没有道德,素质低下?我想,如果想减少这样的悲剧,不能只将希望寄托在男人的自觉上!最切实可行的办法就是天下的那些柔弱得如'贾迎春'的女人们充分利用现代的一切条件,做到独立自强!即使做不了强人,至少也要把上天赐予女人的一切都握在手里,才不枉来世上走这一遭,呵呵!但愿全天下的女性朋友们都能过得幸福啊!

"槛外人"妙玉访谈录

欲洁何曾洁，云空未必空。可怜金玉质，终陷淖泥中。

气质美如兰，才华阜比仙。天生成孤癖人皆罕。你道是啖肉食腥膻，视绮罗俗厌，却不知太高人愈妒，过洁世同嫌。可叹这，青灯古殿人将老，辜负了，红粉朱楼春色阑。到头来，依旧是风尘肮脏违心愿。好一似，无瑕白玉遭泥陷，又何须，王孙公子叹无缘。

在曹公所著的《红楼梦》前八十回中，槛外人妙玉是十二钗中用笔较少的人，只是在喝茶方面叙说过几次，但是她的结局却也是很不幸的。她本也是一个富贵人家的千金小姐，慧质兰心，巧手泡茶，只为喝个无念、无欲。最后竟被贼人掳去，真是让人难以为之扼腕。可怜金玉质，终陷淖泥中。

"欲洁何曾洁，云空未必空"。这素爱洁雅的大美人一生干干净净，入空门，心下了然无尘，最后却落得个"终陷泥淖中"的下场，实在让人感慨叹息。今天快嘴我就再次来到了贾府的栊翠庵，要拜见一下这位自称"槛外人"的妙龄尼姑，核对一下社会上对她的传言是真是假？嗯，门没关，我在门外看到她正在家沏茶呢。

尘念未绝，情缘未断

快嘴："请问这里是妙玉大师的家吗?"

槛外人："正是，请问施主是……"

快嘴："我是小记者快嘴，专程来拜访您的。"

槛外人："哦，欢迎欢迎，那就请您坐下喝杯茶吧，我这小茶馆天天都来一些茶客，可是还没有一个说要采访我呢。"

快嘴："怎么，您开茶馆了?"

槛外人："是啊，我有这么上等的茶具，不开茶馆岂不是浪费了这些宝贝？再说我不做点小生计，拿什么养活自己呀，哎，快嘴，给你一杯先喝着，待会客人来多了，就顾不上招呼你了。"

快嘴："啊，谢谢！听说您沏茶用的水是从梅花上收的雪溶化的？看来我今天实在是有口福啊！"

槛外人："哈，哪有那么多雪水？这些茶水都是烧开的自来水泡的，也不是什么好茶，你就别美了。"

快嘴："哦，呵呵，您不会嫌我快嘴是俗人，在我用过茶后将杯子扔了吧？刘姥姥曾用您的杯子尝了口茶，您便嫌脏弃掷不用了。还听说您到惜春处闲坐时，竟然自己带上茶具。这是真的吗？"

槛外人："呵呵，不敢不敢，这些都是老皇历了，不提也罢、不提也罢，说起那时的我确实够洁癖的。我本是出身书香门第、仕宦之家，极小时就秉承了一种雅洁之气。但天有不测风云，我的身世很是不幸，出家之后，父母俱亡，为睹观音遗迹和贝叶遗文，就随师父从苏州到了京城。而当时显赫的贾府正好为元春归省聘买尼姑，我才被请到了贾府的栊翠庵。"

快嘴："嗯，是这样的。那么这样一来，就使您与贾府的那些公子、小姐们有机会生出俗缘来了，是吧？"

槛外人："曹公就这样安排的啊，呵呵！当时贾府里与我性情随缘的人有：邢岫烟、惜春，还有林黛玉与贾宝玉。但是，我与这四人也并非全是相契无间。邢岫烟幼时曾向我学识字，我与她交往多半是出于师生之谊，未必真心知交。淡漠一切的贾惜春虽然与我有些共同的语言，但惜春身上多的是烟火气和霜雪之寒，没性灵聪慧之感，与她在一起谈经论佛可以，但要进行心灵交流，却又让人感到难以尽意。"

快嘴："哦？这么说这贾惜春与邢岫烟与您交往都有些不够格儿了？看来就只有孤僻高洁的林妹妹与玩世不恭的宝玉了。"

槛外人："少挖苦我，其实也不尽然。那黛玉纵然高洁孤僻，与我比之却也得落差三分，只几次交往后，她也对我有疏远之意。那宝玉虽有些玩世不恭，但他那种态度在我这儿也行不通。如果说宝玉对黛玉还有一种俗情的话，我猜他对我可是想都不敢想啊，此情即使偶一闪念，他也会视为罪过的，不过我觉得他对我还是有一种敬重之情的。唉，这能怪谁呢，都怪自己这怪异的性格，宝、黛对我的疏远，可算是情理之中。"

快嘴："这么说，正值青春芳龄的您周围却没有一个朋友，独守静庵，心中很是孤苦吧？我想这孤苦是因为心中尘念未绝吧？您出身高贵，又是'带发修行'，出家乃万不得已。虽性情高傲，但那本性的'情缘'却是没有斩断，一旦遇上了知己，还会生出'恋爱之心'的，对吧？"

槛外人："咦？你怎么这么说呢快嘴？或许是吧。"

与宝玉之微妙关系

快嘴："哎，我这么说您别见怪。我觉得您对宝玉就甚有好感，但碍于身份及高傲的性情，就隐藏得十分巧妙。在'栊翠庵品茶'那一回，您对宝玉的态度就是十分微妙的。当时您给了宝钗一个'斝'作饮器，给了黛玉一个'点犀䀉'作饮器，而给宝玉的却是'自己常日吃茶的那只绿玉斗'。"

槛外人："唉，是呀！大家都知道我是一个洁癖很强的人，刘姥姥吃茶用过的杯子不但不用，也不让留在栊翠庵中，而自己平日吃茶的杯子为何肯让宝玉用呢？也可能是你说的对他有些好感吧。说起来真是不应该，当时我为了掩饰自己的真实感情，一本正经地对宝玉说：'你这遭吃的茶是托他两个的福，独你来了，我是不给你吃的。'这话中话的含意：到底是宝玉托钗、黛之福还是钗、黛托宝玉之福？只我心中明白。"

快嘴："哟？还真有这意思。我记得那一次李纨对宝玉说'我才看见栊翠庵的红梅有趣，我要折一枝来插瓶，可厌妙玉为人，我不理她，如今罚你去取一枝来。'既然她觉得'妙玉人可厌'，为何还要宝玉去呢？大概这位富有人生经验的'过来人'，早已看出了您对宝玉的好感吧？而宝玉去您的栊翠庵折梅回来曾说'你们赏罢，不知费了我多少精神呢'。

折一枝梅花，能费多少精神呢？大概是您对他又'正言厉声'了吧？"

槛外人："哟，快嘴瞧你说的这么神，就像人家肚子里的蛔虫似的。那宝玉自然少不得低三下四的央告一番，因为他对女孩子一贯就是这副德性，但在他的央求下我只得故作'大度'，答应让他折了一枝。若是你们见了他所折那枝梅就不难明白，那可是'精挑细选、颇费精神'的，如若不然凭他那毛手毛脚的样儿能折得如许好的梅花么？"

快嘴："噢，有道理。如果细心的品味一下宝玉作的那首红梅诗，也不难看出其中的端倪。这怡红公子在自己的大作中将您住的栊翠庵比作'蓬莱'，将您比作'大士'、'嫦娥'，看来折那一枝小小的红梅确实含有'另一番情意'哩。"

身世之谜

槛外人："唉！'云空未必空'，其实人是很难做到'万事空'的。'太高人欲妒，过洁世同嫌'。这句话同'人至察则无友、水至清则无鱼'是一样的道理。如果一个人超乎寻常的高洁，就隔绝了与世人的心灵交流，就会不为尘世所容，就不得不走向'可叹金玉质、终陷泥淖'的命运啊！"

快嘴："哎，那都是过去的事了，一切往事皆过眼云烟，不必伤怀。关于您的一生有不少问题一直困扰着天下的'红迷'们，能说说吗？"

槛外人："可以啊，我也想借你快嘴之口向大家揭开谜底。"

快嘴："哈，那太好了，那您就先谈一下您的身世问题吧！"

槛外人："哦，关于我的身世，书中不是交待的明明白白吗？与师父一道被贾府'买'进了大观园，与另外十一个小尼一起给贾府装点门面。"

快嘴："真是这样？但更多的'红迷'们却疑惑说您的出身远非如

此。我也觉得有两点可疑：一是您高傲的气质，您的孤芳自赏的高雅，甚至远远盖过了自命不凡的宝玉和黛玉。再就是您所用的茶具，都是世间极品，连堂堂贾府也没这般考究。这就不得不让人怀疑您的出身必定在贾府之上啊。"

槛外人："您这么说，就确实有文章可言了。要知道，古之爵位排作'公、侯、伯、子、男'，而贾府正是属于'公'字辈的，假如说我的出身尚高于贾府，恐怕只有往王族甚至帝室上面牵扯了，对吧?"

快嘴："是啊，照你这么说，那么你应该是属于王族了。"

槛外人："呵呵，不然，但靠几个茶具，岂能就定下我的出身? 你还得再猜猜。"

快嘴："哦，刘心武老先生说您与贾府渊源极深，说您其实是贾府窝藏的有罪的世交家里的千金小姐，您觉得他说得对吗?"

槛外人："哦，他倒是很会联想呵，他的证据是什么?"

快嘴："在刘姥姥二进荣国府时，贾母召集全家妇女进行游园活动。酒足饭饱后，一行人开始逛园子，到了你的栊翠庵里，你与贾母有两句对白，在您递上茶水后，贾母道：'我不吃六安茶。'你笑说：'知道！这是老君眉。'从这两句话中，就有不少人认为贾府跟你家曾有过不同寻常的亲密关系，而刘心武先生则以此认定这是贾府窝藏罪家之女的铁证，因为你家祖辈喜欢喝六安茶，所以贾母才会突然出此一语。"

槛外人："呵呵，这实在是有些过于敏感了，我对茶道还算有讲究，六安茶原产于安徽六安等地，是著名的绿茶品种之一，属于清茶一类，有清胃消食功效，但一般老年人不爱喝的，因为人在刚开始喝茶时，多以清淡口味为爽，时间长了，就觉得清茶没味了，就会喜欢浓一些的，但我不喜浓茶，所以我这里实在没有浓茶，就给上了感觉稍微浓些的老君眉，这茶名为"老君眉"，实代表我敬重她之意。但她好像仍不喜欢，就给了刘姥姥喝，刘姥姥哪能品出什么味道来，可能觉得没有家里的咸菜汤有味，便说什么茶淡了些，不懂装懂，加之她看似呆傻，实则心里明白，又故意去哗众取宠，所以我很不喜欢，连她用过的茶具也不想要了。"

快嘴："嗯呵，你说得有道理，从中也能看出您是一个很有心的人，如此的有心，又如何能出世呢？相反，倒是感觉你是相当地入世的。"

槛外人："呵呵，当时的我，一个年方二八的妙龄少女，虽以一双冷眼观人察物，其实内心里正对人世间的一切充满好奇，又如何能真正地出世呢？"

快嘴："哈，是这样的，接着说您的身世吧，我记得贾母对你的出身是有过评论的，她的话也说明了和你并没有太密切的关系，您认同她说的话吗？"

槛外人："是的，但一些红学研究者不这么认为，他们多从一些事或话语上去臆猜，有些是揣度的红楼梦之外的历史背景或曹公家世，不免牵强附会，误人视听。依我说，你是让大家相信贾母的话比较好。"

结局如何

快嘴："哦哈！那好吧，那咱聊下一个话题，就是您的真实结局如何？很多人都持有各不相同的见解。我们知道在原著中，十二钗没几个有好结果的。但不管如何，别的'钗'大家都能知道她们的结局，惟有您，大家都不能寻到你真正的去处，至多只能胡猜乱想罢了，竟然有人妄说您做了江洋大盗的压寨夫人什么的，真是这样吗？我难以相信。"

槛外人："且不说你们是如何的认为，连我都是莫名其妙，在这个结局中，我竟然是被盗贼偷走的！那时贾府被抄了家，家道中落，大势已去，几个小毛贼便壮起胆偷到贾府来了，而且一不小心发现了我这么个貌美如花气质如兰的出家人，于是就英雄难过美人关，不惜老命的再折回来将'我'也一并劫走，方心中痛快。这样的结果，真是滑稽的让人想哭都没眼泪啊！"

163

快嘴："是啊，就这一劫，你便消失得无影无踪，从此再也杳无音讯。不管是曹公还是高公，就是没见吐露之后情形，以致天下读者只有愤愤然。另外，一些人认为曹公对您是情有独钟的，偏偏在最后落得如此的尴尬，实在叫人想破了脑袋也想不清曹、高二人究竟意欲何为。有时我突发奇想，是不是二位中的哪一位心存不良，将您偷偷给金屋藏娇了呢，哈哈……"

槛外人："喂？快嘴你怎么能这样想呢，真是发神经。想我妙玉一生连爱与被爱的滋味都没尝过，真是可悲。大家一致同情为'还泪而亡'的'绛珠仙子'林黛玉的爱是最痴的，也是最凄美的。虽然最后她没有得到那份爱，但她毕竟曾经拥有过，从某一意义来说，她那苦短的一生已经无憾了，我好羡慕，觉得她是幸福的。什么是最可怕的？恐怕就是人活在世间根本没有一点点真爱。想我妙玉一生循入了空门，孤傲得看不起世间任何一点浊物，任谁将红楼翻腾个底朝天，也不会见到我爱过谁恋过谁，更没人会见到我为谁哭得死去活来，是吧？"

云空未必空

快嘴："哦？不是说您暗恋着宝玉吗？您居然将自己平日用的茶杯拿给宝玉喝了，还有宝玉跟您借梅枝的故事。还有的人说您因为人家讲几句关于男女的话，居然走火入魔等什么的，这些难道都不是真的吗？"

槛外人："什么是真的，其实，人在大多数的时候大脑都不太清醒，朦胧的幻觉使人真假虚伪难分辨。如果说我有爱，但这爱又究竟在何方？"

快嘴："人们认为红楼最突出的特点是里面的人物总是双重性，让人褒奖也行、遭贬也可以。但不管是如何褒如何贬，大家就是爱红楼，而且爱里面的每一个角色，甚至痴迷到了不可一日无红楼的程度。对于您我却不知道大家究竟该褒，还是该贬？"

槛外人："唉，该褒该贬随大家的便吧！我是听之认之了。虽然我看着很脱俗，其实有些时候，我渴望过正常人的生活，渴望加入人群之中，但碍于出家人的身份，却又不能，于是只好默默地忍受着漫长的寂寞。"

快嘴："我想是的，比如宝玉的出现就为您的生活带来了一抹色彩，但您明白这终究是一个不可能实现的幻想。从您给宝玉的祝寿的帖子中，自称'槛外人'，从中就不难感受到里面隐含着一种对人间烟火，对爱情等的渴望，对吗？"

槛外人："是有这种情绪，但也不尽然。假如我当时是处在一座人迹罕见的深山野岭的庵里修行，也许会慢慢适应青灯古佛的环境，但千不该万不该被命运安排到大观园的栊翠庵，这哪是修行的地方？分明是个红粉荟萃之地，香艳多情之所。在这里接触的全是极有诱惑力的富贵风流的红男绿女，这样一来，'槛内槛外'的强烈对比只能使'云空未必空'，我便无法在经卷中求得解脱，更不要说修炼成什么正果了。"

快嘴："不经一番寒澈骨，那得梅花扑鼻香，对世界人生的领悟，都是经过一番波折才能领悟到真理。您如今的心境，想必与当初都是不同了的吧，这对于一个修行的人而言，就是最大的收获啊！"

槛外人："嗯，你说的不错，有你这句话我就感到欣慰了。嗳，你看客人们都来品茶了，我要去给这些老顾客沏些上等的好茶，就顾不上照顾您，失陪了啊！"

快嘴："没关系，你忙着照顾客人吧，我也得回去了。"

"稻香老农" 李纨访谈录

桃李春风结子完，到头谁似一盆兰。如冰水好空相妒，枉与他人作笑谈。

镜里恩情，更那堪梦里功名！那美韶华去之何迅，再休提绣帐鸳衾。只这戴珠冠披凤袄也抵不了无常性命。虽说是人生莫受老来贫，也须要阴骘积儿孙。气昂昂头戴簪缨，光灿灿胸悬金印，威赫赫爵禄高登，昏惨惨黄泉路近！问古来将相可还有？也只是虚名儿后人钦敬。

作为贾府里的大嫂，作为红楼十二钗中年龄最大的人，李纨是大观园里一个真正正常的好人。大观园里的女子很多，但是你能说哪个能像李纨这样一个标准的好人呢？薛宝钗太有心计，林黛玉比较尖刻，迎春老实，探春精明，王熙凤更称不上好人了，看来看去，李纨无疑是贾府里最受人爱戴的一个好人了。

今天，我去大观园的目的就是要到稻香村去采访这位自称稻香老农的大嫂。人人都说她是一个大好人，我就要去核查一下，看看她是不是言过其实。

顺着一条石径小路走来，只见前面数楹茅屋，一带黄泥筑就矮墙，外面编就两溜青篱，再外面分畦列亩，其中佳蔬青稻，勃勃生长，我闻着稻香花香，看着这田园景致，只觉这稻香村果然别有洞天，给人一种朴实自然的感觉，我见路边田里油菜花随风而舞，不由上前细看起来。

稻香老农："你是谁？在这里干嘛？"突然听到有人问我话，我转过身，只见一位一身素衣的美貌妇人站在不远处。

我赶紧回答说："我来找个人，找这里的主人，难道您就是？"

"是的，假如我没猜错的话，你就是记者快嘴吧？"李纨边说边又问我。

快嘴："哦？没错就是我。但……您怎么知道是我？"

稻香老农："啊，果然是你，欢迎你到稻香村来做客。若问我怎么知道是你，那就要问问你自己了，这几天你是不是将我们大观园的门槛都踢破了？"

快嘴："啊……哈哈，您说的没错。这些天我没少打扰了众家姐妹，今天就是特地来打扰您的。"

典型的中国封建妇女

稻香老农："哦，说什么打扰不打扰，你老嫂子我可是个实诚的人。只要是嫂子知道的保准竹筒倒豆子，全讲给你听。"

快嘴："嗯呵，那咱们边走边聊，先谈谈您的生活吧！"

稻香老农："嗨，说起来你嫂子我可是个苦命的人啊，我亦系金陵名宦之女，父名李守中，曾为国子祭酒，我父李守中主张'女子无才便是德'，故而竟不曾叫我十分认真读书，只不过将些《女四书》、《列女传》读读，认得几个字，记得前朝这几个贤女便了，却以纺织女红为要，因此才为我取名为李纨，还取字宫裁。"

快嘴："哦？您是一位典型的中国封建妇女，无才有德，不过这也并未给你带来幸福，是吧？"

稻香老农："对，我十几岁就嫁于贾珠为妻，并为他生了一个儿子取名贾兰。但是天有不测风云，在我儿子贾兰五岁那年，贾珠不幸夭亡，弃我而去。无奈青春丧偶的我，虽说居处于膏粱锦绣之中，心里竟如槁木死灰一般。因此，兼凡大小事且一概不问不闻，惟知侍亲养子，闲时陪侍小姑等针黹诵读而已。那黛玉妹妹常客居于此，还有另外这几个姑嫂相伴，除老父之外，余者也就无用我多虑了。"

快嘴："哎，李纨嫂子，说起来可真够难为你的。您是恪守妇道平平淡淡过日子的典型，不惹人，一心教养自己年幼的儿子。在那样荣华富贵的家庭中，独自守着自己的情操。这样的生活看似平淡，其实您却是一位了不起的女性噢！"

稻香老农："哎，说什么了不起，其实就是过平淡的日子罢了。当时我做为贾家的大儿媳妇，虽然守了寡，但还是很被贾家上下所看重的。在三十五回里宝玉这么说我的：'这就是了。我说大嫂子不大说话呢，老太太也是和凤姐姐一样的疼。'说句实话，其实老祖宗、王夫人等几个长辈都颇喜欢我的，她们觉得我不但贤惠，且举止有度，便心里敬服。那天我去了大观园，他们今见寡婶来了，便不肯叫我外头去住。那婶母虽十分不肯，无奈有老祖宗执意不从，于是我只得带着李纹、李绮在稻香村住下了。"

快嘴："这说明您虽然寡居，但在贾府中还是有地位的。贾母能把你与凤姐一样看待，这说明她很看重你，那王夫人也很喜欢你。凤姐在贾府里的地位是怎样大家很清楚，您可以和她比肩，就可以看出来在贾府里也不是一个靠边站的人。我觉得她之所以喜欢你，主要有三个方面，一是您厚道持重守礼，再就是尊上恤下，还有您也颇为有才，对吧？"

德高人才服

稻香老农："也许是这样吧，记得做灯谜的故事，那时我笑着向众人说：'让他自己想去，咱们且说话儿。昨儿老太太只叫做灯谜儿，回到家和绮儿、纹儿睡不着，我就编了两个《四书》的'。"

快嘴："您说这话，我觉得很是好笑，做灯谜本是一个很具有游戏性，很活泼的活动，但是您却编了两个《四书》的，这就可以看出《四书》这样的儒家经典已经溶入了您的内心深处，所以您也是一个很厚道，很孝顺的人。对吧？"

稻香老农："不错。百善孝为先，德高人才服，我对贾母、王夫人等都很孝敬，对同辈和晚辈的人都很爱戴，所以大家才喜欢我。"

快嘴："嗯，是的，您服侍贾母那么的尽心，也难怪老太太那么疼你。我感到您的孝道完全是发自于内心，既没有王熙凤的戏谑，更没有薛宝钗的讨好，从这里也可以看出您的守礼和厚道。大家都知道您不仅关心老人，还特别体贴府里的小姐们和丫鬟们。我记得在五十五回，赵姨娘埋怨探春时，您说'姨娘别生气，也怨不得姑娘。他满心里要拉扯，口里怎么说的出来'？还有在平儿挨了凤姐的打后，第一个保护平儿的也是您，您还敢于向王熙凤讨公道，半说半怨的和凤姐论理，对吗？"

稻香老农："不错，有这回事，当时我是这样讲凤辣子的，'你们听听，我说了一句，他就说了两车无赖的话！真真泥腿光棍，专会打细算盘、分金掰两的。……天下都叫你算计了去！昨儿还打平儿，亏你伸的出手来。那黄汤难道灌丧了狗肚子里去了？'气得我只要替平儿打抱不平。忖夺了半日，好容易'狗长尾巴尖儿的好日子，……你今儿倒招我来了，给平儿拾鞋还不要呢！你们两个，很该换一个过儿才是'。说的众人都笑了。凤姐忙笑道：'哦，我知道了，竟不是为诗为画来找我，竟是为平儿报仇来了。我竟不知道平儿有你这么位仗腰子的人。……平姑娘，过来，我当着你大奶奶、姑娘们替你赔个不是，担待我'酒后无德罢'！说着众人都笑了。"

快嘴："啧啧，这不正说明了您的厚道与善良吗？正因为你关心她们、爱护她们，那些丫头、小姐们才愿意与你亲近，也因此你与她们的关系很要好。虽然您读书不多，但我认为您还是一位具有才气的人，在大观园里是您和探春提出要办诗社的，既然您敢于提出，说明也是能诗善诵的，您在诗社里担当的是评判官的角色，这就更证明了您善于品评，颇有才气。对这一点我记得怡红公子是这么说'稻香老农虽不善作，却善看，又最公道，你的评阅，我们是都服的'。众人且都点头。对吧？"

淡然自处好心态

稻香老农："是的！嗨，快嘴，听你这么夸我，我都不知道该说什么好了。"

快嘴："呵呵，你是值得这样的赞誉的，我觉得你的善良也没有白费，你的孩子贾兰后来的功成名就，其中又有着您多大的功劳啊！"

稻香老农："嗯，命运对我不公，我又能怎样反抗呢？处于我的位置上，与其寻找转变，或者悲观厌世，还不如逆来顺受，与世无争，这样造物也无以忌我，鬼神也不能损我，何乐而不为呢？"

快嘴："呵呵，看来您的心态也真是非常的好，要是大家都有你这种心态，何愁社会不太平？"

稻香老农："嗯！我不问闲事，只管教育贾兰，从各方面培养他的素质，塑造他的心灵，终于他也没有辜负我，得以功成名就。"

快嘴："嗯，我觉得您的付出是值得的，虽然您忍受了许多的悲伤和辛酸，时来运转后也没能得享太多的清福，但相对其他众钗而言，你毕竟是有收获的。"

稻香老农："我觉得你这不过是安慰我的话罢了，我的所得比之我的所失，或者曾经受的苦痛，那差距是太大了，我常都不敢回忆过往，那只会带来痛苦，所以我想你还是别问一些过去的事了。"

快嘴："哦！是吗？那好吧，看您现在能得享清静，恬然自处，那我也不多打扰了，先行告辞。"

李纨礼节甚恭，直送至大门外。我离开了稻香村，不禁又多了一层感慨。想李纨的一生好像从未为自己认真的活一天，在家从父，出嫁从夫，夫死从子，看来仿佛一个端庄贤孝的贞烈女子，但那贞洁的美名又是她用多少的哀愁和孤独堆砌起来的？

虽说她最后因为儿子贾兰的荣华而穿上了凤冠霞帔，可算是老有所依，但那又如何呢？子孙自有子孙福，上苍于她的年华却也不多了。我觉得她的一生就像一口井，静止着深入地下，虽然生时解决着无数人的焦渴，但慢慢地还是干枯了！

秦可卿访谈录

情天情海幻情身，情既相逢必主淫。漫言不肖皆荣出，造衅开端实在宁。

画梁春尽落香尘。擅风情，秉月貌，便是败家的根本。箕裘颓堕皆从敬，家事消亡首罪宁。宿孽总因情。

我今天要采访的角色是金陵十二钗中最美丽、最神秘的一位人物，读过"红楼"的人没有人不认识她的，众多红学家也都承认她在"红楼"里面占有举足轻重的位置……她就是红楼里面最神秘的、最美丽的、更是最可悲可怜的女人——老祖宗口中的"重孙媳妇中的第一得意之人"——秦可卿是也。

猜不透，道不尽的秦可卿

有人说，读"红楼"如果没有读懂秦可卿，就算读透了宝玉、黛玉，读透了凤姐和宝钗，也并不算真正读懂了红楼！因为，"红楼"最主要的切入口就落在这位神秘而美丽的女人身上。虽然她是最早死去的一个"正钗"，在故事才刚刚打开，她的生命便走到了尽头。然而，正是这个秦可卿隐含了曹公想隐含的难言之辛酸，甚至隐含了整部红楼之真正欲述思想的全部奥秘所在。

别看这个大美人没有多少故事，但她可是个最不好采访的主儿，我不是说她是很有个性的人，只是关于她的故事皆是含有极其隐蔽的性质，牵连到很多有关个人的隐私，要知道这事一般都不好张口打探，只能从侧面来推敲。

今天我来的宁国府，就直奔秦可卿的住所——天香楼而来，有小丫环告诉我主人就在家中，领我至门口后，她进去禀报。

我站在房门口，便有一股细细的香气袭入鼻孔，便向房里看，只见壁上有唐伯虎画的"海棠春睡图"，两边有宋学士秦太虚写的一副对联：嫩寒锁梦因春冷，芳气袭人是酒香。

难道是画中人的香气？我正纳闷，一个声音传过来问到："您是哪位？"转过头，只见一位衣着华丽、风姿绰约，走路若翩翩起舞的美貌女子款款而来。我赶紧上前作揖说道："啊，对不起，我是快嘴，一名小记者，您就是这里的女主人吧！"

秦可卿："哎，罢了罢了，还说什么女主人，我可哪里做过主人哟？你就直接呼我可卿就行了。哦，对了，你到这儿找我有什么要事吗？"

快嘴："是这样的，我想对你们'金陵十二钗'来一个综合的采访，也采访了不少人了，现在看看你现在的日子，再者顺便问一下你们当年在宁国府的生活状况。"

秦可卿："哦，原来是这样。那好，我正好也有些话要说说呢！您请坐吧。"她让丫环沏了一壶好茶水过来，我俩边喝边聊。

身世疑团

快嘴："那我们先从您的身世说起吧？听说您是贾珍使一个叫秦业的不起眼的小官从养生堂里抱养的，自小就以贾蓉的童养媳的身份收养在宁国府的，是吗？"

秦可卿："是的，我从小就是贾蓉的童养媳，在我长到十六岁的时候，宁国府又不惜重金为我建造天香楼，而贾蓉对我还算可以，也可以说敬爱有加啊，唉……"

快嘴："可是，虽然您是贾蓉的媳妇，但宁国府却不惜重金专门为您建造天香楼又是何意呀？再说您这房中这么宝贵的东西又是从哪里来的呢？"

秦可卿："这……这些问题我也不大清楚，可能是我的身世……"

175

快嘴："您的身世不简单吧？有人认为小说隐指您原为皇族公主，其父是当年太上皇最欣赏中意的一位皇子，也是宁荣二府当年极力巴结的人物，对两府之人有着诸多的提携。但遗憾的是王位最后的归属落空，这位不甘失败的皇子也一直在筹谋着谋反一事，只是更遗憾的是又失败了，这一次失败他就被削爵为民，全家迁出京城，圈禁于江南，改'秦'为姓，不再享有亲王的诸多特权。而您却是王爷即将被迁出京城之夜宠妾所生一对双生子中的女儿，因此容易躲过宗室的人口点查。王爷为了在京城留下这一脉，便连夜求到两府，而两府中人则抱着未来王爷可能东山再起的希望应承了抚养婴儿这桩险事，对吧？"

秦可卿："唉，抛开小说中表面上的东西，仔细地斟酌，你说的也有点道理，要不我一个从养生堂抱来的孤女，娘家又寒酸成那样，在权势倾天的两府凭什么最得到众人的疼爱呢？看看那些不受人待见的夫人们，如贾珍的夫人尤氏等，不都是娘家家道中落以后才被轻视的吗？还有王熙凤因后来王家没落，以前见到她就如同老鼠见了猫一般的贾琏却对她动辄打骂，最后索性休了。凭着这一点你也能想像出如果我是一个没后台的女人，面对这么势利眼的一家子人，怎么会视若己出捧在手里如珍似玉一般的疼着香着呢？"

快嘴："哦，凭您的容貌，凭您是贾蓉的媳妇，凭贾珍对您的疼爱，难道还不能让您在贾府受宠吗？"

秦可卿："你说的只是一方面，不过你没有听说《红楼梦》这部书所描述的事情是有隐指的么？很多地方反映的都是实事呢，特别是在关于我的一些事上，很多'红学'研究者都认为我是研究《红楼梦》所描述事实的突破口呢！他们都认为我出身名门大族，甚至是王族，所以在宁国府中才这么受尊宠。"

快嘴："哦，我觉得也有这种可能。我记得'红楼'中记载凡是您生病时，宁国府总是不停的请太医来为之诊治，而每一次您总是不厌其烦地换衣服，体体面面地才出现。而且每一次都是换上一件有黄花、白柳、红叶图案的衣裳，戴一支有黄莺叼蝉造型的八宝银簪。这是不是一个暗号呢？有人说是您的父亲派来与您的接头人，而且那么多的太医都看不好您的病，只有张友士来了以后，开的几张方子立见成效，想来张友士就是接头人吧？有人说他为您开的药方很是奇怪，您能说说吗？"

秦可卿："行，我说给你听。那天张友士来后，仔细的诊断过我的病情后，为了慎重起见便为我开了一个只有几味药的方子，那几药是：人参、白术、云苓、熟地、归身。如果连在一起读就是：人参白术云，令熟地归身！意思即：人参白术即为我的'父母'的代名词，他们由于不得已的苦衷，命令我在自己熟悉的地方自杀、归身啊！"

快嘴："啊？我的天？我一直以为这只是传闻，没想到还真是这样啊。我还听说您的父亲是病逝，母亲也跟着殉了身，而您却是自缢死于天香楼的？"

秦可卿"嗯"了一声，便陷入对往事深深的沉思之中。

是否爱贾珍

我不好再穷追细究她以前的一些事，有些关于她的秘密与传闻的确不好面对面的盘查，不过秦可卿与公公贾珍之间的确有不可告人的隐情，这是大家都知道的秘密，焦大酒醉之后口中便胡嚷嚷出一句："爬灰的爬灰"，爬灰就是公公占儿媳妇便宜的意思，我想她也不会太避讳吧，就直接向她询问这方面的事情说："说说您与公公贾珍之间的事情吧！"

秦可卿："呵，大家基本都知道，还说什么？"

快嘴："很多人认为你们之间是有真感情的，您怎么认为呢？"

秦可卿："哦，我觉得贾珍对我是用了心的，是从内心里喜欢我的，你不也觉得在某些地方，他对我的好都有些过分么？而我对他也还是有些感觉的，不然他又怎能轻易'爬'上我的'灰'？呵呵！"

快嘴："嗯，关于您的一些诗词描述上也提到了这些，如'家事消亡首罪宁，宿孽总因情'；'情天情海幻情身，情既相逢必主淫'等，那么你们之间为什么会产生爱情呢？"

秦可卿："哦，我不知道这是不是爱情，只是觉得他对我很好，身处宁国府这样复杂的大家族中，若没有个靠山，境况就会难处得多，我自小居住宁国府中，不过是个童养媳的身份，除了尤氏照顾我的饮食起居，对我的督导全部由贾珍来一手操办，在他的关爱下，我要风得风，要雨得雨，对他日久生情，是很平常的事情。而在我成长的过程中，由一个小女孩儿渐渐出落成一个大美人儿，他渐渐地也把持不住自己而喜欢上了我，碍于辈份差异，他不能纳我为妾，便和我有了偷情的事。"

爱不爱贾蓉

快嘴："嗯，那么，您觉得您是喜欢丈夫贾蓉多一些，还是喜欢公公贾珍多一些？"

秦可卿："唉，我最受不了你问这样的问题，因为我一直以来就被这一问题困扰着，我觉得自己的所作所为对不起丈夫，可是又挡不住公公的关爱和诱惑，我长期地遭受着心灵上的煎熬，身心俱疲，结果过早地病亡。"说着竟流下泪来。

快嘴："对不起，我问到了您的痛处，您可以选择不回答。"

秦可卿擦了下泪说："也没什么，我可以回答你的，当时我是二十出头的年纪，比丈夫贾蓉要大一些，他在我眼里还只是个孩子，很难让我提起爱他的兴趣，因为这时候的女孩子多是喜欢大一点的男人的。而贾珍不过三十多岁，又是世袭三品的威烈将军，长相也可说是一表人才，更能让我倾心一些。但我既是贾蓉的老婆，就不能这么做，但我又不能拒绝贾珍，所以我一直处于极度的苦恼、郁闷之中，一直到死。"

快嘴："嗯，在您死后，贾珍也是很悲痛的，他甚至要比贾蓉悲痛得多，由他主导的对您的葬礼办得也是很隆重的。"

秦可卿："不错，当时的情景与场面我在太虚幻景中都看得一清二楚。特别是我的公公贾珍为我丧事的操办可以说奢华到无以复加的地步，为了挑一副上等的寿材，他挑来拣去看什么也不顺眼，最后竟然挑了一幅原本给义忠亲王老千岁留的檣木寿材才罢休。在丧礼上他哭得死去活来，就差一头撞死去了，好几次几乎都要背过气去，丧礼过后，又大病一场，我看了这些也甚是感动。"

葬礼透露出的疑团

快嘴："嗯，对葬礼这事我还是有点奇怪，在您去世的时候您的丈夫贾蓉好像没什么了不起的身份，他那个五品龙禁尉的官衔，也不过是贾珍临急花了钱捐下的罢了。虽然贾家势大，可是在给您出殡的时候，场面却惊人的隆重，甚至出现了'八公送殡，四王路祭'的惊人景观！真让人诧异啊！如此场面，虽以贾家之势，您又是一个五品官员的妻子，死一百回也无福消受呀。但是您就是得到了这样高规格的待遇，所以从中透露出的关于您身上的一些疑团也让天下人猜不透啊！"

秦可卿："嗯，关于这些事，估计也只有曹公和脂砚斋等少数几个人知道了，也许是因为某种顾虑，或者在脂砚斋的建议下，曹公在易稿时将有关我的文章删去了许多。我想他肯定有着诸多的舍不得，因此不得不大伤脑筋，尽在暗处着笔，使我在小说中只能起到画龙点睛的作用。"

评宝玉之"意淫"和"早恋"

快嘴："既然猜不透，我也就不猜了，再说说您与《红楼梦》男主角贾宝玉的关系吧，您可是在太虚幻境中第一个与宝玉男欢女爱的女人啊。"

秦可卿："在十二钗之中，我与宝玉的关系是很淡的，我一是比他大许多，再者也没有生活在一个府中，他之所以会在首次梦遗时想到是在和我云雨，我想这可能是因为我长得漂亮和性感的缘故吧，且当时他就是在我的院中睡着的。再说，你没听警幻仙子说么？宝玉是'天下第一淫人'，他的'淫'主要是'意淫'，我因在小说中退场得较早，所以他对我也要意淫得早，这样我便成为他潜意识中的交媾对象了。"

快嘴："嗯，这也说明宝玉是很喜欢你的，他对你也有发自内心的关爱和牵挂。"

秦可卿："在众人的眼里，我或许是一个'坏女人'，宝玉童心未泯，所以不这么想。当我生病卧床头的时候，宝玉曾为我而落泪，当我静静地走上那个世界的弥留之际，他又'哇'的一声吐出了第一口鲜血，这湿淋淋的血和泪送给一个默默无言的香魂，他真是一个天生的多情种子。"

快嘴："宝玉既是'天下第一淫人'，这是他的基本素质呵，他对天下女子都怀有博爱之心，为一些女子的可怜命运而伤感，对于您这么美的大美人，他当然会更多一番感慨。"

秦可卿："呵呵，其实不只是这么简单，除了小说的隐指和情节上的安排，宝玉对我的意淫，其实也有些早恋的情份。"

快嘴："哦，是呀！宝玉懵懂中对女子的情爱，好像便是从你这里开始的。那时候黛玉、宝钗、湘云等人都还小，宝玉虽喜爱他们，却还不会到情爱的份上，而对您这样一位成熟、美丽、性感的女人，他那样的小男孩子也是抵挡不住内心的一种情爱和潜意识中性欲望的一种冲动的。"

秦可卿："我觉得也是这样的，对于宝玉，我也是很喜爱的，他是个很纯真的小男孩，不似贾蓉，年纪轻轻便堕入风月场。我也发觉到他对我的别样的爱意，所以我也很关心他，爱护他。"

快嘴："哦，我想起来在书中第五回写到：您安排宝玉睡下后，吩咐外面的小丫头说'好生看着猫儿打架'，这个话我就觉得奇怪了，按我们的逻辑，您应该是嘱咐那些小丫头'好生伺候'才对啊，为什么要让他们看着猫儿打架呢？是怕猫儿打架弄坏了东西或是吵醒了宝玉？那也应该是'好生看着打架的猫儿'才是啊，对不对？说些大不敬的话您别介意，什么是'猫儿打架'，猫儿打架一般指交配，猫的这种行为看来好似打架。这一点使人不难想到'猫儿打架'和'大约神仙都可以住得'正好映射了后面宝玉历仙境，并和你试云雨情这几个情节，由此可看出曹公'伏线千里'之妙了，对吗？"

秦可卿："啊？连这一点你都琢磨出来了？真是闲得无聊啊，真使人无颜面再苟活在这个世上呀。唉，我以为这是我与贾宝玉的千古之谜，没曾想……宝玉虽然比我长了一辈，年龄却反小我四岁。按理说我与宝玉不可能有任何情感纠葛，这是聪明人和不聪明的人都知道的一个事实。然而，可是偏偏在太虚幻景中宝玉第一次感受云雨之情的女人竟然是'我'，纵然是这样，我想大家也不妨将这理解为'意淫'，从这一刻起宝玉知道了男人和女人。"

快嘴："是的，我也这么想。可是，下文偏偏又出现：当您病重的时候，宝玉不由得黯然落泪；当您香消玉殒、魂飞烟灭的时，他却一口鲜血喷将出来！大家不难看出在整个的'红楼'中宝玉只为一个女人吐过血，那就是你。甚至后来，他钟爱的林妹妹死的时候，他都没吐过。这一切又说明了什么呢？"

秦可卿："这也许既说明了宝玉对失去早恋之人的伤痛，我可是他在梦中与他发生过性关系的人啊，这怎么能不令他伤感？同时这也说明了他对女人命运的怜惜，也许当时还担心他的林妹妹等人也这样呢！"

难出是非之境，悟透又如何

快嘴： "不错，宝玉既怜惜你，也怜惜其他女子，他觉得那些年轻女孩子的美妙青春往往会有悲剧性的收场。"

秦可卿： "唉！我自然是'红楼'中一个有着特别隐情的悲剧……然而，其他的十一钗，又何尝不是？甚至还有其他的很多很多人……唉，一部'红楼'便是一部人生啊！"

快嘴： "是啊，相对而言，你的人生也是短暂和无奈的。我记得您在'归去'之际，曾向王熙凤说过一些肺腑之言，劝她极早反省，做好人生的长远打算，但她却没有做到。"

秦可卿： "嗯，不错。我曾告诉她'你虽是个脂粉堆里的英雄'，但要懂得'月满则亏、水满则溢'以及'登高必跌重'的道理……看她不似明白，最后又于她点明：三春去后诸芳尽，各自需掩各自门。唉，虽然我煞费苦心，可她这个精明人儿还是未能'悟透天机'。最终'树倒猢狲散'，至使两个威权显赫的大家族霎时就'忽剌剌大厦倾'，应验了'大地白茫茫的一片真干净'！"

快嘴： "是啊，从这话就可以知道您确实是一位不同非常的人，其实您在很早就看出荣宁二府必然的衰败与灭亡，就诚心相告，可惜没人理解。"

秦可卿： "唉，关于富贵荣华，不提也罢，其实我本身就是一个凄美的、一个虚假的、一个梦幻的故事。我就在这个故事里成长，张开眼睛静静的看着这个故事里的一切……看到了一线阳光微笑的灿烂，也身不由己的看到了一片淫雨后的凄凉……"

快嘴： "嗯，您说的对极了。我猜想您这些年在太虚幻境中就是悟透了这点吧？"

秦可卿："呵，说什么悟透，像我这样的人，本就难出是非之境，悟透又如何，前事不堪回首啊！不说这些了。哎，快嘴，我不能陪你闲聊了，感觉有些乏累，我的身体一直不大好，想去歇息一会儿了。"

快嘴："嗯，我的问题您也回答得差不多了，很感谢您能跟我聊出这些句，我回去整理一下，您就去歇息吧，我也就此告辞了。"秦可卿欲起身相送，我说不必，便就告辞出门。

一部"红楼梦"便是一部人生，是啊，一个秦可卿就给世人留下了诸多的疑惑与感慨。她的一生虽然短暂，在小说中所用笔墨也很少，但却是表现了她这类女人的命运和心理状态，让世人为之侧目和惋惜。

贾元春访谈录

二十年来辨是非，榴花开处照宫闱。三春争及初春景，虎兕相逢大梦归。

喜荣华正好，恨无常又到。眼睁睁，把万事全抛。荡悠悠，把芳魂消耗。望家乡，路远山高。故向爹娘梦里相寻告：儿命已入黄泉，天伦呵，须要退步抽身早！

　　"三春"之首的贾元春生在农历的大年初一，因此才叫元春。而在她们那个封建的时代，凡是这一天出生的人就被认为是大富大贵之人。元春才思敏捷、端庄淑慧、睿智博爱，所以以品行贤德为名而被选入凤藻宫尚书，加封贤德妃。可是，在她省亲时却埋怨父母送她入那终日见不得人的皇宫，实在是心烦的了得，看来咱们的贤德妃也是个崇尚自由的水瓶座型的女性啊！

　　贤德妃子深居内宫，要采访到她可真不容易啊，我先递上访帖，得到她和各级部门的同意后，我便随侍者来到皇宫大内，绕过富丽堂皇的东宫、西宫，绕过一道道高高的门槛终于来到了富丽堂皇的凤藻宫，要目睹一下这位身为贵妃的贾府大小姐的风采。

　　还未进门，便看见里面有一位贵妇人正在手捧一本书看得聚精会神，那安详宁静的神态，让人觉得简直就是一座"贵妃阅书"的雕像。

　　我想这便是贤德妃子吧，进去便作礼道："贵妃娘娘金安，快嘴这厢有礼了。"

　　贤德妃子合上书，上下打量下我便问说："哦？你是什么人？因何事要访我呢？"

　　我赶紧回答说："回贵妃娘娘，在下是一名记者，前些日子采访了咱们'红楼'的几位姐妹，今日专程来拜访您。多有打搅，请您谅解呵。"

不过一场虚荣

贤德妃子："噢，这样啊，也没什么，我呆在这深宫之中，整天郁闷得要死。难得有个多嘴的人来和我说说话呢，你有什么话要问，但说无妨。"

快嘴："哈，那就更好了，我就不怕话语中开罪贵妃娘娘了。那您就先说说自己对这不同于常人的尊贵身份觉得荣耀吗？人们总觉得您似乎被一层神秘的面纱裹掩着，看似鲜明却又很模糊；好像深夜长空中飞过的一道流星，虽然一闪即逝，可那耀眼的光辉却长留在人们的记忆之中，令人遐想，让人思念。但您又确实是真实的，一个血肉丰满、栩栩如生的贵妃娘娘，让人们爱戴和敬重。"

贤德妃子："哦，快嘴，都什么时代了你怎么还娘娘的叫？听见这个词我就头皮发紧、身上长鸡皮疙瘩，你就直呼我元春就行了。唉！虽说我是个贵妃，身份高贵，但有谁明白我的苦衷？人们渴望'子成龙、女成凤'的传统观念是根深蒂固的，但是人们同样知道'梧桐树'只栽在皇宫大内，一般的民女都成不了'凤'，更难飞到那'高枝'上去，他们所看的只不过是一场虚荣，在虚荣背后的故事却没人知晓啊！"

让人心酸的"省亲"

快嘴："哦？我想您贾元春的形象之所以打动大家的心，并不是因为那'省亲'的仪仗轰动一时、让人羡慕，恰恰是那场喜事的后面所掩饰的一派悲凉之雾……身为贵妃的您竟有那么多的'哭'与'泪'。因此，我想即使再豪华的派头也是虚无、缥缈的，只有那骨肉亲情的真切流露，表达着一种说不出的痛楚和辛酸……是吗？"

贤德妃子："是的，那天浩浩荡荡的'省亲'队伍簇拥着我进入府里之后，我感到一身的清爽——终于回到了自己的家，脱下了那象征着权力和荣华富贵的凤袍，恢复作为贾家大小姐本来的身份和面目。"

快嘴："是的，能看得出来您的兴奋，那种想和家人在一起的心情是难以言表的，但当时的情景是'茶已三献，贾妃降座，乐止'。'退入侧殿更衣，方备省亲车驾出园，至贾母正堂，欲行家礼，贾母等俱跪止不迭'。"

贤德妃子："看到自己好长时间不曾谋面的年迈的老祖母对我行如此大礼，我实在难忍心中的悲凄啊！"

快嘴："是啊，虽是在亲人面前，本想好好地团聚，享受天伦之乐，却又不得不囿于皇家规矩的限制，连相互间说个心里话的机会都很少有。"

贤德妃子："那一套显示着皇家尊严的礼节过后，我方'一手挽贾母，一手挽王夫人，三个人满心里皆有许多话，只是俱说不出，只管呜咽对泣'。这时站在两厢的'邢夫人、李纨、王熙凤，迎、探、惜三姊妹等，俱在旁围绕，垂泪无言'。过了好大一会儿，我才止住悲痛，强颜欢笑，安慰祖母与母亲'当日既送我到那见不得人的去处，好容易今日回家娘儿们一会，不说说笑笑，反倒哭起来。一会子我去了，又不知多早晚才来……"

快嘴："不错，您当时说到这句，不禁又哽咽起来。这就是让人对您的处境万分感慨的'元春三哭'。此景此情，我想任何的权力、等级都失去了往夕的威严，变得黯然失色；只有人的本性、骨肉亲情弥漫在各人的心中。此时的您完全是作为贾母的孙女、王夫人的女儿，李纨、王熙凤、迎探惜等人的姊妹出现在大家面前。让人深切的体会到：皇宫深似海呀……"

贤德妃子："是呀，过了一会儿我的父亲又至帘外问安，我又隔帘含泪说：'田舍之家，虽齑盐布帛，终能聚天伦之乐；今虽富贵已极，骨肉各方，然终无意趣'！这就是我们父女亲情之间说出的久埋在心底里的心声，是对'当日既送我到那见不得人的去处'的最明白、最清楚的注释，包含着我内心多少的哀怨，也是对命运的疾声控诉。"

快嘴："唉，世人俱都向往着荣华富贵，可它却买不来欢乐，买不到真情。我想，这种心得只有一个深居宫墙之内的人才能感受得到、说得出的，对于世俗的百姓来说，是无法理解您内心世界的痛楚的。一日的相聚，有多少心里话要倾诉啊！但是分别的时辰无情地到来了，此时此刻，您的心情又是如何呢？"

贤德妃子："我记得众人谢恩毕，执事大监启道'时已丑正三刻，请驾回銮'。当时，我一听这话，不由得满眼又滚下泪来。但又勉强堆笑，拉住祖母、母亲的手，紧紧的不肯放开，再四叮咛：'不须挂念，好生自养……'此刻，我与他们已哭的哽噎难言了……"

快嘴："您虽不忍就此别离，怎奈皇家规范，违错不得，只得忍心上舆去了，是吧？"

贤德妃子："嗯。'榴花开处照宫闱'，在当时可谓贵不可言，是许多女人的梦想。但是，这些所谓的荣华带给我的却是彻骨的伤心，我埋怨父亲将我送进皇宫。唉，还不是因为我生在一个没有出色男丁的大家族里，从小见到的都是女人，对社会上重男轻女的观念不是了解很多，于是进了宫，虽贵为皇妃，却也认识到女人的不自由，不受重视的景况，而且做为贾府的大孙女，一直照顾着几个亲如手足的弟妹，但进宫后却难得一见，想必我的处境是何等的孤寂，日子又是何等的郁郁寡欢……"

最孤独的女子

快嘴："是啊，您的苦痛辛酸世人是理解的。书中对您虽然着墨不多，但却清清楚楚的勾画出一个为了家族兴旺而含悲吞声的女性形象。您尊贵的地位自不必说，才情也极高，您虽自谦微才，但从您那不俗的仪态与一举一动洋溢出来的风采，就能品味出您与宝钗、黛玉较之众姐妹的不同，而且又因贤孝、才德晋奉为凤藻宫尚书，由此看您，自然也是慧质兰心、锦心绣口。我认为您是'红楼'中最孤独的一个女子，想起那宫廷的倾轧与勾心斗角，需要费多大的劲儿才能保住自己的地位呀！"

贤德妃子："唉，说起来这些我就想掉眼泪啊。其实，我不是个适合在皇宫大院生活的女人，它使我感到无比的痛苦。若说黛玉妹妹的身世悲凉，可她尚有我宝玉弟弟这个知己；早年丧夫的李纨嫂子，尚有儿子贾兰聊以安慰；妙玉这个'槛外人'孤守青灯，但也有宝玉这个'槛内人'与之相照。我虽然父母双全，姐妹众多，身世显赫，却要以一双柔弱的肩膀撑起整个家族的辉煌。虽说贵为皇妃，却无一人相知，无男人能靠，膝下又无一子半女，我的寂寞和悲苦又有谁能看得见？"

快嘴："是啊，您有亲生父母，却不能对父母诉苦言欢，因为您是整个家族的荣誉，整个家族的依傍；您虽有丈夫，却不能对丈夫讲起悲苦，因为您要与无数的女子分享那个贵为皇帝的丈夫；而且又不能对朋友讲，因为在那个华贵非凡的金丝鸟笼里，您根本就没有真心朋友。是吧？"

贤德妃子："处于这深宫高墙之内，不但我的人生被困住了，就连我的梦想，我的愿望，我的情感，我的希冀，也都被困在了里面，对心中种种的悲哀，我只能在月色如水的夜里，自己暗暗地吞进肚里，再悄悄地在不为人知的时候化为苦楚的泪珠儿……"

虎兕相逢大梦归

快嘴："唉，您虽贵为皇妃，我觉得您与其他十一钗承受的心酸与泪水更值得人们的同情与感慨。您是贾氏家族的灵魂人物，自从您因忧郁、伤怀而过世之后，你们整个贾家也从繁华似锦的盛景，慢慢地走到家散人亡的凄凉。我想如果您一直稳坐在凤藻宫绝不会有这等境况。"

贤德妃子："呵，皇家的衰落，皇宫之中的争斗又怎么会亚于那些贵族们呢？以我的实力，又如何能稳坐凤藻宫呢？表面上看我虽风光无限，高贵尊崇，而实际我又哪里做得了自己的主呢？"

快嘴："嗯，您既说到这里，那咱们不妨聊聊关于你的判词中的一句话，就是'虎兕相逢大梦归'这句，不但是普通读者，还是红学研究者，都认为关于您的这句话是一个谜，有的版本说是'虎兔相逢大梦归'，两个字的不同，却有着截然不同的意思和意义，那么您认为，这两句哪个正确呢？各自又代表什么意思呢？"

贤德妃子："按曹公的意思，特别是他要隐指的意思，是'虎兕相逢大梦归'，'虎兕相逢'是上层统治集团的权争，虎是猛兽，兕指雌性犀牛，'虎'和'兕'为两个势力相当的权力集团，虎因勇猛，多被指有军权的将领，兕在这里指一种后宫的势力，而'大梦归'，则是说我成了两个权力集团争权夺利的牺牲品。"

快嘴："那么，您知道'虎'和'兕'为哪两个权力集团吗？竟牵涉到您这深居宫中的极有贤德的贵妃了呢？"

贤德妃子："曹公是个善于打哑谜的人，有红学研究者认为'虎兕相逢'是指清朝前期某个郡王与亲王之间的斗争，郡王有皇权，亲王有后宫势力，其中还牵涉到一场西北战事，你能猜到是什么吗？"

快嘴："我不敢妄猜，不过听你所说，这好像又涉及到曹公所隐指的您的真实身份的问题了。你能具体说说吗？"

贤德妃子："世事若梦若幻，纷扰不休，上层的权力斗争又何曾停止过？如果你仔细揣摩，哪次权力斗争又没有牺牲品呢？到底属于哪一次，是哪一个人，或许只有曹公知道了，你又何必太较真？"

快嘴："哦呵，那么咱们就再聊聊'虎兔相逢大梦归'吧，这句好像是由高鹗公改成的，他为什么改成兔呢？这句话又要说明什么呢？"

贤德妃子："高鹗公在续写红楼梦时，将其中暗指政治斗争的地方都隐去不说，故在这里也将'虎兕相逢'改成了'虎兔相逢'，而意义上则完全改成了时间，是说虎年兔月之交，也是我大梦归天之时，唉，我的命运结局便就这样完全被他一个字的改动而决定了。"

快嘴："呵，谁让您活在别人的笔下呢？哈哈！"

贤德妃子："哼，你还笑，我看你们也一样，即使没有生活在别人的笔下，你们也一样会受到命运的捉弄啊，人生之中，那些常常身不由己的时候，不是也一样的无奈么？"

我愕然，是啊！人生之中，我们不也是一样常受命运的捉弄，又常常身不由己么？红尘之中，又有几个人的命运不为环境左右，不受他人摆布？尊贵的贤德妃子，不过也只是一个身不由己的普通人罢了。

巧姐访谈录

势败休云贵，家亡莫论亲。偶因济刘氏，巧得遇恩人。

留余庆，留余庆，忽遇恩人，幸娘亲，幸娘亲，积得阴功。劝人生，济困扶穷，休似俺那爱银钱忘骨肉的狠舅奸兄！正是乘除加减，上有苍穹。

巧姐的出场最晚，按理说十二钗的压轴戏应该由她来演，但不知道是什么原因，故事里关于她的情况却寥寥无几。她没给人们留下什么特别的印象，没有太鲜明的特点，也没有过人的才情，她母亲身上的伶俐机敏似乎也没有遗传给她半分，在十二钗中，她可算是最平凡无奇的一个了。

今天我想去采访一下十二钗中最小的一位，她就是巧姐。但却不知道她现在住在那里，是住在她的娘家——荣国府呢，还是住在乡下的刘姥姥家里呢？哎，刘姥姥家在乡下哪里呢？不太好找，还是先到荣国府瞧瞧去再说吧。

巧合与命运

刚进荣国府，就听见有名老妪说说笑笑的声音。我走近一看，竟有一老一少两个女人在谈话，真是踏破铁鞋无觅处，得来全不费工夫，竟有这么巧的事儿，这不是巧姐与刘姥姥又是谁？

快嘴："嗨，今天刮的是什么风？竟然将你们两位给刮的一块来了？"

刘姥姥："呀，你这大小伙子谁啊？在谁手底下做事啊？我以前怎么没见过你？"

快嘴："嘿嘿，我不是这府里的，我叫快嘴，一名小记者，正想拜访你们两位的。"

巧姐："哟，你小子消息真够灵通的，我与姥姥从家里运了一车子的大米、面粉刚刚来到这里，你小子就追来了。"

快嘴："哦？是吗？那你们运过来这么多的米、面干吗呢？"

巧姐："这不是礼尚往来吗？俺们以前也没少从府里拿东西啊，呵呵！"

这时府里管事的人将两人的东西接了下来，刘姥姥跟那人去库房安排放东西去了，我也便和巧姐来到荣国府的一处客厅聊起来。

我先问巧姐道："看来您已成为刘姥姥的外孙媳妇了哈，那么事情是如何发展成这样的呢？"

巧姐："那时我还小，而贾府势败，'家亡人散各奔腾'，母亲王熙凤获罪，贾琏也自身难保，我被狠舅奸兄欺骗卖后，流落在烟花巷。因为当年我的母亲王熙凤的一个'善念'在心中掠过，才使她积了这一点阴德，资助了乡下来的刘姥姥不少的柴米衣物，才得以在以后的大厦将倾时，我这个苦命的人儿被这位知恩图报的刘姥姥出手相救，才幸免于劫难的呀。"

快嘴："嗯，这我都知道，刘姥姥真是个好人，她朴实、大度、知恩图报，在她的身上，有中国劳苦大众的典型特征。"

巧姐："是呀！我娘虽心地不良，但她也有好的一面，正因为我娘当初资助了姥姥，姥姥便反过来又救了我。其中一连串的巧合，其实都是命啊！"

儿时偶事，却是情缘

快嘴："说到命与巧合，您与板儿的缘分也是这样吧，我记得你和板儿小时候见过一面，就是刘姥姥二进大观园那一回，其中有一个情节，被一些红学家们引为你后来嫁于板儿的伏笔。那时刘姥姥带着板儿去见你母亲，恰你也在场，这场合上自然少不了水果，你就抱着一个大柚子玩，而丫环给了板儿一个佛手，你忽然看见板儿抱着一个佛手，就要那佛手，丫鬟哄你取去，你等不得，便哭了。众人忙把你的柚子给了板儿，将板儿的佛手哄过来给你才罢。板儿却因玩了半日佛手，此刻又两手抓着些果子吃，又忽见柚子又香又圆，更觉好玩，且当球踢着玩去，也就不要佛手了。于是一些人因你们互换了柚子和佛手，认为此乃曹公为后来你与板儿的缘分埋下了线。脂砚斋对此还有几条批语说：'小儿常情，遂成千里伏线'。又说：'柚子，即今香圆之属也，应与缘通；佛手者，正指迷津者也。以小儿之戏，暗透前后通部脉络'。所谓佛手指迷津，也就是《留余庆》里所说的那些意思：'劝人生，济困扶穷，休似那爱银钱忘骨肉的狠舅奸兄！正是乘除加减，上有苍穹'。"

巧姐："你说得没错，事情总有个因果，这也是它'巧'的地方，我觉得这个'巧'字真是挺妙的，有些事情仿佛是很偶然的凑到一起发生了，但其实却是某些因素必然的结果！"

快嘴："按曹公之意，您是嫁与了板儿的，这也为大多数人认同，我觉得这也反映了曹公写众钗归宿之立意是多方面的，在您身上，他先写尽了人世冷暖：亲人落井下石如狠舅奸兄，或无动于衷如李纨，而如刘姥姥这样的外人却能尽力相助。"

什么样的人生是幸福的

巧姐："是的，关于我的命运，我想可能也寄托了曹雪芹自己一部分理想，就是不可能人人出家为僧如宝玉，为尼如惜春，大观园里的人该怎样寻找一条出路，或许归隐田园是一个好的安排。"

快嘴："嗯，贾家最后的结局是下了场大雪，只剩下一片白茫茫大地真干净，一场繁华终成空，将那些肮脏罪恶全洗净，但是这场大雪却也让您受惠不少：大雪掩盖了您逃跑的足迹，也让烟花巷的人最终难以找到您，这使您得以投奔到虽贫苦却有人间真情的'荒村野店'，给您带来了重生的希望，从此跟着板儿过上了虽贫苦却幸福的生活。所以有许多人认为您是‘正册十二钗’中结局最好的人。”

巧姐：“是的，富贵又何为？权势又何为？这并不等于幸福。人能不失本真，踏实生活，有希望有收获，就是幸福的。”

快嘴：“嗯，在前80回所讲的十二钗之中，您的出场几乎是最少的，但您也是写得非常完整的一个人，从小写到您的归宿，相比如秦可卿而言，就比她丰满，秦可卿的结局是虽写而实未写，您的结局则是未写而实已写，曹公在您的身上，像是要表现一种人间真情、人生的希望和幸福的本质。”

越朴实，越快乐

巧姐：“是啊，人越朴实，就越快乐，越富有真情，就越有幸福的希望。”

这时刘姥姥呵呵笑着从外面进来了，问我们说：“你们聊什么呢？什么幸福、真情啊，能好好活着就是个好。要我说啊，俺巧儿可是个可怜的孩子，自小就娇贵多病，你知道么，她的名字还是我取的呢！那时我见她正在闹病呢，她娘担心得了不得，就想给她取个什么名子避开邪气、病灾的，你知道么，她娘可是个好人呢，唉！死了可惜了的，她当时就对我说‘……你贫苦人起个名字，只怕压的住她’。我听说巧儿刚好是生于七月初七，就说‘这个正好，就叫她是巧哥儿，这叫作‘以毒攻毒，以火攻火’的法子，日后或一时有不遂心的事，必然是遇难成祥，逢凶化吉，却从这‘巧’字上来’。没想到我当时的信口雌黄还真管用，居然保住了她的小命儿，还使得她逢凶化吉。哈哈……”

快嘴：“不但如此呢，巧姐儿生于七夕，后来又与您外孙儿板儿结了姻缘，这不正像牛郎织女‘巧’相逢一样么？这才叫一大“巧”呢！”

刘姥姥："哈哈，是啊，我咋没想到这一点呢？要不还得说你们年轻人脑子活！我想啊，她那死去的娘托付我的事，我也算没辜负人家，那时咱家穷，日子过不上来，不就是靠她娘接济的么？咱也得知恩图报啊！只要俺巧儿过得好，我这老太婆做什么都愿意！你也知道现在的农村都富了，粮食多得很，而我也不能让巧儿过上好日子就忘了娘家呀，现在这贾府里也有难处，我就与巧儿给他们送些米、面过来，别的我也帮不上大忙，能做的就只有这些了。"

　　快嘴："我挺佩服您老人家的，人们若都像您这样生活，有您这般心地，这社会可就是好得很了啊！"

　　刘姥姥："哟，快嘴你可别夸我了，我老太婆懂什么？只知道两个字——实在，咱首先不能坑人，再者人家对咱好，咱要对人家更好！要不这么做啊，那我是吃不下也睡不着，可是会难受死的，嗨！我就是个傻实在的么个人儿！"

　　快嘴："哈，您说的这个'傻实在'，其实才是人人都应该有的一种优秀品质啊！这种品质，才最能让人产生一种发自内心的爱戴和诚意，大家敬重您、喜欢您，也正是您身上富有这种品质啊！"

　　刘姥姥："呵呵，你这种道理我说不出来，我只觉得，人活着不去害人，不去做违反自己良心的事儿，那她就是快活的了。"

　　我点头称是，这时贾府有人来招呼巧姐与刘姥姥用餐，我也与她们就此作别。

红楼众丫环访谈录

枉自温柔和顺，空云似桂如兰。堪羡优伶有福，谁知公子无缘。

霁月难逢，彩云易散。心比天高，身为下贱。风流灵巧招人怨，寿夭多因毁谤生，多情公子空牵念。

今天我又一次踏进大观园的门槛，不是要采访哪位尊贵的小姐或夫人，而是专门去拜访那些侍候人的丫环。她们虽然是丫环，却容貌如花、聪明过人，在"红楼"里也是举足轻重的人物。首先我来到怡红院，先要瞧瞧与宝玉生活密切的两个丫环，一个是纯真勇敢的晴雯，一个是心机深重，会体贴人的花袭人。现在我要先问问这位"花气袭人知昼暖"的花袭人是否还与从前一样对主子尽心尽力？

花袭人：怡红院的大总管

还未进怡红院，便看到里面一位忙着做针线活的女子，看打扮和模样儿，有点像是小说中介绍的袭人。我便叫道："哟，您好。您就是袭人吧？在做什么呢？"

花袭人吃了一惊，扭头问说："哦？是啊！我在忙着给宝玉做过冬的棉衣，请问您是哪家的大爷？"

快嘴："我不是什么大爷，我是一位记者，您叫我快嘴就行。今天我是特地来看望你们这几个做丫环的女孩子，了解一下你们生活中的酸甜苦辣。怎么，就只有你自己在家吗？"

花袭人："就是个伺候人的活儿，倒苦水可是多着呢，大家也都在家呢，晴雯、麝月、碧痕、秋纹等去后花园浇花了，这些针线活可是宝玉出门在外时要穿的衣服，我怕她们粗手粗脚的做不好，才由我一个人慢慢的做。"

快嘴："哦，原来是这样。看来您这心灵手巧可不是虚传，这针脚儿做得真是又细又匀啊。听说您可是怡红公子宝二哥房里的'丫环王'——他生活中饮食起居的'大总管'，我觉得就工作而言，你做得可是相当好的。"

花袭人："哎，也可以这么说吧，在那一段时光里宝玉他没有我的照顾确实不行。看您说什么'丫环王'、'大总管'的，其实说起我来也真是可怜，自小儿被卖给贾府，先是服侍老太太，又服侍了史湘云，几年后服侍了宝玉。我本名珍珠，贾母因爱宝玉，生恐宝玉之婢不中使唤，且他又素知我心地纯良，就遂与了宝玉。宝玉因知我本姓花，又曾见前人诗句有'花气袭人知昼暖'之句，遂回明贾母，才给我取了袭人这个名字。"

快嘴："嗯，宝玉给你取这个名字挺有意思的，也不妄您做了他的'贴身'大丫头，与他朝夕相伴、形影不离、温柔细心、殷勤服侍，您可算得上是一位忠心耿耿的仆人啊。"

做人难，做下人更难

花袭人："唉，我既是'丫环王'，当然要负起责来。其实我这人有些痴，服侍贾母时，心中眼中只有一个贾母；后来跟了宝玉，心中眼中又只有一个宝玉。只因宝玉性格乖僻，每每规劝，宝玉不听，我心中着实忧郁……宝玉的那块'命根子'——通灵宝玉以及所有之物，我都悉心保护着，经管着。我无时无处不为自己的主人担着心，生怕他有任何一丝一毫的烦恼、灾难，或有什么不妥当的行为，唉，真是做人难，做下人更难啊……"

快嘴："是啊，我觉得您的生活很是辛苦，许多特殊场合都只能忍耐，好在您是有涵养和耐性的人。李嬷嬷公然骂您'狐媚'，而你却只有哭而不敢对抗；我记得晴雯那次发脾气，撕坏了扇子，并尖刻地讽刺，而你却只有默默地低头让步；还有一次大发脾气的宝玉误把你踢得吐血，使您平日'争荣夸耀之心尽皆灰了，眼中不觉流下泪来'，可是您不但不迁怒他反而劝他不可声张，以免惊动别人。像这些的委曲求全的事情，我很难想象您怎么会做得到。"

花袭人："唉，这我就更不好解释了。谁让咱出身卑微呢？生来就是做丫环的命啊！在当时的社会里，大多数的奴婢、下人不都是以这样的一种方式在生存吗？即使不想这样又能怎么样？难道还能有更好的生存方式吗？"

为何要拥薛反林

快嘴："您说的也不无道理，当时的环境确实不是谁想改变就能改变的。我猜想当时您还有一宗重要的心事，就是钗、黛之争究竟胜利属于谁？您完全知道宝、黛二人情投意合、性情相随，也听到过宝玉对黛玉所诉的肺腑之言。可是，您也知道黛玉在贾母、王夫人心目中并不合乎她们的标准。再从黛玉对您的态度来说，她曾嘲笑地叫您'好嫂子'，当着众人揭发了你的隐私，再加上她那种小性子的性格，所以她自然是难以相处的。而宝钗较之黛玉却恰恰相反，能得到贾母、王夫人的欢心，对您又是十分的亲切，这种人是容易相处与合作的，我猜您当时的观点肯定是'拥薛反林'的，对吗？"

花袭人："哟？快嘴你猜的还真没错。我知道单单服侍好一个宝玉还是不够的，必须看清谁是荣国府将来的女主子。在那次宝玉挨打之后，我对王夫人说起宝玉周围的情况，并进言让宝玉搬出大观园时，王夫人感动得满眼含泪，直呼'我的儿'，并将我的月银破格升到同赵姨娘、周姨娘同等的水平，就这样我的特殊身份算是被确认了。唉，这件事竟有不少人指责我是诬告、是卖身投靠。其实，事实上我除了隐瞒了自己与宝玉的感情外，所讲所说句句都是事实，并没有无中生有地陷害任何人，快嘴，这一点我觉得有必要声明。"

快嘴："好说好说，我一定郑重地向世人声明，洗刷您的不白之冤。"

花袭人："那就太谢谢您了，快嘴。哟，您看我这做衣服的绿丝线竟用完了，这件衣服我可得尽快赶出来，宝玉还急等着穿呢。要不这样吧，您先坐一会儿，我去凤姐那里取些丝线就回来，顺便把那些丫头们都招来，你也可以一块好好地问问她们，你看行吗？"

快嘴："那太好了，您赶快去吧，多谢了！"

麝月：袭人的心事

这花袭人前脚刚走，这边就一溜风似的过来一个小丫头，"喂，你是什么人，怎么在我们家？"小丫头说。

快嘴："你好，我是一名记者，专门来采访你们的。你也是这怡红院的人吧，请问您怎么称呼？"

这女孩儿说："我叫麝月。怎么你一个人在这儿呢，那袭人干吗去了？"

快嘴："她去凤姐那儿取做活儿的丝线去了。咦？你不是去花园浇花了吗？怎么，干累了是吧？"

麝月："对，是累了，回来喝杯水。哼，什么粗活累活都让我们干，说什么这些细巧的活儿只有她才能做，那姿态好像比别人高贵多少是的，哼，再怎么装腔作势不也还是侍候人的丫头吗！"

快嘴："你是说袭人是吧？看来你对她的意见还挺大，她现在正好不在，你能不能具体的说一下她是怎么样的装腔作势？"

麝月："哼，自从她成了宝玉'最贴身'丫环以后，就'待宝玉越发尽责'了，宝玉就像她自己的男人似的，恨不能整天'贴'到人家身上。我看啊，兴许她都跟宝玉'贴'到一块了呢！"

快嘴: "噢，还有这种事？"我不禁大为诧异。

麝月: "怎么没有，你别看她只是个丫环，心机可也重着呢，不过她那点心思可瞒不过我。"

快嘴: "哦，她有什么心思？"

麝月: "哼！还不是想当宝玉的小老婆？"

快嘴: "噢！何以见得啊？"

麝月: "你别看她整天忙里忙外，又表现得默默无闻，其实她不动声色，也正是在为自己上下打点，你看她一声不响地就使得贾母、王夫人、凤姐都相信她，别人也都喜欢她，宝玉好像也离不开她。她为什么要这样做，仅仅想当好一个丫环头吗？肯定不是了，其实她就是想当宝玉的小老婆。"

快嘴: "哦？是吗？还有这事？"

麝月: "你不信？那好我说给你听。在'情切切良宵花解语'那一节里，她借赎身之论对宝玉'用骗词以探其情，以压其气'，她利用宝玉的感情，意图将宝玉控制在她的温柔乡里。还有那一回'贤袭人娇嗔箴宝玉'，她看见史湘云给宝玉梳辫子，不免'又动了真气'，回房以后，就对宝玉说：'你从今别进这屋子了！横竖有人服侍你，再不必支使我，我仍旧服侍老太太去。'为此，两个人还呕了一天一夜的气。到了第二天还是宝玉主动认错，并发誓赌咒'改正'，才算结束了这次冲突的。她为什么要这样？还不是吃人家史大小姐的醋了？"

快嘴: "嗯，有道理，她与宝玉还建立了这种感情，看来这个袭人还真不简单。"

麝月: "那当然了。还有那一次宝玉挨了打，她虽然很心疼，却认为这又是一个向宝玉母亲王夫人讨好的好时机，就向王夫人进言说：'论理，我们二爷也得老爷教训两顿，若再不管，将来不知做出什么来呢。'这一招果然奏效，使得王夫人直呼'我的儿'、'我就把他交给你了'。这样，她终于成了夫人的心腹，仅这一招，她将来当宝玉小妾的打算便已很有些眉目了。她就是这样，用自己的小手腕套牢宝玉，对重要人物则不动声色地施加影响，你说她这些表现还不够矫作的吗？"

袭人之为人

快嘴："哦，不错。虽说她心思细密、善于算计，但她也是个十分忠诚的丫头，你对此有评论吗？"

麝月："她哪叫忠诚？她那就是一副天生的奴才相。那一次她去看望凤姐的途中，遇到看果树的老祝妈。老祝妈想摘个果子给她尝尝，不想马屁拍在了马脚上，她立即正色道：'这哪里使得？不但没熟吃不得，就是熟了，上头还没供鲜，咱们倒先吃了。你是府里使老了的，难道连这个规矩都不懂了。'你瞧瞧，这副嘴脸多么虚伪，不就一果子吗？哼，这奴性真是到了骨子里。我觉得啊，她是怕下人们都吃了，等熟了给上头的人吃时，她自己偷吃不到了呢！"

快嘴："呵呵，要偷吃果子，你这是妄自猜测的吧，我觉得袭人还是很忠诚的，不应该做这种事。"

麝月："你还不信，那我再说一件事，那次晴雯被逐后，宝玉悲哭中将晴雯作了一番美好的比较，袭人在旁边听了宝玉将晴雯比得这么高，这么美，就气恼了说'那晴雯是个什么东西，就费这样心思，比出这些正经人来，还有一说，他纵好，也灭不过我的次序去'。真是可叹，她纵然把自己放在奴婢的行列中，在这个行列中还分个三六九等，她认为自己是奴才中的尖儿。"

快嘴："嗯，人家人都死了，宝玉悲痛也是人之常情，看袭人这次不是很伤心，也说明她对不如自己的下人们同情心较淡漠。"

麝月："哼，她就是这样的人，晴雯被逐，她肯定幸灾乐祸呢，死了她也不会同情。这袭人啊，在丫环群中她对于受人尊重、深得贾母信赖的鸳鸯、有影响掌握实权的凤姐身边的平儿，从来都是深相结纳。除二人外，对我们这些丫头却是不屑一顾。在我们这个怡红院中，除了晴雯始终和她对立外，却没有谁敢当面说她个'不'字的，像我们这几个做丫环的自然都在她的奴使之下。"

快嘴："嗯，你这么一说，我也觉得她在这些方面做得很不好，不过我觉得她对宝玉的感情倒是很真切的，你说呢？"

麝月："她是喜欢宝玉，但她不过是个下人，处境不一样，心境也不一样。你看她与宝玉在生活上虽然很密切，但在精神上却离得很遥远，宝玉虽跟她好，但也只是把她当姐姐，并没有娶她的心思。她不过一厢情愿罢了。她心里也明白这些，所以在贾家出事后，她便很快就嫁了蒋玉涵。"

快嘴："嗯，这袭人虽说贤惠，我看她在与大家的关系处理上却做得不是很好。咱们不说她了，让她回来听见就不好了。对，你不是说大家都在花园吗，我想去看看大家，您喝完水咱俩一块去吧。"

麝月："好吧！"赶紧灌了几杯水下肚，便带我去了花园。

平儿：夹缝中的生存之道

到后花园一看，果然是花团锦簇、美景怡人，不但晴雯在这儿，就连鸳鸯、平儿、紫鹃以及怡红院的几个丫头都在呢，这下正好省得我逐个去采访了。

快嘴："哎，怎么你们都在呢，难道要召开大会吗？这下我正好给你们一起做下宣传。"

晴雯："喂，你是谁？怎么知道我们在开讨论会？是麝月告诉你的吗？"

快嘴："我么，是小记者快嘴，专门来采访几位的。怎么？你们真的在开会吗?"

平儿:"当然是真的。我们正要召开一个'人人平等、事事平等'的大会,什么丫环、下人,我们要摆脱这种身份,力求与现代人一样向社会讨回自己应有的人身权利。"

鸳鸯:"对,我们就是要联合声明:不管是要我们做什么事,都必须给我们一个公道的说法,要我们做保姆、雇员都可以,但必须得让我们享受正常人一样的待遇,我们要彻底撕毁那罪恶的卖身契约和终身的奴役规章!"

紫鹃:"喂,快嘴先生,你要是答应在社会上给我们做宣传,我们就接受你的采访,要不答应,我们就将您'请'出这大观园。"

快嘴:"啊?好说好说,只要几位丫环姐姐肯接受我的采访,我一定不负众望在社会上给你们大力的宣传,让你们讨回自己应得的合法权益,这样准行了吧?"

平儿:"看你说的这么诚心,我们就相信你一回,怎么你口中还是要称呼什么'丫环'姐姐呀?再不学乖一点,看我也像凤姐一样让你'掌嘴'呀,嘻嘻。"

快嘴:"哇?还是平儿姐姐厉害,快嘴再也不敢这样说了。平儿姐姐,看你这么爽快,那我就要先采访你了。您在'红楼'中,特别是在奴仆群中,大家都认为您是个非同凡响的人物,有'义仆'的形象,您自己怎么认为?"

平儿:"是么?那是大家抬爱,不过若说起我的这一点,自然与凤姐息息相关了,我觉得凤姐虽心下狠毒,但对我还是不错的,我伺候她,她也没有从内心里把我当外人。但从根本上来说,最主要的一点还是取决于我自己的人格力量和在贾府所起的作用。也就是说,我决不只是凤姐的工具和传声筒,而是一个独立的活人,一个有自己的思想与见解的小丫环。"

这时麝月插嘴说:"她哪里是小丫环?她是个姨娘呢!贾琏二爷的小老婆呢!"

快嘴:"呵呵!是啊!平儿姐姐不但嘴巧,会办事儿,长得也漂亮,难怪贾琏二爷会看上你呢！"

平儿："不要打趣我，咱这荣宁二府和这大观园中美女如云，我可排不上号，别人不说我丑就不错了呢！"

快嘴："你可别谦虚了，你的漂亮也是公认的啊！我记得关于你的形象在小说中有这样一个场面，那是在'刘姥姥一进荣国府'时，'平儿站在炕沿边，打量了刘姥姥两眼，只得问个好，让了坐。刘姥姥见平儿遍身绫罗，插金戴银，花容月貌，便当是凤姐，才要称'姑奶奶'，只见周瑞家的说'他是平姑娘'。贾母也说过您和凤姐是'一对美人胚子'，今日一睹芳颜，真是人过其名啊。"

平儿："唉，说什么花容月貌，我可是个可怜的人啊，连自己的身世都不知道。原来跟至凤姐嫁的荣国府，我们一起的'有七、八个丫头，死的死，散的散，只剩下我一个孤鬼儿'。又生活在'阎王似的'凤姐儿和'下流种子'贾琏的夹缝中间，其生存环境的恶劣是可想而知的。"

快嘴："唉！这样的生活环境可真够惊心的。我想即使在平时主奴和顺之时，聪明的您也依然能透过欢声笑语的面纱，看到那不时将至的危险，更别说是贾琏夫妇由勾心斗角而公然的冲突了，处在'夹缝'中的您就只有接受那无可奈何的难堪与遭殃了，对吗？"

平儿："不错！比如在凤姐生日那天，贾琏与鲍二家的偷情，被凤姐撞破，一个是大肆泼醋，另一个是恼羞成怒。然而，他们却都把一肚子恶气向着我来发泄：一个拳打，一个脚踢；一个骂'你们娼妇一条藤儿多嫌着我，外面儿你哄我'；另一个骂'好倡妇！你也动手打人'；一个'又赶上来打着平儿，偏叫鲍二家的'；这时的我实在是气急了，便跑出来找刀子要寻死'。"

快嘴："我的妈，这情景想起来就够吓人的。"

平儿："是啊。但这只是你们所看到的情景，至于那些看不到的罪受，你们还不知有多少、多残酷呢，呜呜……"平儿说到这里，竟伤心的哭泣起来。

鸳鸯："唉，别哭了平儿，咱们这些做下人的哪个不曾遭受苦难呢。哎，快嘴，这下你总该相信了吧。"

红楼谈梦——红楼梦中人访谈录

快嘴："是啊！我也是深为大家鸣不平啊！我还记得就在这次呕气打架过去后，宝玉曾叹道：'贾琏惟知以淫乐悦己，并不知作养脂粉……平儿并无父母兄弟姊妹，独自一人，供应贾琏夫妇二人，贾琏之俗，凤姐之威，她竟能周全妥帖，今儿还遭荼毒，也就薄命的很了'！从宝玉这句话中，我就理解了平儿的生活是多么的举步维艰。"

紫鹃："是啊，处在这样恶劣的生存环境！如果是一般人，不是被贾琏夫妇践踏而死，就会变为他们的鹰犬。然而，平儿不仅没有'助纣为虐'，反而'阻纣为虐'。她对凤姐是忠心的，被人称作凤姐儿的一把'总钥匙'，甚至一时一刻也离不开她。她也极力协助凤姐应对好各种事务，简直成了'凤姐助理'，在凤姐生病、探春理家时，她竟成了凤姐的'代理人'。不过，无论在何种情况下，她总是以好心待人，以公平处事。凤姐要施淫威时，她总是极力劝阻，即便自己'行权'时，也从不略示威风。遇到下人犯了过错，也往往'大事化小、小事化了'，从不多事。"

快嘴："嗯，是的！我记得在'判冤决狱平儿行权'那一回，就表现了平儿的聪明、机智、干练，特别是她的为人处世的方式，赢得了贾府上下各种人的称赞和尊敬。我想，这就是你的人格力量吧平儿姐姐？"

平儿："瞧你们说的，我有那么好吗？我虽然是凤姐的心腹，但有些时候，我也会与凤姐对抗几句，不叫她奶奶。'偏说你！你不依，这不是嘴巴子，再打一顿。难道这脸上还没尝过的不成'！有时还会壮着胆子骂一句贾琏没良心，'行动便有个坏心'什么的。有时脾气一上来甚至有不打帘子让凤姐，我自己摔帘子先进屋里的'反抗行动'，这大概就是现在才认识到的那种不甘心做奴役的思想在做怪吧？"

快嘴："嗯，不错，是有这种思想。不过我觉得经过挫折打击，你仍能留在凤姐身边，还做了通房大丫头，原因在于你很懂'做人'的艺术。从看你处理在贾琏外书房铺盖中发现一绺女人头发——那是贾琏与多姑娘奸情的证据，那时就可以看出。还有你在探春兴利除宿弊时两边讨好的话，使宝钗也不禁折服得想瞧瞧你的'牙齿舌头是什么做的'，以及如何冷处理坠儿偷镯子的事，如何大事化小、小事化无地处理彩云的茯苓霜事件，还有你对待尤二姐的种种表现……哪一样不是非常会'做人'，使用的皆是谁也不得罪的措施。我觉得您这种谦退无争反而能在众人之先，将'我'置之度外，反而使'我'有了生存空间。总而言之，我觉得这是吃小亏占大便宜、吃亏是福的大道理。"

鸳鸯："快嘴说的没错，平儿确实很会做人的，多么麻烦的事儿她都能理得通，摆得平。"

八面玲珑巧鸳鸯

平儿："哇，鸳鸯姐，你怎么总是夸我呢？其实你才是做人真正的高手，谁不知道你是贾府最机要的'秘书'。没听李纨说嘛：'老太太屋里，要没那个鸳鸯，如何使得。从太太起，哪一个敢驳一次，只有她现敢驳回。偏老太太只听她一个人的话。老太太的那些穿戴的，别人不记得，她都记得。要不是她经管着，不知叫人诓骗了多少去呢'。"

快嘴："是吗？这么说鸳鸯姐可真是个不一般的人呀，那就请您说说自己的故事吧。"

鸳鸯："好！说说就说说，没什么大不了的。其实我也是一个很耿直的人，那次把刘姥姥开涮，李纨嫂子笑劝我，我却说'很不与你相干'；还有那次凤姐生日，众人都庆贺凤姐生日劝酒，凤姐也实在喝够了，这时我也来给她敬酒，一向脾气嚣张的她却不敢不喝；不仅如此，还有如行酒令，赌钱，没有我在旁边也行不通。因为'贾母所行之令必得鸳鸯提着'，怎么说呢，这就好比现在的某位首长，如果突然丢失了秘书起草的讲稿就无法讲完整个的演说。"

快嘴："是吗，鸳鸯姐姐果然了得。"

平儿："哼！快嘴，她的能耐何止这些？别人不知道我可知道。那一次贾琏实在应付不了贾府的偌大开支，说'前日老太太的千秋，所有的几千两银子都使了，几处房租地税通在九月才得，这会子竟接不上。明儿还要送南安府里的礼，又要预备娘娘的重阳节礼，还有几家红白大礼，至少还得三二千两银子用，一时难去支借'。于是，只好求'好姐姐'鸳鸯帮忙，'把老太太查不着的金银家伙偷着运出一箱子来，暂押数千两银子，支腾过去'。怎么着，能做这类事情，恐怕机要处秘书也未必有胆量敢背着首长干，而鸳鸯姐却有勇气大力承担下来。快嘴，由此可见，鸳鸯姐的能耐与权力之大啊。"

快嘴："哦？还真是了得。对了，我记得大家说：史太君在处鸳鸯必在。还记得贾赦那个老东西要讨鸳鸯姐做妾的事，是不是真有这事？在'史太君两宴大观园，金鸳鸯三宣牙牌令'那一回中，鸳鸯姐的才情、性格及神态宣泄得最淋漓尽致，由此，可以看出她在贾府上下人心目中，尤其是在老祖宗心目中的地位是多么的重要。"

紫娟："不错。快嘴，其实这一切都来自于鸳鸯姐那八面玲珑、机灵过人的处事方式，我特佩服鸳鸯姐那次在大观园宴饮时的表现，现在让鸳鸯姐自己再给我们说一说当时的情形，好不好啊？"

缀锦阁中显风彩

大家都说好，鸳鸯便也说："那好，你们要不嫌俗套我就再说说，那天在缀锦阁下酒宴摆定，众人落座。凤姐倡言，由我来行令。这时王夫人说'既在令内，没有站着的理'。于是为之安排座次命小丫头'端一张椅子，放在你二位奶奶的席上'。这二位奶奶便是李纨、凤姐，二人同席而坐，接着就是我的座次了。我入席后即开宗明义道：'酒令大如军令，不论尊卑，惟我是主。违了我的话，是要受罚的'。"

平儿："啧啧，快嘴，你听鸳鸯姐说这话，别以为她这只不过是大丫头的身份，在众位主子跟前本应先告罪僭越，低声下气委婉说出的。谁知咱们这位金姑娘却是这般的口气与气势，真是反奴为主。最妙的是此言一出，王夫人等都笑道'一定如此，快些说来'。你看她说话多有份量呀。"

鸳鸯："那种场合，说话当然得管用些。当时我又随即说道'有了一副了。左边是张'天''。贾母就说道'头上有青天'。众人都随合道'好'。我又说'当中是个五合六'。贾母又道'六桥梅花香彻骨'。我再说'剩下一张'六合幺''。贾母又道'一轮红日出云霄'。我只好说'凑成便是'蓬头鬼''。谁知贾母又道'这鬼抱住钟馗腿'。说完，大家皆笑说'极妙'。"

快嘴："啧啧，果然是极妙。我想若是经过几番的斟酌、寻觅，就更能品味出其美妙之处。像贾母口中的：'头上青天'、'六桥梅花'、'一轮红日'实际上全是自赞又兼赞鸳鸯姐之词嘛！最妙的是鸳鸯姐说'凑成便是蓬头鬼'，乃是自喻自嘲也。而贾母又道'这鬼抱住钟馗腿'一句结束语，就无须强作解释了，其意趣是人皆可知了。怎么样，我快嘴解说的还八九不离十吧？"

紫鹃："哟，快嘴，算你聪明。其实这六桥梅花、一轮红日，头上青天庇护、身边钟馗打鬼——就是这么一个鸳鸯。其父名金彩、兄名文翔，若在仔细想想便有了'鸳鸯金彩文翔'、'文翔金彩鸳鸯'、'金彩鸳鸯文翔'、甚至是'金鸳鸯文彩翔'、'文翔彩金鸳鸯'等等任你反来倒去从头看到脚、自后看到前，不管从哪个角度视点，其人物的文采精华俱是金碧辉煌的灼人眼目呀，呵呵……"

可叹的命运，不屈的追求

快嘴："呀嗨，我的天哪！这么一件罕见的'精灵宝贝儿'，那个劳什子——贾大老爷竟要讨来做小老婆，岂不是比碰到鬼还难吗？我想这'尴尬人难免尴尬事，鸳鸯女誓绝鸳鸯偶'的事件一定闹腾的沸沸扬扬、不可开交吧?"

平儿:"哼,岂止是沸沸扬扬,简直是人人皆知。其实,贾赦这个老色鬼也太缺乏自知之明了,那邢夫人听了凤姐说的'别拿草棍儿戳老虎鼻子眼儿'的劝说后,反而生凤姐的气,于是才难免会出现那个尴尬的场面。说实在的,这对老混球实在比他们的儿子儿媳妇都要昏聩的多。先别说贾老太太是不是舍得丢弃这根'拐棍',就说鸳鸯姐自己压根儿就瞧着这位名声早已不怎么样的贾大爷极不顺眼。"

快嘴:"是吗?鸳鸯姐可真是一位有志气、有情操的人,不甘心作践自己呀。"

晴雯:"可不是吗,她先是痛斥劝嫁的嫂子妄图把自己的亲人献给主子以便获宠,接着跪在贾母面前一边哭、一边控诉贾赦的种种不肖行为,义正词刚。她虽然身为家生女儿——是得翻身的奴才后代,却远比某些主子更有见识,更有骨气。她的身份如此不同一般,却是个没有一点机要秘书的仗权伏势的样子,她是一位从不摆弄自己特殊地位的好心肠的人。诚如李纨说的,鸳鸯最'公道','倒常替人说好话儿,倒不倚势欺人的'。叫我说若换了个人,不仅自己捞个够,恐怕就连三亲六舅也从中捞到数不清的好处了。"

紫鹃:"唉,纵然像鸳鸯姐这样一个善良公道的好姑娘,却也难于逃脱'首长'倒霉后'秘书'跟着没好下场的命运。贾母一死,鸳鸯姐也跟着'殉主登太虚'——悬梁自尽了,真是可悲呀!从我们这些做下人的遭遇上,快嘴,你就可以得知当时的世道是多么的不公平了吧?"

说到这里,鸳鸯抢过话说:"唉,当初我若是不舍得自尽又能怎么样?因为贾赦早就宣布过:除非我死了,要不然就休想逃出他的手心,因此,这老太太一去,自杀就是我惟一的出路。我用死来痛诉自己的愤恨与不满,来遣责黑暗的封建制度。这明明是一种强烈的抗议,可是我们的那些主子们却强加于我'有这样的志气','好孩子,不枉老太太疼她一场'之类的桂冠,把我的死说成是心甘情愿的'殉主',真是有损我鸳鸯一世的名声。"

快嘴:"唉,你们不幸的身世遭遇与不甘屈服的精神,世人是有目共睹的，我想它带给人们的不仅仅是同情与怜惜，人们会痛斥那个封建的黑暗时代，努力创造人人平等的美好未来。"

紫鹃："谢谢你啊快嘴，谢谢你能理解我们的悲酸与苦衷，我们要高呼理解万岁噢！"

紫鹃：黛玉的知己

快嘴："哇，紫鹃，看你还颇有见识。大家都说你是一个聪慧多智、善良朴实、纯洁无私的人，说说你是怎么与自己的主人——潇湘妃子相处的吧！"

紫鹃："行，我想不告诉你你也不甘心。先说说我自己，我是贾府的家生女儿，黛玉姑娘初到贾府时，贾母对外孙女儿万般怜爱，就挑选我服侍她。生性朴实的我和痴情纯真的黛玉不久就超越了主仆的界限，结成了莫逆知己。我曾说过'我并不是林家的人，我也是和袭人、鸳鸯是一伙的。偏把我给了林姑娘，偏偏她又和我极好，比她苏州带来的还好十倍。因此，一时一刻，我们两个也离不开……'"

快嘴："是的，我觉得在丫环们之中，你就是黛玉的依靠。"

紫鹃："当然了。父母双亡，寄人篱下，孤苦寂寞的黛玉只有和我朝夕相处才不会想到自己的苦处，我对她是知寒知暖而又了解她那多愁善感的心思，自然而然的我们就成为知己。我们主仆之间的感情，在某些方面可以类似姊妹的友爱情谊，在潇湘馆这个小天地里，有我对自由的憧憬和向往。黛玉她对封建等级制度的某些突破的反抗，使我感佩于怀，铭刻心底，曾几次申诉'姑娘待我实在恩重如山，无以可报'。我们这超越主奴之间的情谊，是何等强烈！这正是我那时发自心底的，对自由天地的渴望与追求。"

晴雯："快嘴，紫鹃可是一位有自我牺牲精神的好姑娘，她热情真挚而又机智果敢。在五十七回'慧紫鹃情辞试莽玉'那一章里，她的性格展示的十分透彻。她最关心的是黛玉的'病'——'身病'和'心病'，她不仅在生活上对黛玉无微不至的关怀照顾，更关心黛玉与宝玉的婚事，并想方设法地促成之。紫鹃时刻都在关注着主子们对黛玉态度的变化，深知黛玉在贾母心中的地位已与日俱下，再加上'金玉良缘'的一步步威胁，使她深为黛玉隐忧。"

紫鹃："是呀，为了摸清黛玉在宝玉心中的地位和分量，我就用'情辞'对宝玉进行试探。这一'试'，没想竟闹出了大乱子。宝玉'急痛迷心个昏死过去，醒来后还大病了一场'。这下可坏了，我不仅成了众矢之的，受尽了谩骂和埋怨，还得日夜陪伴宝玉，纵然这样我却不后悔。这些没有白付出，果然试出了宝、黛二人爱情的深度，试出了黛玉在宝玉心目中那不可动摇的地位，使我心中的一块石头落了地。宝玉病愈后我又回到潇湘馆，夜深人静时，我对黛玉说'……别的都容易，最难得的是从小儿一处长大，脾气情性都彼此知道的了'。没听见俗语说的，万两黄金容易得，知音一个也难求这样的话么？"

鸳鸯："不错，紫鹃的心里只有黛玉小姐，她惟恐夜长梦多。就劝黛玉趁老太太还硬朗的时节，'作定了大事要紧'。她深深地认为宝、黛是美满的一对，因为他们的婚姻关系着她的小姐一生的幸福，在她心里小姐一生的幸福比什么都重要。那一次，薛姨妈笑说，要向老太太说把黛玉许给宝玉时，紫鹃竟天真地对薛姨妈说'姨太太既有这主意，为什么不和老太太说去'？竟不知这样的苦心是难以兑现的。最后，根深蒂固的封建势力终于毁灭了宝、黛这对叛逆者的爱情，那充满了铜臭的'金玉良缘'最终战胜了纯情如水的'木石前盟'，真是可悲！"

快嘴："啧啧，我觉得书中关于紫鹃姐的故事并不多，没想到却是这么好的一个人儿！"

平儿："哟，怎么了快嘴？看上我们紫鹃姐了？若是你家里没妻室的话，我来给你做大媒，不过这要论起辈份来，你小子可不能超主啊？"

快嘴："嘿嘿，平儿姐，我怕没有那福份呢，你快说说这紫鹃姐是怎么个好法吧？"

平儿："嗨，快嘴别着急，听我慢慢的告诉你。有一次，雪雁到梨香院给黛玉送手炉时，黛玉笑问她'谁叫你送来的？难为他费心——哪里就冷死我了呢！'雪雁道'紫鹃姐姐怕姑娘冷，叫我送来的'。从这点小事就可以看出紫鹃对黛玉关照体贴的细致周到。此后，如三十回宝、黛因互相试探，发生了口角，紫鹃既以宝玉对姑娘的一片真心劝慰黛玉，又委婉地批评她的小性儿，巧言相劝，对宝玉'太浮躁了些'，'常常歪派他'。又对宝玉善意取笑，消除了他的窘态，为姑娘说了话，要宝玉向'心里气还不大好'的姑娘赔不是。这样的侍婢，在生活与情感上俨然是最知心的朋友。"

紫鹃："记得我家姑娘在生命垂危之际，我就守在她的病榻旁。她深情地对我说'妹妹，你是我最知心的人，虽是老太太派你服侍我，这几年，我拿你就当作我的亲妹妹……'她临终时又攥紧我的手不放，她是个善良的人，她痛惜我即将失去知心和依靠。'我是不中用的人了！你服侍我几年，我原指望咱们两个总在一处，不想我……'她喘息了半天又嘱托我'妹妹，我这里并没有亲人，我的身子是干净的，你好歹叫他们送我回去'！"

鸳鸯："唉，黛玉之死，使紫鹃悲痛至极——'她在外间空床上躺着，颜色青黄，闭了眼，只管流泪，那鼻涕眼泪把一个砌花锦边的褥子已湿了碗大的一片'。紫鹃为了黛玉姑娘的幸福，可谓不惜一切，甚至粉身碎骨、肝脑涂地也心甘情愿。黛玉病危之际，正是'金玉良缘'结合之时，林之孝家的要她去侍候宝玉、宝钗婚礼时，她斩钉截铁地回答'林奶奶，你先请吧！等着人死了，我们自然是会出去的，哪里用这么……'"

紫鹃："我家姑娘死了，有情人难成眷属。宝玉和宝钗终于成亲，无情者反成眷属。我当时感到心胆俱裂，柔肠欲断！我的内心是多么激愤而又孤独啊！但这些激愤又能到哪里去发泄，这种无奈的失去知音的孤独又有谁能理解？"

平儿："是啊，在宝玉婚后不久的一个夜晚，宝玉曾'见紫鹃独自执灯，又不是做什么，呆呆的坐着'。这是一个多么凄楚欲绝而又空虚寂寞的少女啊！'算来竟不如草木石头，无知无觉，倒也心中干净'！于是，无奈的她看破红尘，跟随惜春出家了。但在青灯古寺之旁，她永远都怀念着——自己那饮恨而死的知己啊。"

晴雯：风流灵巧招人怨

快嘴："啧啧，真叫人感动。像你们这样的丫头倒比那些尊贵的主子们让人觉得可敬可爱的多了，我现在才明白了什么叫人间的真善美。"

晴雯："哈哈，快嘴，你才知道啊。叫我说你们现代的女儿们，也不见得比我们几个更'风流灵巧，清纯可爱'吧？"

快嘴："哦？晴雯，你这不饶人的嘴巴，我看到什么时候都是不会改变的了。若说起现在的女孩子大多数都将自己的青春美貌与物质受享划成了等号，哪里还有什么'风流灵巧，清纯可爱'之言？咦，对了晴雯，我好像觉得这'风流灵巧'四字……好像……好像是你的专利品呀？那判词是怎么说的：'霁月难逢，彩云易散。心比天高，身为下贱。风流灵巧招人怨。寿夭多因毁谤生，多情公子空牵念'。是吧？那就说说您好吗？"

晴雯："说就说嘛，其实我早就想说说我自己了。不错！这首判词包含了我的出身、为人和命运。是的，'霁月难逢，彩云易散'，凡属美好的事物总是不会长久的，因为它总是与庸俗丑陋的东西相处不到一块。而'心比天高，身为下贱'的我却总因'风流灵巧招人怨'，最后只有'寿夭多因毁谤生'而冤屈至死了。"

快嘴："呀！真是冤枉呀！这么一个美丽可爱的女孩儿竟遭冤屈含恨而死，又怎么能不叫那'多情公了空牵念'呢？如果换作我快嘴就会舍命陪红颜——殉情到九泉，方能无怨无悔呀。"

这时鸳鸯插话说："你想的倒美呀，快嘴，可惜你小子没那艳福。我就挺喜欢晴雯的这种个性的，要我说，我们这些人啊，都是对上面千依百顺，彼此间却排挤陷害，但晴雯就不是，她是一个坦白、直率、刚强和富有反抗精神的女孩子。"

晴雯："我因从小没了父母，孤苦伶仃，在家庭里没有受到处世为人方面的教育，所以任情任性，性格刚强，后来被赖大的母亲'孝敬'了贾母，于是才来到了宝玉的面前。唉，也正是因为我不知道天高地厚，不知道贵贱尊卑，不理解封建贵族家庭中的潜规则，所以也就没有保护自己的生活和生命的能力啊。"

快嘴："嗯，你敢爱敢恨，敢笑敢骂，敢于去反抗权威，渴望着自由平等。敢把周围的黑暗丑恶和那些'鬼鬼祟祟的勾当'，毫不留情地给揭露出来，这种勇气和品格，是很让人敬佩的！"

平儿："可不是咋的？那时晴雯因跌坏了扇骨子和宝玉吵嘴时，袭人说了一句'原是我们的不是'。晴雯听她竟说出'我们'两字就冷笑几声道'我倒不知道'你们'是谁，别教我替'你们'害臊了！……连个姑娘还没挣上去呢，也不过和我似的，哪里就称起'我们'来了'？还有一次，因为凤姐叫小红去拿一个荷包，小红得了高级主子的差遣，便得意忘形起来，晴雯见了却冷笑道'怪道呢！原来爬上高枝儿去了，就不服我们说了。不知说了一句话，半句话，名儿姓儿知道了没有，就把她兴头的这个样儿！这一遭半遭儿的也算不得什么；过了后儿，还得听呵！——有本事从今儿出了这园子，长长远远的在高枝上才算好的呢'！"

紫鹃也很欣赏晴雯的个性，便也抢着说："晴雯虽长了一张刀子嘴，有时说话让人像割肉一样疼痛，但她确实是个性格透亮的人。在抄检大观园时，凤姐带领王善保家的一群人杀进怡红院，袭人等人无不战战兢兢，俯首贴耳，慌忙'自己先出来打开箱子并匣子'任其搜检一番。只有晴雯敢采取反抗斗争的姿态，她起初是不开箱子，后来是挽着头发闯进来，豁啷一声，将箱子掀开，两手提着底子，往地下一倒，将所有之物尽都倒出来。这些都明显地体现了她那种不屈服的性格！"

快嘴："是啊，在这件事中，晴雯的讽刺曾刺伤了袭人、秋纹、小红、王善保家的一群人的心，还曾把矛头指向了宝玉的母亲王夫人，晴雯的心像明镜一样，容不得一点肮脏、丑恶和冤屈。她鄙视乘机向上爬的小红，嘲笑一天到晚梦想当'小妾'的袭人，轻视那得了小惠而向王夫人叩头谢恩的秋纹，痛恨那狐假虎威、为非作歹的王善保老婆。'难道谁又比谁高贵些？冲撞了太太，我也不受这口气'。这种自由平等的思想和不避强权的斗争精神，在贾府那些奴颜婢膝的女性中，让人觉得有鹤立鸡群之感啊！"

这时晴雯却抹起泪来，说道："唉，这有什么好？正因这样，我才遭到大家共同的反对。"

紫鹃："晴雯可没少受流言谗语，绣春囊事件一爆发，王善保家的便抓紧这个好机会，在王夫人面前诬告她说'别的还罢了，太太不知道，头一个是宝玉屋里晴雯。那丫头仗着模样儿比别人标致些，又长了一张巧嘴……一句话不投机，她就立起两只眼睛来骂人，妖妖调调，大不成个体统'！这样，在小人的诽谤之下，掌权者对晴雯进行了不留情面的打击。"

与宝玉之友情与爱情

快嘴："唉，真是让人痛心呀。但晴雯的这种精神，在宝玉的心灵里得到了高度赞赏与共鸣，成了宝二哥的知心朋友。虽然阶级、地位、教养不同，但宝玉对晴雯的态度，我觉得跟对其他的丫头是有区别的，它首先是一种美好的友谊。"

紫鹃："是的，那次宝玉被贾政痛打一顿之后，全家骚动，各人的情绪和态度各不相同。我家黛玉姑娘送来的同情是万语千言也说不出的，只是'满面泪光和两只肿得桃儿一般的眼睛'。黛玉回去后，宝玉为表示他的爱情，相送两块旧帕给我家姑娘，这在他俩的恋爱过程中是一件非常机密的任务，担负这一任务的就是晴雯。也就说明晴雯就是宝玉的知心人啊。"

快嘴："是啊，朋友之间贵在相知。但在年龄相仿的少男少女之间，十分的相知，是容易生出另一种情愫的，晴雯，你觉得自己与宝玉之间，是产生了爱情吗？"

晴雯："看你问的，当着这么多人的面问这问题，你自己猜去吧！"

平儿抢话说道："你这快嘴，真不会问，这还用说吗？晴雯喜欢宝玉，也不是一天两天了，宝玉爱戴晴雯，也不是一时半会儿了，要我说，晴雯妹子早就对宝玉动了心思吧。"

晴雯："别胡说，我哪敢动那心思？人家是贾家大公子，是主人，纵然我喜欢宝玉，就他那软弱性子，又如何能拗过他爹跟他娘的反对啊？再说了，就算宝玉结了婚要纳小妾，还有袭人在头里呢，她跟宝玉关系本就暧昧，加上宝玉母亲喜欢，若不出变故，小妾都已非她莫属了，我啊！怎么也得靠边站了！你以为别人都像你这么命好呢？嫁给贾琏二爷，吃香喝辣的，一辈子都不用愁了。"

平儿："你可别欲盖弥彰了，看你分析得这么清楚，就知道你早动过这心思了，还不承认？最后你还不是将自己内衣给宝玉穿了么？这么贴心，还说没动心思，鬼才信呢！再看你那嘴，怪不得不让人待见呢，临了又给我一刀，我可真服了你了。"

晴雯："哪有？谁让你说我喜欢宝玉不是一天两天了？我最后之所以要将内衣给宝玉穿，也是因王夫人给逼出来的。她不是说我勾引宝玉么？我就勾引给她看了，我还将衣服给她穿了，我也穿宝玉的，我就是喜欢宝玉，宝玉也喜欢我，我看她还能把我怎么样？"

平儿："呵呵，说实话了不是？唉，这种性子就是不会改呀，不然王夫人又何能把你逼走呢？"

紫娟："其实我觉得晴雯在王夫人的眼里，是'眉眼又有些像林妹妹'的一个人，而且晴雯不仅面貌精神像黛玉，更重要的是她的性格在追求解放与自由上同黛玉基本上是一致的。王夫人对于晴雯那样反感，连作为宝玉的一名丫头也不能容忍，那黛玉为什么不能成为她的儿媳妇，我也就不难理解了。"

不想这时晴雯却哭起来，抹着眼泪说道："你们快别说了，都是你们的话了，我这人就是快人快语，想什么就说什么，你们理解我么？我看只有宝玉理解我，早知会被王夫人诬陷，我还不如开始就跟宝玉好上呢！也不冤屈了我！"

大家听了都默然无语，平儿先开口对我说："快嘴啊，你看晴雯妹子，她可是被上面冤枉死的啊，鸳鸯妹子的自杀，不同样是被上面逼的么？我们都一样啊，所以觉得这人间有太多太多的不平，才要求提倡人人平等的噢。你可一定要说话算话，帮我们在社会上大力的宣传啊！"

快嘴："平儿姐，你们放心。我一定竭尽所能，将你们的心声告知天下人，让人人都力求人人平等，减少你们的悲酸……"

红楼众丫环访谈录

贾母访谈录

助夫兴家业，督子耀门庭；溺小多袒护，仁厚众人捧。
持家亦有道，守成自有功；大家闺秀女，福禄尽平生。

贾母出身侯门，一生可谓享尽富贵，她世事洞明，人情练达，是宁、荣两府辈分最高的长者。她又称史太君，贾府上下尊称之为老太太、老祖宗，是贾府的最高权威——太上皇。她是贾府这个庞大机构的核心人物，也是它的桥梁。众人争相地簇拥着她、拥戴她，使一个勾心斗角的大家族成为一个还算和睦的整体，荣、宁两大府邸以及大观园中的善与恶、爱与恨、灵秀之气与世俗之气皆通过这位老太太而相遇、相搏，最后定个胜负。

史老太君不简单

快嘴我今天再次走进昔日威风赫赫的荣国府，去探望这一直享受超级尊宠的史老太君！进了荣国府的大门，转过屏风，小小的三间厅房后便是正房大院。这正面的五间上房皆是雕梁画栋，两边是穿山游廊的厢房，挂着各色鹦鹉画眉等鸟雀，在旁边站着两个干净俊俏的女孩儿，正在拿着食物逗弄这些小宠物。

"喂，你好，请问你是干吗的？"一个先看见我的女孩子说。

"哇？你这人怎么没打个招呼就进来了？"另一个不客气地说。

快嘴："啊，失礼失礼，我叫快嘴，是特地来拜访史老太君的，麻烦两位小妹妹去通报一声。"

"哈哈，什么人那？说话半酸不文的。我可告诉你那史老太太正在睡午觉，你要打扰了她的瞌睡，她会不高兴，说不定还会将我们两个炒鱿鱼，你还是先回去吧。"一个女孩子说。

快嘴："哦，小妹妹，我来一趟也挺不容易的，怎么能回去呢。咦？对了，你们俩是谁？在'红楼'中怎么没见过你们呀？"

鹦鹉："嘿嘿，快嘴，若说你这人酸得迂腐吧，又怕你脸上挂不住。我是鹦鹉，她是琥珀，我们俩都是名不见真传的小丫头，你们这些看'红楼'的人都是专挑那些才貌俱佳的小姐或漂亮俊俏的丫头来瞧，哪会注意我们这样相貌平平的小人物呀，嘻嘻……"

快嘴："哦，原来你们是鹦鹉与琥珀姐姐呀，得罪得罪。现在老太太就由你们两人侍候吗，那专门侍奉老太太的大丫头——鸳鸯干吗去了？"

琥珀："嘿嘿，快嘴，这你就不知道了吧。这鸳鸯姐姐现在可是总经理大老板了，她由于侍奉老太太多年摸索出了一条丰富的服侍、瞻养老人的经验，就办了一个'高级小保姆培训中心'，从她这里调教出来的小保姆呀专门照料那些有钱人家的夫人或老头、老太太的。我们俩就是经常跟她在一起学了不少的经验，因此侍奉'老祖宗'她才比较放心。哎，快嘴，你来这里是干吗的，这些天听大观园的一些人说有一个做记者的老是采访她们，这人该不会是你吧？"

快嘴："嘿嘿，不瞒二位姐姐，正是本人。我今天来的目的就是要采访你们家'老太太'的，既然她在睡午觉，那咱们就先聊聊天吧，二位姐姐经常侍奉老太太一定知道很多关于她事。这'祖老宗'在家里能一呼百应、受众人拥戴，一定不是一个平庸的老人吧？"

鹦鹉："那是当然。快嘴，告诉你可不要小瞧了我家'老太太'，她并不是一个只知道恪守礼教的老人，她曾说起过自己当女孩子时的活泼劲儿不在湘云之下，与小姐妹玩耍时曾跌进池塘，到现在头上还留了个窝儿，那嘴巴上抹了蜜的凤辣子曾拍马屁说是因要'载福'，才跌的窝儿。在她当年轻媳妇时，治家理财的那股干练劲更是不在凤姐儿话下，她常以自己年轻时如何如何来教训凤辣子不要太骄傲等等。我想即使年代已久，老太太的话不免有几分夸张，但从她赞赏凤姐的语气可以得知，她不但懂得欣赏这种性格的人而自己更具有这种能力。再说她调教的那些丫头如晴雯、紫鹃、袭人、鸳鸯等，这几个人尖儿身上亦可以折射出

225

贾母访谈录

老太太自己的性格儿。"

快嘴："嗯，不错。我们都知道贾母是贾府地位最高的权威者，像座用金银珠宝雕塑的神像被供奉在大家族里。与她同辈的人物都相继去世后，她更被作为一个家族辉煌时代的象征而被尊奉了起来。在这个封建大宗族里，我想她也得掩藏起自己年轻时的性格儿，不得不循规蹈矩地在纲常礼教的体制束缚下，行使着她有限的'权威'。这个'老祖宗'有一副老祖母的慈软心肠，她总是不断地在周围制造着欢愉的笑声与轻松的气氛，显得无比的快乐与幸福，我想在她的内心深处，可能比任何人都更清楚围绕在她身边的每一个人与发生的每一件事对吧？"

琥珀："对，快嘴。老太太的内心明白如镜子，直至到死都毫不糊涂。对于荣、宁二府命运的悲剧她心知肚明，对于大观园人与人关系的角角落落也了如指掌，谁也瞒不过这位老太君。她所做的一切都是在维持和支撑这摇摇欲坠的大厦……她对大观园众人命运的体恤，包括对刘姥姥那样的乡下村妇也无例外。那凤姐无疑是钗裙中的伟丈夫，可老太太则要比她强上百倍。她比凤辣子有着更辉煌的人生经历、更广阔的见识及丰富的理家经验。"

快嘴："哦，是吗？这老太太可真不简单。"

鹦鹉："那当然了。那凤辣子充其量不过是她理家的一个方面的缩影，其实她喜欢和重用王熙凤也没有什么大错，凤姐虽然贪婪但也确实能干，老太太早就看出了她的'辣'，且直言不讳。但是她更明白，比起邢夫人和王夫人来，凤辣子不仅更善解人意，而且更明白事理。"

快嘴："唉，是呀。在荣国府内，这位被儿孙们像祖宗牌位一样供起来的老太太不靠八面玲珑的凤姐，还能依靠谁呢？"

溺爱的教育之错

贾母："琥珀……鹦鹉……快来扶我一把，哼，两个鬼丫头又在跟谁揭我的短处呢？"

琥珀、鹦鹉："嗳……老祖宗您醒了？我们这就来。"

这琥珀与鹦鹉快步走进屋去，片刻就搀扶着一位鬓发如银、面容慈祥的老人家走了出来。

快嘴："老祖宗好，老祖宗贵体金安。"我急忙走向前给老太太问好。

贾母："哦？罢了罢了。你是……"

鹦鹉："哎，老祖宗呀，我来给您介绍。他是个做记者的，今天特来拜访您，您直呼他快嘴就行。"

快嘴："是呀，老祖宗。我就是专程来拜访您的，知您睡着了，就没敢打扰，故而就与两位姐姐闲聊了几句，请您老海涵。"

贾母："呵呵，还挺斯文的。你叫快嘴是吧？小伙子不用拘束，我这把年纪了，什么事没见过？想知道什么尽管问就是了。"

快嘴："老祖宗啊，一看就知道您是一个面善的人。我想您与大多数的老人一样有个鲜明的特征，就是特别特别的疼爱自己的后辈孙子，特别是对宝、黛二人更是视如掌上明珠、心上花，像'命根子'似的百般疼爱，对吗？"

贾母："嗨，可不是咋的，快嘴。林丫头刚进府时，我看见她那凄凄可怜的样子就一阵心酸，就搂着她'心肝儿肉'叫着大哭起来，想起来她母亲我难受，那是我最疼爱的女儿啊，现在剩下个丫头无依无靠，我是恨不得将天下所有的欢乐与幸福都送给她啊！你快别说这个事儿了，想起来我就难受得不行啊！"

快嘴："啊，好的，不说不说了，那咱们聊聊宝玉吧！您对宝二哥也是相当疼爱的，可以说他正是在您的呵护下成长的啊！"

贾母："宝玉那气死人的'小魔头'啊，我对他那是含在嘴里怕热着、捧在手里怕摔着，不知道怎样的疼他、爱他、娇惯他才好。对于他的任何愿望我都尽量满足，哪怕是天上的月亮也恨不得给他摘下来。唉，这个小冤孽真是让我操透了心呀。"

快嘴："哎，老祖宗您算是天下最慈爱的祖母了。"

鹦鹉："当然啦，老祖宗就是这样的人。宝玉的房里如果打碎一个茶杯什么的，稍有点儿动静，老祖宗就会不放心的立即过去看看。宝、黛二人虽说两小无猜却经常拌嘴、闹红脸，老祖宗总是亲自去调解、为他们讲合。若是谁得罪了宝玉哥或者侍候不周就要受到责骂，特别是在宝玉哥挨打、丢玉以及琏二奶奶为魔魔法所害时闹得家凶宅乱，天翻地覆，老祖宗那心疼与焦急的样儿恨不得跟他去了方才安心啊。"

快嘴："哟？老祖宗你如此的溺爱宝二哥，是不是觉得他特别的讨人喜爱？"

贾母："嗨，那是自然。我之所以如此的娇惯他，除了隔代亲的心态外，也是因为他'可人意儿'，'那通身的气魄'很像他爷爷，还有他那副聪明灵秀的模样，打小就不是个一般的孩子，我以为继承祖业非他莫属，唉，谁想到……"

琥珀："嗨，老祖宗，说句不好听的，您别生气。正由于您对宝玉的那种特别的溺爱和维护，在客观上阻挡了贾政老爷逼宝玉走上仕途之路的。您这样认为吗？"

贾母："现在想来觉得是这样的，养孩子需要让他经受挫折，让他有积极向上的拼博精神，不但是宝玉，我贾府之中没有几个成材的人，不能不说与我教育孩子的方法有很大关系。"

快嘴："嗯，我也觉得这是有一定关系的，但是做为女人，有母亲或祖母的身份，大都是十分疼爱孩子的，不过您的爱的确是有些过度的，像贾政那次教训宝玉，本来应该有效果了的，结果被您一管，宝玉觉得一下又找到了个避风港，于是效果一下又没了，所以宝玉一点也不知道上进。"

贾母："是的，像当时我那样心疼孩子，的确是起了反作用的，他的无能和不求上进，我是得负主要责任的，再者还有黛玉，这丫头的小性子，也是与我有关系的，是我没有好好开导她啊！"

关于宝玉的婚姻，选钗还是选黛？

快嘴："嗯，是这样，那么在宝玉的婚姻安排上，您是如何考虑的呢？是倾向于黛玉，还是倾向于宝钗呢？"

贾母："在这件事上，我也是犹豫过的，我倾向于黛玉，原先是有私心的，因为她毕竟是我的外孙女，一个人无依无靠地在这里，她舅舅没时间照顾她，她舅妈又不喜欢她，我走了之后，最牵挂的就是她啊，看她和宝玉要好，那么让他俩结为夫妇，是再好不过的选择了。但黛玉的性格，我也为她担心，她不是个能持家的女人，让她操持家里，是断不如宝钗好的，而且她又不为府中的上下人等所喜欢，若是硬让她成为宝玉的妻子，那么势必会遭到大家的共同反对，而宝钗若成为宝玉的妻子，那么所有的人都会很喜欢，特别是我那媳妇王夫人，所以我也犹豫了，把宝玉妻子的对象转向了宝钗。"

快嘴："噢，这么说，您是很同意宝玉娶宝钗的么？"

贾母："是的，我一度觉得宝钗更合适，于是艰难选择了宝钗，但后来一想，黛玉又如何安排呢？这是犯愁的一个地方，还有更重要的一点就是，宝玉是喜欢黛玉的，却不喜欢宝钗，这才是关键所在。如果硬让宝玉娶宝钗，那么他心里是绝不会同意的，这会造成什么后果，宝玉又是个很讨厌世俗的人，他很可能会以自己的方式来反对的，最可能的方式就是逃避。引进来的结局也说明了这一点。我在想到这里时，又觉得选黛玉好了，所以后来我表现得很想让黛玉跟宝玉成亲，这样两个人都欢喜，即便黛玉不会持家，也比让宝玉娶自己不喜欢的宝钗强，说不定

229

两人结婚后，迫于生活的需要，宝玉会转向经济之途，这样两人的生活起码是正常的，是可持续发展的，呵呵！"

快嘴："哦，这么说来，您考虑的可真是长远啊！可惜，他们都不懂您的苦心，让宝钗错嫁了宝玉，直接导致黛玉伤心而死，真是可惜可怜可叹啊！"

说到这里，老太太抹起眼泪来，鹦鹉便说道："快嘴，你快别说了，老太太就不能想这些事，一想就哭，你还问这做什么啊？要聊就聊别的话题吧！"

聪明地享受生活

快嘴："是啊，都怪我，老太太，咱们换个话题不说这个了，咱聊高兴的，就聊聊您老自己吧。"

这时琥珀接嘴说："快嘴啊，若说我们家这位老祖宗可是个会享清福、会逗乐的人。她曾对刘姥姥说'不过嚼得动的吃两口，睡一觉；闷了时，和这些孙子孙女们玩笑一会就完了'。那些个年轻人欢聚时，她总在场；她出现在哪里，哪里就有欢声笑语。我们的这位老祖宗可不像别人，年纪过高就显得平庸、痴呆的，不讨人喜欢。她不但越老越精神，而且人又聪明风趣。"

快嘴："哦，是吗？老祖宗您可是会享儿孙福啊。"

贾母："快嘴啊，人老了讨人嫌是难免的，但我尽量避免这方面的冲突。那天我给他们那些年轻人儿讲了个'十个媳妇'的笑话儿，差点儿使那些个姑娘们笑破肚皮儿，并且我还能与她们玩'对景儿'，跟她们一起消遣、行乐，总算没有让人过于厌烦我这个老不死的。呵呵……"

鹦鹉："是的，老太太可是个精明的人。在一般情况下，都确实显得慈祥和善，而且'惜老怜贫'的。对从乡下来的刘姥姥从没有摆出过'老太君'的威势，却显得十分的平易近人，和蔼可亲。虽说已在养老、享清福、不理家事，但却是府里的'至高神'，什么大小事都要'请老太太的示下'辨明是非，'老太太说的'就是府里的'圣旨'，总而言之，公平而论，我们家老祖宗是一个让人喜欢的老人。"

最喜欢哪些丫头小姐

快嘴："嗯，不错，老祖宗的确是一位令人喜欢的老人。但是老祖宗，不知府里的那些丫头、小姐您最喜欢的是谁?"

贾母："哟，快嘴，这让我怎么说呢，她们个个都讨人喜欢。但若从审美观点来说，最令我欣赏的却是凤姐儿、宝琴以及晴雯。我喜欢凤姐儿的机灵风趣，晴雯的灵巧美丽，宝琴的出类拔萃。但从她们三人身上，都隐含着黛玉的影子。宝钗的淑慧端庄我喜欢，但心里更偏爱凤姐，而黛玉是那种口角犀利、有棱有角的性格类型。还有整日陪侍在我身边的大丫头鸳鸯以及晴雯，她们都不是好惹的主儿，都是那种敢笑敢骂、锋芒毕露的女孩儿。这些女孩儿我都喜欢。"

快嘴："哦，老祖宗您不愧是府里的'老祖宗'，看人的眼光及欣赏能力果然不同于常人。您看重的这几个女孩也果然不同寻常，她们个个令大家怜爱倍至。咦? 对了，还有袭人呢? 这花袭人那么的美丽贤慧您不喜欢吗?"

鹦鹉："嗨，快嘴，什么'美丽贤慧'? 你以为'贤慧'就让人喜欢了? 我记得有一回里老祖宗曾对王夫人说：'但晴雯那丫头，我看她甚好，怎么就这样起来? 我的意思，这些丫头们那模样儿言谈针线多不及她，将来只她还可以给宝玉使唤得'。但是，王夫人却挑中了袭人，而老太太则认为'我只说她是没嘴的葫芦'，并不是不喜爱她的。"

琥珀："喂，快嘴，俗话说听话要听音。你知道吗，这晴雯折射着黛

231

玉的‘影子’，老太太挑中晴雯‘给宝玉’，正暗伏她挑中黛玉与宝玉相配。她虽然也赞赏宝钗的稳重平和，可宝钗显然非她喜爱的类型，而‘贤慧’的袭人却隐匿着宝钗的形象。当她看了宝钗房里朴素的陈设，就连连摇头，说‘使不得。年轻的姑娘们，房里这样素净，也忌讳……’而小小年纪就学着一副‘罕言寡语，藏愚守拙’的处世态度，反倒失去了女儿天真未凿的个性。”

快嘴："哦，说的不错，老祖宗犹如一架透视镜，对什么人都洞察的清楚明白。"

贾母："呵呵……快嘴你不用褒奖我，你们说的这些女孩儿我不否认，但最让我心仪与喜欢的其实是宝琴。正如三丫头所说‘老太太喜欢的无可不可，逼着太太认了干女儿’。这且不说我又是把连宝玉都舍不得给的‘凫靥裘’给了她，又特地让琥珀传话叮嘱宝钗‘不要管紧了琴姑娘，她还小呢，让她爱怎么样就怎么样’。"

琥珀："对，不错快嘴，老祖宗当时就这样吩咐的。但这样的话，对号称温柔大度的宝钗来说简直是个侮辱。还有老太太还毫不掩饰、明晃晃地向薛姨妈打听宝琴的婚姻状况，直到得知她已有了人家，才悻悻作罢。她对宝琴的这份疼爱，终于弄到连沉稳若死人的宝钗都沉不住气了，酸溜溜地对宝琴道‘我就不信我哪些儿不如你’。"

鹦鹉："你要知道，快嘴。这宝琴姑娘亦非是个有‘停机德’的女孩子，她从小四处游历，‘天下十停走过六七停’，甚至于同外国人打过交道，年轻心热、爱开玩笑、说话直率，且诗才超凡，十首怀古诗让人惊为巨眼美人。相比之下，宝琴的洒脱性格应接近于黛玉及湘云，而远离宝钗。快嘴，由此你可以看出老太太真正喜欢的女孩子是什么样的了吧。"

快嘴："啧啧，老祖宗果然有独到的眼光。这宝琴姑娘果然美艳无双，倚梅立雪，令人爱慕不已。但为什么宝琴一来您就忙着为她提亲？我想大概是因为这宝琴姑娘的‘年轻心热，本性聪敏，自幼读书识字’，俨然一稚年的黛玉吧？况宝琴一来，就与黛玉亲敬异常，俩人像亲姊妹一般。看来您还真有这意思啊？"

贾母："呵呵，快嘴，你说的还真不错，当时的确藏有那样的心思，怎奈宝琴与梅家定婚了，不然我还真想让她嫁到我们家来呢，呵呵。"

快嘴："哈，好花谁都想移到自己家里看啊！呵呵！宝琴的好，不止是您自己觉得，府里谁又不喜欢呢？更有很多读者和红学家认为宝琴是整部红楼梦中最完美的女性，怎能不让人动心呵。"

贾母："唉，若仔细想来，这样的女孩子，我贾府之中，竟是没有人能配得上的，所以后来我也不再想了。"

品人生，论是非

快嘴："呵呵，那咱们再换个话题，您是府里辈份及年龄都最大的人了，您的权力在贾府也是至高无上的，您也很希望自己这个家族能发展得越来越好，但事情的发展却并没有按照您的意愿进行，您和您的孩子都能够把自己的意志强加于人，以压抑和剥夺他人性情的方式展示自己的生命快乐，但最终往往会使矛盾恶化，形成不可避免的冲突或悲剧。您对此有什么反思吗？"

贾母："唉，以前我总以为这就是命运，以至到死也没有解开这个结。就像一百零八回'强欢笑蘅芜庆生辰 死缠绵潇湘闻鬼哭'中，我让鸳鸯掷骰子凑乐，鸳鸯依命便掷了两个二、一个五，还有一个骰子在盆中打转，鸳鸯大叫'不要五'！但是那骰子偏偏转出个五来。难道这是必然吗？其实不是，这是偶然的，但在这偶然之中，是骰子在转动之中，随着这样那样的晃动，使得他必然会显示成一个五来，所以很多事情的结果，其实也是种种因素相互作用，产生的必然结果。只是人在当初没有看到啊，所以有些事情就不可避免。"

鹦鹉："哼，老祖宗呀，我说几句话您可别生气呀。像您与王夫人、贾政以及贾珍老爷等，不管在任何时候你们都用旧生活旧习惯支配着自己，更支配着别人。你们总是真诚地相信自己是道德与秩序的化身，是给人间带来善和福祉的使者。殊不知这根本就是一种罪恶，你们会曾经因扑杀一只苍蝇而大动慈悲之心，却不知自己的一个意念便可以给人间平添许多的眼泪和血渍。"

贾母："快嘴啊，我当初是糊涂啊。其实我的晚年是很昏庸的，可以说是一个绝对利己的享乐主义者，只知道要用幸福与快乐来打发自己的余荫。以至于我的儿孙都成了淫棍、赌徒，但我还是乐得其所，只要他们不来搅扰我的享乐，我就不加干涉。我晚年生活需要的是开心、享乐和团圆，尤其需要宝玉常伴随在身边。那时，宝玉的任何不虞都将破坏我晚年的安宁，因此我就将自己的喜好强加给他，就这样一步步形成了最后的惨痛！我真是后悔莫及啊！"

快嘴："哎，老祖宗这些责任不全在你。这一惨痛的教训反映了在专制的文化格局中，讲性情和不讲性情并非是个人意愿，而是与权力息息相关的。一个人有多大的权力，就有多大表现自己性情的空间。处于生活底层，没有权力的人，自然只能唯唯诺诺，用牺牲自己本性的方式来获取生存空间。当然，也有不顾权力压制而坚持和表现自己性情的人，但这不可避免地要付出人生甚至生命的代价。比如黛玉、晴雯以及宝玉等很多人，这是那个时代的牺牲品，这并不是一些人或一股力量所能改变的。"

贾母："唉，快嘴，还是你们这些现代人思想开阔，对什么事都认识的十分透彻。你要是早一些给老祖宗我讲讲这些道理，我也不会成为众人讨厌的老太婆了么。"

快嘴："呵呵，其实您本身就是一个开明的老人家，也是通情达理、慈祥可亲，让您的儿孙们从您身边获得了很多的快乐与幸福，您也是很了不起的了。"

贾母："哦？这么说我还真不是没用的人了，得谢谢你了快嘴！"

快嘴："您其实是府里最有用的人呢，他们可都离不了你啊，好了，我都打扰您半天了，您也该休息会了吧！我就告辞了，您老就安心的养精神吧。愿您老福如东海，寿比南山！"

贾母："那你走好啊，快嘴，有时间别忘了常来看看我。哎，鹦鹉、琥珀你们俩去送送快嘴先生。"

贾政访谈录

自幼喜读书，长辈掌上珠；仕途经济道，坎坷曲折路；严格教爱子，清廉做官务；闲来爱弄文，吟诗又作赋；虽是假正经，却为顶梁柱！

在《红楼梦》中，二老爷贾政也是一个重要人物，有人说"贾政即假正——假正经也"。其实这位贾政老爷实际形象是一位真正的"正人君子"，一位忠实的正统主义的信奉者和卫道士！若说起他在故事中的重要性，其实并不在于他自身的价值，而在于他是贾宝玉的父亲，是以贾宝玉的对立形象而出现的人物。如果没有与宝玉的矛盾关系，贾政这个人物就会极平淡和微不足道。如果我们想看清这一人物的形象，就必须紧紧抓住他与宝玉的种种矛盾冲突进行跟踪追查。

这次我又来到贾府，进了一条大甬路，直至走出一个大门，在东边拐了一个弯便走向一座东西穿堂的南大厅之后。就看到仪门内有五间大正房，两边是厢房鹿顶、耳门穿山，四通八达的轩昂而壮丽。再往里走，抬头看到正房的赤金九龙青地大匾，这匾上写着斗大的三个字："荣禧堂"，金光闪闪、光彩夺目。

正人君子的典型

贾政："喂？这位小哥，眼睛瞪的像铜铃似的，有什么好瞧的？"

快嘴："哦？我正在看这'荣禧堂'三个字，这么苍劲有力，可不是不一般人的墨迹所能为啊。"

贾政："哦？算你有眼光，要知道这可是御赐的金匾啊！小哥是干吗的？来我这荣国府作甚？"

快嘴："我是个记者，做采访的。敢问您老是……"

贾政："我是宝玉的父亲。你就是在我们贾家采访了多日的那个快嘴吧?"

我看这老头儿一副正儿八经的严肃样儿,吓得赶紧回答说:"啊哈?正是在下!"

贾政："我可告诉你啊快嘴,你虽然知道了府中的许多秘密,但到外边可不能信口开河、胡说八道啊。"

快嘴："快嘴一定谨记您的话,其实我最讨厌的就是胡说八道,我会该说的就说,不该说的只字不提。"

贾政："哼……快嘴!看你还满老实的,其实都这么多年过去了,什么光彩的事、不光彩的事也都成老皇历了!"

快嘴："哦!是吗?其实您也是一位很不错的人啊!在《红楼梦》中,您是一位真正的正人君子,您时时处处都严格按照当时礼教的步伐,不越雷池一步。在您的身上我们看不到贾赦、贾珍、贾琏等的恶德恶行,您的崇高责任就是孝亲忠君;您的最高理想就是光耀门庭、建功立业,可以说,您是当时一位难得的忠臣孝子啊!"

贾政："噢!快嘴,你不用故意奉承我!有时我自己都觉得某些行为与思想都过于僵化和迂腐,在我的人生中交织着各种矛盾和一些脱轨的生活,我把那些僵死的封建教条用于活生生的现实生活中,但对那些教条越坚信越虔诚,执行得越坚决,就越让那些个年轻晚辈们觉得可怕或遥不可及。"

快嘴："哦,是吗?我记得您在拜见自己的女儿元妃时,却是什么'至帘丼问安行参'。当时元妃曾向您说道:'田舍之家,虽齑盐布帛,得遂天伦之乐;今虽富贵,骨肉分离,终无意趣'。"

贾政："是啊。当时我含泪启道'臣草介寒汀,鸠群鸦属之中,岂意襁征凤鸾之瑞?今贵人上锡天恩,下昭祖德,此皆山川日月之精奇,祖宗之远德,钟于一人,幸及政夫妇……'唉,现在想起来,这情形既可怜又可笑,父亲跪在女儿的面前,背着一篇不伦不类的'绝妙奏文',置亲情于一边不顾,不是显得极端虚伪吗?然而,当时在我看来这样做是天经地义的,完全遵循了先圣的遗训:下敬上,臣尊君;输诚布忠,肝脑涂地，才是为臣之道啊。"

望子成龙，才要严管宝玉

快嘴："是啊。您可是一个忠诚地信奉封建礼教的人，一个很有规矩的正人君子。您不仅自己做一个封建正统的信奉者和卫道士，还决心要把自己的儿子也培养成像自己一模一样的人，对吧？"

贾政："唉，不错。我与天下的所有父母一样，迫切地'望子成龙'。在宝玉还是幼儿的时候，就曾用'抓周'的办法试探儿子将来有什么样的志趣。然而'抓周'的结果却使我大失所望，宝玉这孩子不抓笔砚书籍，偏偏抓些脂粉钗环。我一看就不高兴了，哀叹这孩子'将来不过酒色之徒，不足爱惜'。这也是后来我常常抱恨他不争气的第一原由。不过，这毕竟是小儿之戏，但我对宝玉那'望子成龙'的决心却有增无减。"

快嘴："哦，是吗！那您是怎样教育他的呢？"

贾政："唉，说起来这个冤孽可真是气人。打小时起我就给他规定了一条'走仕途经济'之路，让他习读四书五经、悟读圣人之道，而他却最烦这些，认为这些都是沽名钓誉的'敲门砖'，不屑为之。却喜欢看什么闲杂的《西厢记》、《牡丹亭》等，还说那是性灵之书。我希望他能读一些有用的书将来好科举做官，而他最讨厌那些峨冠博带的家伙，甚至骂他们是'国贼禄鬼'，我企盼他将来能继承家业，光宗耀祖，而这个冤孽却厌透了这个家，唉，真令我对他彻底绝望……"

快嘴："哦？这么说你们父子是针锋相对、冰炭难容了？"

贾政："对！由于长期的怨恨积累，加之金钏之死、忠王府告发藏匿琪官和贾环进谗等等事件，终于将我对他平时容忍的限度逼到了极点，于是我狠狠地将他毒打了一顿。这次打他不同往常，是'板子下得又狠又快'打得他遍体鳞伤，没有一块好地方。"

快嘴："嗯，这回您是下了狠手要教训他的，听说您还声言要用绳子勒死他，以'结果他的狗命'，这是真的吗？还有人认为您对宝玉从来没有父爱，没有骨肉之情，你们之间只有你死我活的斗争。您认为这样的说法对你公道吗？"

贾政："唉，嘴长在他们身上，随他们怎么说去吧。不过若从故事的意义上分析，我与宝玉父子之间的矛盾冲突，其实就是希望他能成为有用之材，如果硬说我对自己的儿子没有父子之爱与骨肉亲情，那可真是荒诞呀。"

快嘴："对，我记得您在打了宝玉之后，曾对母亲说，这是为了'宝玉好'，这句话就体现了您对他'恨铁不成钢'的心情。实事求是地说，您是爱宝玉的，在他的身上寄托着您最大的希望。那种严格的教训对您看来是一种爱的方式，也是一种爱的表现，对吗？"

贾政："不错。这正是我望子成龙心切啊。虽然对他处处严格要求，以一种严父的姿态来对待他，但毕竟是为他好。唉，没想到却是拔苗助长，事与愿违。"

教育方法需反思

快嘴："是的，做为父亲您是爱他的，但您这种爱的动机和爱的方式却大有问题。虽然在心里是'爱'，却没有起到'爱'的作用，反而使他幼小的身心受到伤害。我说得对吧？"

贾政："我所认为的对孩子的教育方式，就是严加管教，因为小孩子多有这样那样的不正当的想法，他的目的只是为了图个好玩，却并不求自己这一生要干些什么正当的事。宝玉就是这样，当我看到自己对他的教育完全失败时，心里生起了一种忿怒，意识到宝玉再如此发展下去，说不定会荒唐什么样呢，这对我来说是不能姑息的！"

快嘴："是的，接二连三的一些有关宝玉的不良行为，使您对宝玉'错以淫魔色鬼看待了'。您觉得他不务正业，专在女孩子身上用功夫。抓周时他只取了脂粉钗环您便认为'将来酒色之徒耳'！为琪官和金钏的事您盛怒之下把宝玉毒打了一顿。而琪官之事得罪了忠顺王府，显然可能'累及爹娘'；而金钏之事'若外人知道，祖宗颜面何在'。在您看来此子已是'不肖'至极，甚至有可能会'弑君杀父'，因而必须好好教训，对吧？"

贾政："可不是咋的？那个冤孽压根就不服输，不但不服输，反而激起了他反抗到底、斗争到底的决心。他挨打后曾劝黛玉说'就是为这些人死了，我也心甘情愿'！此后他不仅依然我行我素，反而更加的变本加厉，直至与我及家族彻底决裂。唉，我可真是后悔莫及呀！我的一生活得都不痛快，在精神上那么忧郁和空虚。哎，快嘴，你可一定要告诫天下的父母不要像我那样教育孩子啊！不要再出现这种可怕的前车之鉴啊！"

快嘴："嗯，我一定记住您的话。如果说您与宝玉之间的父子斗争，确实体现了两代人之间那看不见的鸿沟，那么它不仅是思想与精神的鸿沟，而是顽固势力与新生代的鸿沟，它是时代的问题也是社会的问题，我想这个问题应该由大家去讨论。"

贾政："对对，你说的对，快嘴。哦？还有别的事吗？"

快嘴："没有了。不好意思，打扰您这么长时间，您一定有很多事要忙吧？我也该告辞了。"

威严，却也可怜

辞别了贾政，我突然觉得他是一个可怜的人，与他谈话这么长时间竟连一丝笑容都没有。在贾母面前他是儿子，也要承欢取乐。有一次，他好像为了取悦母亲说过一个笑话，是个裹脚布的故事，不但没有带给人愉快反而让人感到特别恶心。还有一次，他出了一个谜语，就把这个谜底悄悄地告诉了宝玉，然后让宝玉告诉老祖宗，让老祖宗猜着，真是一点趣味也没有。

他给人的个性特点总是一身威严，很少看见他的笑脸。宝玉见了他"像避猫鼠扎"，小厮们见了他，逼手肃立。某一场合本来有说有笑热闹非常，只要他一到立刻鸦雀无声，死气沉沉。有一次，竟让贾母"撵他出去休息"。此人既无才干，又无政绩。只见他每日应卯上班，回到家里向贾母晨昏请安，与王夫人说说家常，再就是听赵姨娘的谗言，或听清客们的阿谀奉承。但他在当时的社会地位却不是一个贪官，只是一个书卷气、不懂"贪"官场运作手段的世袭官僚。他要见自己的女儿须得垂着一幅帘子，跪下来向贵妃娘娘请安。咱们想想那时的人类关系在那种封建制度下，到了什么程度！

这样的老迂腐、老顽固，但凡有点性灵的年轻人谁愿意和他们常相对呢？因此他只有摆足架子，皱着眉头，自己踱方步了。不过还好，经过这二百多年来的时间洗礼和时代思想的同化，他已经开始觉悟了……

贾赦、邢夫人访谈录

纸醉金迷生活，吃喝嫖赌日子，于家貌合神离，于外不屑世人，玩遍美貌女子，糟蹋民脂民膏，老婆不敢言否，事事均成帮凶，结交奸人雨村，终致引火烧身。

我告辞了贾政，来到贾府的别院，就是贾家的长子——贾赦的府邸。这位贾大爷倒是一位耽于红尘而没有内心矛盾的人。他因是长子袭了官，但我们却没有见过他上过一次班、办过一件公事，也没见过他理过家事。他一天到晚呆在家里，除了与他的那位昏聩、愚蠢而又刚愎自用的太太——邢夫人对晤外，就是整天的厮混在他的那一群姬妾之中。

咱们既然说到了这大老爷贾赦，便不能不说到他的太太——邢夫人。倒不是因为嫁鸡随鸡、嫁狗随狗的缘故才提到她，更不是因为她姓"邢"而"形同虚设"，其实这邢夫人实是"形为神之役"，仿佛其理。此佛隐身洞府、躲在阴暗的角落里窥测方向。一遇风吹草动，便仗剑施法念念有词，煽阴风、点鬼火、付诸于"行动"，是她丈夫名副其实的马前卒。老公不便公开说的话，老婆说；老公不便出面干的事，老婆干；用文明词儿叫做夫唱妇随，但到了邢夫人这儿便是夫唱妇"舞"了。

快嘴："有人吗？贾大爷在家吗？"

贾赦："在家呢，什么人找我？"

快嘴："我叫快嘴，是做记者的。"

邢夫人："什么做记者的，我们这儿没有你要采访的人。"

快嘴："哦呵，看您就是大太太邢夫人喽，这些天我采访了咱们贾府好些人，他们都有一肚子的委屈与辛酸向我诉说，难道您老没有吗？那么想必您老人家一定是事事顺心、天天快乐的富太太了？"

与贾母的较量

邢夫人："我呸，你是哪家的孩子这么说话？实话告诉你，我这老婆子就差这一口窝囊气没给他们气死了。我可告诉你，在这个家里以及整个大贾府中就数我活的最委屈、最不值了，我知道你们这些后人小辈们都贬我、瞧不起我，但我有什么办法？老太太那么'偏心'，把什么家当都交给老二家的，哼，想起来那个糊涂的老太婆我就有气。"

快嘴："哦呵，好啊，那不妨在我面前倒倒这些气啊！贾大老爷呢？是不是也有话要倒一倒啊？"

贾赦："哼，不错。世人皆认为我是游手好闲、不问正事、整日沉湎于淫乐的老色鬼。我是有一大群姬妾，我整日与她们纵酒狂欢。但不这样混日子又能怎样？别以为我是贾家的长子，又袭了官，但这屁大的官一点儿用没有，偌大的荣国府没有我的份，还被赶进了这小别院，这些你们世人有谁明白？我不理家事，并非我不想管，而是我那糊涂的老娘不给这个权。老太太特偏心，她心里压根就瞧不上我这个儿子，她钟爱的是老二一家子，并把我们整个荣国府的一切特权都交给了他们。同样是儿子，而且我还是长子，竟受到如此待遇，这不是明摆着欺负人吗？哎，快嘴，叫你说气人不气人？"

快嘴："哦？真是公说公有理、婆说婆有理，这么一说你们还真是憋屈。为此您就愤愤不平，曾借说笑话的机会讽刺老太太偏心，并说要给老娘扎一针治治她的'偏心病'，对吗？"

贾赦："不错，我不否认有此事。这样的事必需得选个适当的机会，正好到了中秋节家宴，合家团圆乐叙天伦之际，我破釜沉舟先讲个谑而且虐的父母偏心要用钢针刺的笑话，矛头直指老太太。接着我又故意事

245

先不与包括贾环在内的任何爷们打招呼，便拍着贾环的头大声的宣布：'想来咱们这样人家，原不比寒窗萤火；只要读些书，比人略明白些，可以做得官时，就跑不了一个官儿。何必多费了功夫，反弄出书呆子？所以我爱他这些诗，竟不失咱们侯门气概……以后就这样做去，这世爵的前程就跑不了你袭了'。"

邢夫人："哈哈，可不是咋地，浑老头子这一招可把那些人给'将'到了极点。尤其是将老二搞得手足无措、语不成言，还有他的老婆王夫人，一向高傲得尾巴能翘上天的她，当时坐在那里显得唯唯喏喏的。尤其是我们的老太太又羞又窘、恼羞成怒的半天缓不过气儿，最后气得颤巍巍地说：'你们去吧'！把这些家伙搞得意兴全无，着实让人出了一口恶气。"

快嘴："是吗？呵呵，我想贾公决非多灌了几口烈酒而后口吐狂言，这肯定是你们蓄谋已久、待机而发吧？试想袭着一等将军世职、钦定荣府法人代表身份，要立贾环，黜宝玉，造老娘的反，夺老二的权，真可谓是一箭双雕的好办法啊。叫我说贾公您这是将复辟的愿望变成复辟的行动了，呵呵。"

贾赦："哈哈，我贾赦是谁，依赖'天恩祖德'居了高官，本以为可以风光一世，不想事与愿违，本老爷我也只有'言必行，行必果'的办自己的事了。"

"鸳鸯事件" 与 "绣春囊事件"

邢夫人："可不是吗？这个老东西就接二连三的策划了'鸳鸯事件'与'绣春囊事件'。这下可他娘的将老身给害苦了，不由自主的充当了他的枪头子。他指到哪里，我便为他打到那里，可以说是召之即来、来之能战，而战之是否能胜，则他娘的自当别论。我的这种行为就是：忠心耿耿为夫君——榆木脑袋认死理——撞不倒南墙不回头。按说我也算得上一位有鼻子有眼的人物，却为他捞了个混老太婆的名声。别的不说，就说那次的'鸳鸯事件'就够别人对我指指点点一辈子的了。"

快嘴："是吗？呵呵，根据府里祖宗定下的'姨娘文化'——儿子讨亲娘的丫头做小老婆，天经地义，按说大老爷要吃'鸳鸯肉'也合礼合法的。而贾公您又当着世袭一等将军那么大的官儿，讨白发老母身边一个丫头做小老婆，更是不得说了，怎么弄砸了呢？"

邢夫人："既然这老东西要讨鸳鸯来做小老婆，那我这老太婆也只好舍下脸皮为她去讨了。于是我奉了夫君之命，摇摇晃晃的到儿媳妇——凤姐那边吹风并征求意见，走一走群众路线的形式。哪知，凤丫头竟敢对我说'老太太离了鸳鸯，饭也吃不下去'，这饭吃不下便活不成了。还夸大其词的说她老公爹这样做异想天开'吃鸳鸯肉'，说什么是'拿草棍儿戳老虎的鼻眼儿'。哼，我早就知道这个鬼丫头是个吃里扒外的辣货，狗嘴吐不出象牙来。你越说老虎鼻眼儿戳不得，老娘是吃了秤砣——铁了心，偏要去戳！于是我亲自找鸳鸯谈话，晓以利、动以情，做了大量的思想工作，把个金鸳鸯感动得无话可说。就只差点头、下跪、感激涕零了，当然她是大姑娘家家的害羞心重，难以启口。我又决定命金家嫂子去点说，相信定必一拍即合，于是我稳坐在儿媳房里的'钓鱼台'上等回话。谁知，他娘的……"

快嘴："谁知竟然是'尴尬人难免尴尬事'对吗？没想到竟碰了一鼻子灰。那接着便是大老爷不得不亲自动手去'戳老虎鼻眼了'，是吧？"

贾赦："没想到老太太顽固不化，得知后竟气得浑身发抖，还说'我通共剩了这么一个可靠的人，他们还要来算计'！因见王夫人在旁，便向王夫人道'你们原来都是哄我的！外头孝敬，暗地里盘算我。有好东西也来要，有好人也要，剩了这么个毛丫头，见我待她好了，你们自然气不过，弄开了她，好摆弄我'！老太太不答应，于是我就声言'我要她不来，以后谁敢收她……叫她仔细想想，凭她嫁到了谁家，也难出我的手心'。嘿嘿，那个小丫头片子到底硬是没敢嫁人。"

快嘴："哎，我觉得这件事你做得非常不对，自己既然得不到人家了，那么就由她去呗，却又放出这种话来，这不是把人家往死路上逼么？后来鸳鸯上吊自杀，难道不是被你逼死的么？"

贾赦："嗯，当时也是一时之气才这样说的，不然我这老脸往哪儿搁，唉！丢人丢大了，不过这丫头看似温柔，性子倒是挺烈的，竟然自己寻死了，好可惜啊！"

快嘴："我想这次'鸳鸯事件'是您对老太太第一次正面公开的挑战，对吧？您意图架空老娘，反攻倒算，夺回失去的天堂。您的意图正如老太太所言'把我身边这一个可靠的人儿弄开，好摆布我'。其战略决策实在英明，不愧将门之后呀。"

贾赦："嘿嘿，承蒙夸奖。不过请您设身处地为我想想：莫名其妙地被赶出权力中枢的荣府大院，如太甲'放之桐宫'，住到这巴掌大的小别院。是非曲直，姑置勿论。哪想到，他们为修筑大观园竟把这小院的花木树石全划过去，遂令小院更小，七零八落，看着就让人窝心；与其这样被人欺负看不起，何如大干一场？"

邢夫人："嘿嘿。虽说此次搞'鸳鸯事件'很没面子，没想到一个家生子的大丫头在老娘心目中竟比当官的老儿子金贵十倍，但这老太太也并非一毛不拔，虽然没舍得给鸳鸯，但还是答应拿出万儿八千银子为他儿子买进个小老婆，是一个名叫嫣红的小女子。这老太也算高瞻远瞩、通情达理，深谙'姨娘文化'。但更重要的是想证明：老虎的鼻眼儿不是不可戳，只要戳得有理、戳得是地方，是可以戳他娘的几下子的。这次戳了，就戳出个嫣红丫头来，生鲜活嫩的，够这老东西乐个十天半月的了，嘿嘿。"

快嘴："哦？是吗？哈哈……"

坏事做绝，不过只为一己私欲

贾赦："哇，老太婆你怎么这么说话呢？我看你是三天不打，上房揭瓦，小心我揍你。"

邢夫人："哼，老东西自己有短处还怕别人说吗？别人不知道，难道我还不了解你。其实在你的心里什么礼义道德、孔孟礼教全是闲扯蛋，惟有纵欲享乐才是你的本性。我跟你过了一辈子可真不值，像你这种'良心被狗吃掉'的人，任自己的贪欲做出种种丧天害理的事情自己却心安理得。"

贾赦："我做过什么丧天害理的事？你再胡说，看我不打你？"

邢夫人："今快嘴可在这儿呢，人家是记者，你要敢打我，快嘴就写你常对我使用家庭暴力，看你这张老脸今后往哪儿放！快嘴我告诉你，他除了把鸳鸯逼上死路以外，另一件杰作就更缺德，就是把石呆子害得家破人亡。"

快嘴："哦？是吗？还有这事？"

邢夫人："当然有了，千真万确，一点不假。我告诉你吧快嘴，那一天，这老东西看上了石呆子的一把古扇子，决心要弄到手，而石呆子视这把祖传的珍品如命，死活不肯出卖，于是老东西就让京兆尹贾雨村诬陷石呆子'拖欠官银'而逮捕入狱，还变卖了他的家产，抄没了那把古扇子。我的儿子贾琏觉得良心上太过不去，说了句'为了这点子小事弄得人家倾家荡产，也算不了什么能为'，结果，这恼羞成怒的老东西就将儿子一顿毒打。哼，看你做的什么破事、脏事、缺德事我不知道。"

由"妖精打架"说开去

贾赦："好哇，你死老太婆，你不用光说我。如果不是你在背后扇风点火的，我也不至于干那么多不光彩的事。譬如说'绣春囊事件'吧，本来是傻大姐在花园掏促织玩耍时，无意中捡得一个五彩绣香囊，不料被你撞见，你见上面绣着'两个妖精打架'就浑说是什么'黄物'，就马上将它送到了王夫人手上，尽管她很快得出此物乃贾琏同凤姐共同鉴赏的物件，却仍又气极败坏地去找凤姐，要她将此事查清。于是，就招来以'扫黄'为目标的抄检大观园运动，使几个丫头——晴雯、司棋因此被撵而且终于丧命。难道说这次悲惨的事件不是你无中生有、无事生非的结果？"

快嘴："哦，是吗？我想这绣着'两个妖精打架'的小小的绣春囊，在凤姐、贾琏之间也算不得什么禁口而属正常的事，就如《金瓶梅》里西门庆同李瓶儿、潘金莲一起鉴赏春宫图一样，固然不宜提倡，却也算不上什么大过错。但是，如果把此物公诸于众，就起码有不检点思想，如果让傻大姐拿着摆来摆去，搞得众人都知道有此'黄物'，就必然会产生有损贾府声誉的负面影响，对吗？"

邢夫人："可不是吗？所以当我把绣香囊送给王夫人时，等于是有意地'将'了她一军，而王夫人的眼泪也是因此流出的。这样一来，主管荣国府的凤姐与王夫人都有难以逃脱的罪责。因此，凤姐辩明自己根本没有此物后，就想出一个提防老太太知道，更不能让外人知道的冷处理建议。如果不是王善保家的多嘴进谗言，也不至于会那么快就发生了三丫头探春对这件事的极端反对和宝钗退出大观园以避嫌疑的事情来。"

贾赦："其实这个绣春囊只不过证明了司棋同潘又安谈恋爱的事情，他们二人幽会时由于被鸳鸯撞见而慌慌忙忙地丢失在花园里了，而司棋又被撵出贾府，再说晴雯被赶出去就更加的冤枉。那袭人曾同宝玉有过'妖精打架'的事大家都知道，她却能每月领取二两特殊'贡献'的津贴，而晴雯即使同样同宝玉有什么'云雨情'也不能算犯'黄'罪吧，何况晴雯这丫头却连这样的事想也不曾想过。快嘴，叫你说这王夫人浑不浑？"

快嘴："呵呵，她本来就不是个明白人。这晴雯的冤假错案让我想起一个故事，说刘备下令禁酒，凡家有酿酒工具者都严加惩处。有一天，一位不同意他这种做法的大臣，同他一起在路上碰见一男一女，那大臣说'您看这两个人行淫，该抓起来'。刘备说'你怎么知道他们行淫'？大臣说'他们都有淫具'。刘备哈哈大笑接受批评，取消了原来的禁令。哼，我想这王夫人执行的也许就是刘备的这种政策吧？"

邢夫人："可不是咋的？说你黄、你就黄，不黄也黄！在我们荣国府里王夫人就是法律！王夫人说你是妖精你就逃不掉，王夫人的'扫黄运动'取得了伟大的成果，端正了贾府的社会风气，全府上下里外真是一片绿油油的大好形势啊，哈哈……"

贾赦："哇？老太婆，你怎么如此说话？"

邢夫人："哼，老东西，现在我可不怕你了，你要是敢动我一根指头我就老账、新账与你一起算，俺跟快嘴去法院告你个虐待良家妇女罪，哼……"

快嘴："哦？大太太，慢慢来，你千万别这样做，否则外人不说我快嘴只顾了自己的工作却让你们夫妻反目而挑拨离间么，再说像你们这样的陈年旧事，法院与律师也不好审判呀！"

贾赦："是吗？哈哈……"

我本想要了解他们的事基本到位，而这一对活冤家互相揭短斗气，担心他们一会儿干起仗来不好收拾，再把起因怪到我头上，于是赶紧安慰两人一番后告辞出来了。

贾环、薛蟠访谈录

　　一个泼皮本性，一个霸王作风。时时诡计多端，处处招人嫌厌。无理骄横欺人，有意变态犯浑。恶妇每养恶儿，慈母难育善子。花柳之门外汉，风月之假斯文。

再说我辞别了贾赦与邢夫人两口子，正要出府，迎面走过来两个似曾相识的人，我举目细看竟然是贾环与薛蟠，这哥俩商商量量不知有何贵干？便打算顺便也采访下他们，摸摸两人的底细。

快嘴："喂，二位公子，这是要干吗去呀？"

贾环："哇？你是什么样人哪？说话这么老套，这个时代还有称呼'公子'的吗？"

快嘴："哦？对不起噢，想必您就是贾探春的弟弟贾环，这位就是薛宝钗的哥哥薛蟠喽？"

薛蟠："哦？朋友你怎么知道是我们俩？想讹诈人是吗？我可老实告诉你，要干这号事你可不是我的对手！"

快嘴："喂，薛蟠，听说话这口气就知道是你，难怪人家说江山易改，本性难易。不过我今天不想讹诈人，只想了解一下二位的情况，我是做记者的，叫快嘴。怎么样？二位想不想送个人情？"

贾环——我本天真

贾环："哦？原来你是个小记者呀，你来的正好，我正有一肚子的冤屈没地方说呢。哼，我们家的那些人与一些不明真相的世人都认为我贾环是个无恶不作的坏孩子，哼，这些自以为是的家伙又怎么能理解我的委屈？"

快嘴："哦？是吗？您到底有什么委屈说来听听？我快嘴可是最公道

的人。"

薛蟠："好，我来告诉你快嘴。其实贾环当时只不过是个诙谐、贪玩的孩子。如那回贾环与众丫环掷骰子的全过程，他就活脱是一个调皮无赖的小孩子。那凤姐儿一问才知只是因为输了一二百小钱就和小丫头们闹起火来了，这纯粹属于小孩子的行为嘛。"

贾环："快嘴，薛蟠哥说的没错。在六十回里我向芳官要回来的不是蔷薇硝而是茉莉粉，但我并不生气，而我的母亲却骂我'下流没刚性'，非要我去找丫头们算账去。我不想去，就说'你这么会说，你又不敢去，指使了我去闹，倘或往学里告去捱了打，你敢自不疼呢？遭遭儿调唆了我闹去，闹出了事来我捱了打骂，你一般也低了头，这会子又调唆我和毛丫头们去闹，你不怕三姐姐，你敢去，我就服你'。我娘听了我这些话，气的'飞也似'的去找人家去了，我却吓得赶紧溜出去玩耍了。"

快嘴："嗯，不错。从这些小事情我们都可以看到皆是小孩子的行状，而这些惹事生非的缘由则多是由您的母亲所唆使的。"

薛蟠："对！有一回赵姨娘想向王夫人要丫环彩霞给贾环，让贾环去向王夫人要人，而这小子却很害羞不敢去，可见他和彩霞的关系不过是小孩子们情趣相投的玩伴罢了，再多也不过是男女少年情感初开的朦胧期。再如那回贾环去看生病的巧姐，好奇地想看一看牛黄是什么样的，不想却碰洒了药，吓的急忙跑了，这些全他妈的是小孩儿好奇之心，看不出是什么恶意来，但却被那些人认为是大逆不道的行为，真他妈欺人太甚。"

不平衡的心理，来自不平等的对待

快嘴："这么说您常常受到不平等的对待，因而也就不由自主的生出不平与妒嫉之心了，是吧？"

贾环："嗨，可不是咋地？同宝玉哥哥相比我虽然还是个孩子，但在长辈们眼里是无论如何都是不会被同等看待的。比如宝玉被允许在大观园里和姑娘们一起居住，一起玩耍，可那里却没有我的一席之地。有回宝玉去贾赦处请安，被邢夫人拉去到炕上坐，百般怜爱。而我与贾兰去了，那邢夫人只让坐在椅子上。我们见宝玉同邢夫人坐在一个坐褥上，邢夫人又百般摩挲抚弄他，早已心中不自在。坐了不一会儿就和贾兰一同起身告辞了。而宝玉也要走却被邢夫人留下来吃饭，还说有好玩的东西要给他。你们瞧瞧同样是孩子，而我们比宝玉还小，却是如此不平等的对待，又怎能叫人心中不生愤懑呢？"

快嘴："哦？仔细品来，的确有点这意味。不过你奶奶虽更喜欢宝玉些，但对你还是不错的。"

贾环："哼，提起来那个糊涂的老太婆我就生气。如那天老太太命人把自己的粥给凤姐送去，把一碗笋和一盘风腌果子狸给黛玉和宝玉两个送去，把一碗肉给贾兰送去，惟独没有想到给我送点什么吃的，这不是偏心是什么？再说当我与宝玉与贾兰跟着贾珍学练箭时，而那老太婆只问贾珍，宝玉练的怎么样，还不无爱怜地叮嘱他'且别贪力，仔细努力'。"

快嘴："哦，他们对宝玉的爱是多一些，要能匀些给你就好了，你内心里也是很想得到这些怜爱，然而现实中却得不到，是吗？"

贾环："可不是咋的？在老太婆的眼里就最爱宝玉，其次是贾兰，而我贾环却居第三都不可得，只有挨骂的份儿。其实，在我们那个偌大的家庭里不光是老太太偏心眼、不疼我，就连我的亲姐姐探春也不以怜爱我，我可谓是一个奶奶不疼、姐姐不爱的人，就连母亲也是经常的骂我，可怜我小小年纪老是满腹的委屈。你们说说作为堂堂的贾政之子，我贾环竟处在这样的境地之中，是不是寒碜的很？"

薛蟠："哎，快嘴啊，叫我说贾环老弟虽行为有些无赖，却也是小有才华，比如他心眼儿就很多啊。说句实话不好听，像他们那个大府邸里的少年人哪个不是游手好闲、不思进取、不学无术？那宝玉虽得疼爱，但不也一样无用么？正如冷子兴所说"一代不如一代"了。而贾环不过是这'颓废的一代'中的一分子，没什么大惊小怪的。"

薛蟠——会玩心眼儿的"呆霸王"

我见薛蟠说得在理，而他虽不是贾府中人，却也是'颓废的一代'中的代表人物，便问他说："哦，是吗薛蟠？看来你对这'颓废的一代'相当有研究，你觉得自己是不是呢？说说心里的想法！"

薛蟠："嗨，快嘴，我那点事就不必曝光了吧。咱这人傻得很、人称呆霸王便是，正如书中所说'虽是皇商，一应经济世事，全然不知'。我就是这样的一个人，干嘛嘛不灵，吃嘛嘛不剩，除了好事不干嘛事都干的人，有什么好说的？"

贾环："嘿嘿，快嘴你不知道。这薛蟠哥看似寻花问柳、抢男霸女，人称'呆霸王'，其实心眼也多着哩。比如说贾蓉的老婆秦氏死了，贾珍发愁没有好板子做得棺材，薛蟠哥便说他们木店里有一副板'原系义忠亲王老千岁要的，因他坏了事，就不曾拿去'，'也没有人出价敢买'。当贾珍问什么价钱，薛蟠哥却说'拿一千两银子来，只怕也没处买去。什么价不价，赏他们几两工钱就是了'。"

快嘴："哦，是吗？这一千两银子也没处买去的上好板子却白白地送了人，这难道还不呆吗？"

贾环："快嘴，这你就不明白了。像薛蟠哥家有的是白花花银子，区区一千两又算得了什么？况他住在贾家，心里早就想跟人家套近乎了，这下岂不正好做个顺水人情？"

快嘴："哦，是吗？不好意思啊……可是听说他曾将柳湘莲误认作风月子弟，结果挨了一顿毒打，还喝了一肚子脏水，这又怎能说不呆呢？"

呆里有智，坏里有爱

贾环："嗯，他这件事做的不妙。就像他娶了个夏金桂，却又带来一个宝蟾，把家里搞得天翻地覆、鸡犬不宁，而他自己又好歹不分、冤屈香菱。若看这些事，薛蟠哥确实有点呆。可他却不是一味的呆，有时也是很聪明的。"

快嘴："哦？是吗？这倒没看出来。"

贾环："这点你们一般是看不出来的。你看他会一高招，就是'有钱能使鬼推磨'，在这个混账的社会之中，事实也证明真的是'花上几个臭钱，没有不了的事'。而他薛大爷有的是钱，难道还不能想怎么做呆就怎么装呆吗？"

薛蟠："我呸，你小子懂不懂啊？装个呆还用钱？编个谎就完的事儿，比如那回我要把宝玉叫出来玩，便让茗烟去谎说贾政叫他，他不是立马就出来了么？"

贾环："是的呵，你这一招果然很灵。宝玉还责备你说'你哄我也罢了，怎么说我父亲呢'？而你却说'改日你也哄我，说我的父亲就完了'。你居然拿自己的亡父来开玩笑，这一点就可以看出你平时是如何的'装呆犯浑'了。"

快嘴："哦？哈哈……还果真是这样。真是人不可貌相，薛蟠你还真不简单哟。"

薛蟠："嘿嘿，小意思。不过你们不要以为我这人没心没肺，我对亲人可也是相当好的。那回'魔魔法姊弟逢五鬼'、'登时园内乱麻一般'。那天我可是够紧张的，又恐薛姨妈被人挤倒，又恐薛宝钗被人瞧见，又恐香菱被人臊皮。因为我知道贾珍等人是在女人身上做功夫的高手，因此忙的不堪。我虽人称'呆霸王'，但在如此的混乱之中我头脑还很清醒，也许是因为一丘之貉的缘故，我对贾珍那一帮人了解的很清楚。而宝钗妹妹和贾宝玉经常在一起，我却从来未有什么不放心的。虽然我也知道宝玉很'招风惹草'，但我很清楚宝玉的'招风惹草'和贾珍等人的寻花问柳是不可同一而论的。"

快嘴："哦，您说的对。这宝玉再怎么'招风惹草'，却不会干太缺德的事。"

薛蟠："对。那天宝玉挨打，整个家里都乱了套。偌大一个贾府，惟有我薛蟠与赵嬷嬷看出了其中的不正常。我当时就说'难道宝玉是天王，他父亲打他一顿，一家子定要闹几天'。不但如此，我还瞧出了妹妹宝钗的内心秘密：'好妹妹，你不用和我闹，我早知道你的心了。从先妈和我说，你这金要拣有玉的才可正配，你留了心，见宝玉有那劳什骨子，你自然如今行动护着他'。"

快嘴："啧啧，你这话可谓是见微知著、明察秋毫，透过现象抓住本质，一语击中要害呀！"

薛蟠："嘿嘿，过奖过奖。"

快嘴："你们俩这是要干嘛去？还鬼鬼祟祟的！"

贾环："什么叫鬼鬼祟祟的？你这人说话真不叫人爱听，我们去赌把钱，赢了再去天香楼耍上一耍，嗳！你去不去？"

快嘴："哦，我还有点事儿，不去了，你们去吧！"

薛蟠："跟他说这干什么？你看他像爱赌钱逛妓院的人吗？甭理他了，咱们走！"说完两人匆匆而去……

结束语：梦醒时分看世情

是梦终究要醒的，刚出荣府之门，我感觉自己渐渐从红楼中走出，意识开始回归现实，终发现自己原侧卧于榻上，手捧一部《红楼梦》，却是做了一个梦中之梦……我沉思良久，知道这是 21 世纪的今天，早已不是"红楼"的世界，但我的思绪却久久难以从中拉出来，仿佛仍在与宝玉，与众钗等人交谈……

红楼一梦，千载一会，它可谓是一部中国封建时代的社会大观，它就像一面镜子，将人情世态，冷暖炎凉，向人们一一照个清楚，又把繁华败落，祸福机运剖析个明明白白。时过境迁，如今虽已不是红楼的时代，但红楼一书，就像一缸浓烈的美酒，历久弥香，何时去品，都让人回味无穷。

如今，我们处于信息社会之中，享受着时代的进步与科技的发展带来的便利，但人生种种，世事沧桑，与"红楼"中之世界并未有什么两样，所以，看透红楼，或许你竟能看透了人生，看穿了世事。

但大千世界，芸芸众生，谁人又能不牵系于人情，受累于物事？匆匆忙忙地行走在人生路上，却不知也是人生梦一场。然品读红楼终能梦醒，而现实之中，我们又会否停下来想一想？回味一下过往，反思一下自我，品读一下世事，让我们的人生也有梦醒时分？

诸葛亮说：大梦谁先觉，平生我自知。东坡居士说：世事一场大梦，人生几度清凉。愿我们都能先知平生梦，静观世间情，美梦由人醉，梦醒愿亦成。

后 记

　　《红楼梦》可说是中国最有影响力的小说之一，对中国文学界影响很大，其思想境界高远、识见深刻，文字精炼优美、引人入胜，情节起伏跌宕、前后呼应，其中的人物也形象丰满、才情独具、个性突出，被称为是中国古代思想性和艺术性结合得最好的一部小说。

　　但《红楼梦》却不仅仅属于文学，它涉及到了社会生活的方方面面，三百多年来，它一直陶冶着人们的情操，影响着人们的生活，丰富着人们的内心世界，关于它的秘密、它的价值、它的种种情况，在三百多年的历史之中，上至帝王将相，下至贩夫走卒，人们一直评论不休，而热衷于研究它的人竟能在文学界中另起一派，谓之"红学"，亦可谓大观！

　　本书以采访的形式，借红楼人物之口，将其中人物的心态、思想、男女之事、社会背景等如梦呓般娓娓道来，将古典的人物作以现代的评解，生动地讲述了人们认识和不认识的红楼。

　　相对于其他品评《红楼梦》的图书而言，本书风格独特，体裁新颖，摆脱了他人解读品评名著的单纯说教的形式，而是将新颖的观念和见解溶于红楼之中，借红楼众生之口娓娓道来，使读者觉得自己是在听红楼众钗等人的心声，仿佛是自己在和他们对话，从而产生与红楼梦中人互动的参与感。

　　本书倾向于大众化，并不苛求非常深入地揭密《红楼梦》，而是倾向于告诉读者朋友读《红楼梦》应该知道和理解的东西，但书中所讲述的理念心得等也很独到，既不入俗流，也很新颖合理，且文风流畅幽默，语言生动活泼，可让读者朋友在休闲轻松的享受中，便对《红楼梦》加深了认知，了解了其中做人处世、经营管理、官场浮沉、教育励志等各式内容，并将其有益部分为己所用。